AF405193

Serie Alocadas 2:

EVA M. SOLER   IDOIA AMO

CONTENIDO

CAPÍTULO I
MARTES, MAÑANA

—¡Voy! ¡Voy! ¡Necesito entrar al baño, Skylar!

Danni empujó la puerta sin esperar respuesta, una mala costumbre que le costaba evitar. De cualquier manera, jamás había encontrado a su amiga haciendo otra cosa que no fuera terminar de maquillarse, de modo que el tema no le preocupaba más allá que si la rubia se mosqueaba con ella por irrumpir así.

—Perdón —farfulló, aproximándose hasta el espejo—. Un segundo, prometido.

Skylar se hizo a un lado para que pudiera echarse un vistazo y comprobar que todo estaba bien. La observó con aspecto crítico y sin dejarse ningún detalle: una entrevista de trabajo era motivo de sobra para que la pelirroja se esforzara en su atuendo. A Skylar no le importaba que viviera en su piso, en absoluto, pero quería que la chica recondujera su vida y volviera poco a poco a la normalidad. Y el primer paso era volver a trabajar.

Danni se giró hacia ella, expectante.

—¿Qué tal estoy?

La rubia volvió a recorrerla con la mirada y se acercó para quitarle un par de pelusas, seguramente imaginarias, y recolocar un mechón de cabello en su sitio. Danni llevaba una camisa blanca, una chaqueta gris y unos vaqueros: en parte arreglada, en parte informal.

—Perfecta.

—¿Seguro?

—Sí, seguro.

—Deséame suerte, anda. —Danni volvió al espejo para darse otro toque de colorete—. Necesito esta oportunidad, mucho.

—No necesitas suerte, eres buena en tu trabajo. El resto no importa. —Skylar le dio una palmadita en el hombro—. Además, te buscaron ellos, ¿no? Pues ya está.

—Sí, tienes razón, no hay motivo para estar nerviosa. —Danni cogió aire y se giró—. ¿Vas a recoger a Romy para lo del vestido?

La rubia recuperó su preciado sitio frente al espejo para terminar de maquillarse.

—Sí, iremos a desayunar y después a que se lo pruebe antes de recogerlo.

—Yo estoy agotada. Qué despedida tan intensa, es imposible recuperarse en un día.

Estaba en lo cierto, la juerga del domingo había sido larga. Y aunque la idea era pasar la mañana en el *spa* para relajarse, ninguna fue capaz de levantarse hasta la hora de comer. El autobús de regreso a Atlanta salía sobre las cuatro, así que básicamente habían salido de la cama para vegetar en el transporte de vuelta. Ni siquiera la parada en el área de servicio con litros de café logró reanimarlas, y Danni podía asegurar que, a pesar de haber dormido toda la noche, ese martes continuaba cansada.

—Bien, nos aseguraremos de que la próxima que se case deje dos semanas entre la despedida y la boda —comentó Skylar—. Porque los últimos días resulta que hay muchas cosas que hacer.

—Lo sé, y menos mal que te cogiste vacaciones para poder echarle una mano a Romy… si le tocara hacerlo sola estoy segura de que lo llevaría mal.

Skylar la miró desde el espejo sin decir nada. No pensaba comentar la charla que había tenido con la futura novia en el baño de la discoteca ni loca. Estaba convencida de que eran los nervios jugándole una mala pasada y ya, conocía de sobra la inseguridad de Romy y los problemas que siempre le había causado. También estaba convencida de que en cuanto hablara con Randy se arreglaría, él sabía cómo calmarla.

—¿Mandarás fotos de Romy cuando se pruebe el vestido? —preguntó Danni.

—Si me deja…

—Vas a comprobar nuestros vestidos también, ¿verdad?

—Que sí, pesada. No dejaré que nos manden a casa los que no son. Vete de una vez o llegarás tarde. —Skylar la empujó hacia la puerta.

—¡Vale! —Danni la abrazó apresuradamente—. ¡Manda foto! ¡Y también de los nuestros! Divertíos mucho en la prueba, seguro que lo pasáis de maravilla.

Skylar no lo tenía tan claro. Visto el estado de Romy, sería como caminar sobre un suelo de cristal, con mucho cuidado para que no se desestabilizara. No era muy alentador que a cinco días de la boda la novia se encontrara en ese delicado equilibrio, así que todas sus esperanzas de mejora estaban puestas en Randy.

Terminó de arreglarse y consultó el reloj. Se presentaba ante ella un día de lo más ocupado, ya que antes de recoger a Romy debía pasar por la casa de sus padres, donde su progenitor se había ofrecido a prestarle un coche mientras hablaba con el seguro sobre el robo y destrozo del suyo. Tenían el desayuno, después la prueba del vestido y luego Skylar la dejaría en el trabajo de Randy para que fueran a comer juntos, una sorpresa por parte de Romy… sorpresa o saber si continuaba vivo tras su excursión a Atlantic City, claro.

Ella tenía que pasarse un momento por el hotel por unos papeles de trabajo y después… esa conversación pendiente con Corey que no estaba segura de querer tener, pero que no podía retrasar. Le debía al menos escuchar lo que quisiera decirle y, además, cuanto más pensaba en los días pasados, menos segura estaba de querer romper. O de hacerlo de forma definitiva, claro. Nunca lo admitiría ante sus amigas por miedo a que la llamaran blanda, pero que el chico se hubiera pasado tres días al volante por hacerle un favor era un detalle que no podía ignorar.

Se preguntó si no estaría buscando excusas para no cortar la relación del todo… y al instante se contestó a sí misma. Pues claro que lo hacía, era el puñetero enamoramiento, que tiraba en dirección contraria al raciocinio. A ver cómo equilibraba aquello.

Un pitido del móvil la sacó de sus pensamientos y abrió el WhatsApp del grupo, donde el regreso al trabajo estaba causando estragos.

Kat: «¿De quién fue la idea de volver el lunes tan tarde? ¡Estoy muerta! Ni siquiera la música de la tienda me saca de mi estado catatónico.»

River: «Calla, calla, que yo casi me quedo dormida con un gato en brazos.»

Danni: «Chicas, ¡deseadme suerte en mi entrevista! Con mi mala suerte, igual me quedo seca mientras espero a que me llamen.»

Kat: «Bebimos mucho. No recuerdo ni cómo volvimos al hotel.»

Sun Hee: «¡Suerte, Danni!»

River: «¿Cómo lo llevas, Sun?»

Sun Hee: «Bien, hasta las doce no tengo clientes, así que he podido dormir un rato más.»

Kat: «Que te jodan.»

Skylar dejó el teléfono, no tenía tiempo de escuchar las típicas quejas por estar en el trabajo. Comprobó que su pelo estaba bien y fue a coger la chaqueta y las llaves antes de llamar a un taxi para que la acercara a la casa de sus padres.

Estos vivían en Buckhead, un barrio al norte de la ciudad situado a unos doce kilómetros del centro y que se caracterizaba por tener vecindarios adinerados, entre ellos el suyo, Chastain Park.

Subió al taxi y le indicó la zona, a la que no tardó en llegar.

A la hora de comprar la casa, sus padres escogieron la más grande y extensa en cuanto a terreno, así que a Skylar no le sorprendió encontrar a Jeffrey, su padre, preparando la piscina junto al jardinero; aún estaban en primavera, pero en Atlanta el calor comenzaba pronto. Los Reed se empleaban a fondo en la época estival: eran sociables y muy amigos de dar fiestas en el jardín durante todo el verano, así que tocaba poner todo a punto con antelación.

—¡Hola, cariño! —dijo el señor Reed, saludándola con la mano.

—Hola, papá. —Skylar abrió la puerta y cruzó parte del jardín por el camino de piedra hasta llegar a su lado—. Hola, Lance. ¿Y mamá?

El jardinero hizo una inclinación con la cabeza y continuó con el trabajo mientras el padre de Skylar se quitaba el gorro de paja para abrazar a su hija.

—Está en el gimnasio. ¿Qué tal la despedida? —preguntó.

—Deja, mejor no preguntes.

—¿La novia está nerviosa?

—Bueno, ya conoces a Romy… dentro de hora y media tenemos que ir a la última prueba del vestido.

—Mamá me ha dicho que te pregunte si os apetece comer aquí.

—No, no podemos. Romy ha quedado con Randy, y yo… en fin, tengo cosas que hacer.

—No lo dudo, siempre tan ocupada. —Jeffrey le pellizcó la mejilla—. Tienes que venir a vernos más, ese hotel no se hundirá porque tú no estés allí todo el día. Y ya ves que estamos preparando la piscina y el jardín, este verano no pensamos dejar ni un fin de semana libre.

Skylar observó la zona con una sonrisa. Cuando vivía con ellos, ambos trabajaban, de modo que las celebraciones escaseaban, pese a que la piscina, el cenador y demás siempre estuvieron presentes. Sin embargo, fue jubilarse y su vida se convirtió en una sucesión de celebraciones, una tras otra, sobre todo en épocas de buen tiempo. A su madre le encantaba organizar fiestas, y a su padre, tener la casa llena de gente, algo que Skylar no podía criticar. Si ellos eran felices de esa manera… además, también le permitían a ella hacer uso si así lo deseaba. Invitaban a sus amigas a la piscina y, de vez en cuando, se iban de viaje y le dejaban las llaves, dándole libertad absoluta. No sería la primera vez ni la última que organizaba una juerga con las chicas y otros invitados allí, aunque después se ocupaba de dejarlo todo recogido y limpio.

En resumen, era hija única y estaba de lo más mimada. Siempre había sido el ojito derecho de Jeffrey y este no regateaba para tenerla contenta.

—Dile a mamá que el jardín está precioso y que después de la boda vendré a comer algún día, ¿vale?

—Claro, cariño. Ven, te daré las llaves.

Le hizo un gesto para que lo siguiera al garaje, y ella obedeció.

—¿Has llamado al seguro?

—Sí, tienen que enviarme una copia de la denuncia por fax. —Skylar frunció el ceño—. Si es que tienen fax allí, claro.

Jeffrey la miró sin comprender.

—Nada, cosas mías.

—Tú ponme al corriente. Es un coche muy caro y no podemos permitir que el seguro intente timarnos ni un centavo.

—Pues claro. —La rubia puso cara de pena—. Siento que lo robaran, papá. Fue un regalo y le tenía mucho apego.

—Ya se arreglará, cariño, tú no preocupes por eso. —Le tendió unas llaves—. Eso sí, procura que no te roben este también, tu madre me mataría.

—Gracias. —Skylar abrazó a su padre—. Os veo en la boda, si no coincidimos antes.

—Allí estaremos. Dale recuerdos a Romy de parte de los dos.

Skylar asintió y se subió al coche de su madre. No era un modelo tan moderno como el suyo, tampoco rojo, pero tendría que conformarse hasta que se solucionara su problema.

Se despidió de su padre con un gesto de cabeza y enfiló hacia la casa de Romy de inmediato. La chica todavía vivía en su apartamento, ya que el piso que había comprado con Randy aún se encontraba en construcción. A ambos les hacía ilusión irse a vivir juntos tras la boda… por desgracia, como a menudo sucedía en el mundo del ladrillo, la obra llevaba retraso y, por extensión, su futuro hogar no estaba en condiciones de ser habitado.

No era la primera vez que Romy señalaba aquello como un aviso del destino, y aunque Skylar trataba por todos los medios quitarle esas ideas de la cabeza, lo cierto era que no hacían más que llegar señales negativas.

En el fondo, Skylar no podía evitar pensar si Romy no se estaría precipitando. ¿Cómo casarse con alguien con quien ni siquiera habías vivido? ¿Y si después no eran compatibles? ¿No sería mejor ver primero de qué iba el tema antes de firmar papeles?

En fin, no era asunto suyo. Romy tenía unas ideas románticas que a ella le resultaban ligeramente anticuadas, pero cada una era como era. Si su amiga quería una boda por todo lo alto, vestir de blanco y respetar el proceso como si estuvieran en el siglo pasado, no sería ella quien le aguara la fiesta.

Le envió un mensaje para avisar de que estaba abajo. Mientras esperaba, reajustó el espejo retrovisor a su altura, al igual que el asiento, ya que su madre era muy bajita —la altura debía agradecérsela a su padre— y se notaba incómoda.

Apenas dos minutos después, Romy salía de su edificio. La morena recorrió el coche con la mirada y se deslizó en el asiento del copiloto con una sonrisa.

—Tus padres no pueden ser reales —comentó, meneando la cabeza—. ¿Cómo es que nadie les ha dicho que no pueden darle a su hija todo lo que quiere?

—Oye, que era una necesidad, ¡te recuerdo que me han destrozado el coche!

—Sí, desde luego. Mi despedida no será recordada por ser maravillosa, sino por todas las desgracias que tuvieron lugar durante el transporte.

—¿Te has acordado de coger los zapatos?

—Aquí los tengo. —La morena agitó la bolsa que llevaba en las manos.

—¿Qué tal estas? ¿Has podido dormir?

Desde luego, Romy tenía buen aspecto. Iba peinada de forma impecable, con una coleta alta lo más similar posible a la que llevaría el día de su boda, y también estaba maquillada, lo que era menos habitual. Bueno, a veces todo lo que una chica necesitaba para animarse era verse favorecida, y quizá Romy hubiera recapacitado sobre su crisis.

—Estoy muy tranquila —la oyó decir.

—¿De verdad?

—Estuve pensando en lo que me dijiste y sé que tienes razón. Todo es fruto de mi inseguridad, como siempre.

—¿Randy ha dado señales de vida?

—Sí, me envió un mensaje sobre las diez a ver qué tal. Ya estaba dormida, así que no lo he visto hasta levantarme.

Ah, de manera que por eso Romy se encontraba más animada, porque había recibido un mensaje de su novio. Skylar arrancó sin comentar nada al respecto y condujo directa hasta la calle donde se encontraba la tienda de vestidos de novia.

Una vez el coche estuvo aparcado, ambas salieron en busca de una cafetería. Encontraron una justo al lado de la tienda, por lo que a ninguna le extrañó que el local estuviera lleno de chicas con fundas que abultaban más que ellas, todas cuchicheando y con la excitación reflejada en la cara.

—¿Se casarán todas este fin de semana? —preguntó Romy, al ver que los nervios se palpaban en el ambiente.

—¿Buscamos otro sitio? —preguntó Skylar, a quien la idea de estar rodeada de novias histéricas no le producía la menor ilusión.

—No, esto es perfecto, así me meto en el ambiente.

—Qué bien.

Romy la agarró del brazo y la condujo hasta una mesa, donde ambas aguardaron hasta que apareció la camarera con su libreta.

—Yo quiero tortitas —pidió Romy, con voz distraída y sin quitar la mirada de todos aquellos grupos de chicas rodeadas de amigas y familiares.

—No, nada de tortitas —se apresuró a decir Skylar, y tanto su amiga como la camarera la miraron con el ceño fruncido—. A ver, vas a la última prueba de tu vestido, ¿no sería mejor que pidieras algo más ligero?

—Todas las mujeres son preciosas tal y como son —comentó la camarera en tono paternalista.

Skylar la miró, irritada.

—Gracias por la clase de autoestima —replicó—. Pero necesitamos que ese vestido abroche, la boda es el domingo y ya hemos cometido muchos excesos los últimos días.

Romy suspiró, pese a que sabía que Skylar tenía razón y lo hacía por ella. Le hizo un gesto para darle a entender que podía elegir el desayuno, de forma que la rubia buscó la opción más saludable de la carta y eso fue lo que pidieron, a pesar del gesto de desaprobación de la camarera.

—Entonces, ¿le has dicho que vas a buscarle para comer? —preguntó Skylar, una vez se quedaron solas.

—No, sigue siendo una sorpresa —respondió Romy—. ¡No se lo espera para nada! ¿Seguro que no te apetece venir con nosotros?

—No, tengo que pasarme por el trabajo un rato para mirar unas cosas, y después se supone que voy a ver a tu hermano.

—¿En plan arreglar o finiquitar?

—Bueno, eso depende. Es lo que vamos a hablar.

—Ojalá sea arreglar. —Romy cada vez sonreía más—. Si al final lo vuestro fuera en serio, seríamos familia. ¿Te lo imaginas? Ya veo hasta vacaciones los cuatro juntos.

Skylar arqueó una ceja, mirándola como si estuviera loca.

—A Corey no le cae bien tu novio.

—Ese es un detalle sin importancia, no lo conoce apenas. Ya sabes cómo es, tiene manía a los *yuppies* por sistema… en cuanto tenga la oportunidad de ver su interior, cambiará de opinión.

Por suerte para Skylar, la camarera regresó con su pedido. Mejor, porque aquella conversación se estaba volviendo de lo más absurda… no sabía qué era peor, si Romy en su versión deprimida o esa nueva que parecía haberse tragado un unicornio tras otro.

—Tostadas con aguacate, huevo duro y zumo de naranja —recitó la mujer, casi como si comer aquello fuera un insulto.

—Gracias.

Después de pagar el desayuno, las dos se encaminaron hacia la tienda. A Skylar le recordaba un poco a esos programas de televisión donde las futuras novias acudían acompañadas de treinta familiares que se acomodaban en unos bancos acolchados para así poder sacar defectos a cada vestido que la chica de turno se probaba. Algunos eran tan crueles que hasta a ella le chocaban y, a pesar de todo, las novias se subían en aquellos altillos para ser criticadas en mayor profundidad.

Esa tienda no era tan grande como las que salían en la televisión, pero tenía bastantes dependientas que revoloteaban de clienta en clienta.

—¿Mirar, probar o recoger? —preguntó una de ellas, tan bajita que ambas tuvieron que agachar el cuello para descubrir de dónde provenía la voz.

—Última prueba y me lo llevo —respondió Romy, entregándole el papel.

—Ah, perfecto, ¡qué emocionante! Venid conmigo. —La joven las condujo a uno de los probadores y abrió la puerta, haciendo un gesto para que pasaran—. Voy a por el vestido.

El vestidor era amplio y sí, tenía uno de aquellos bancos acolchados. También una mesita pequeña donde reposaba una bandejita con unos bombones y una botella de champán cerrada, por lo que Skylar dedujo que era más un adorno que otra cosa.

—Lo del champán es una buena idea —comentó Romy, subiendo y bajando de la plataforma con una sonrisa.

—Lo mejor es que se lo beba la novia, así podrá encajar de buena gana las críticas de los cien primos a los que nunca ve que la acompañan a la prueba.

—¡Me encantan esos programas!

—Nunca he entendido por qué llevan a tanta gente, es imposible contentar a todos.

—Ya sabes que opino igual, por eso estás tú aquí y no mi madre. Quiero que se lleven una buena sorpresa el domingo.

—Por cierto, tengo que revisar también los nuestros…

—Sí, antes de irnos.

Por suerte para las afortunadas damas de honor, escoger el vestido había recaído en la propia Skylar, ya que Romy no se consideraba capacitada para hacerlo ella. Tampoco quería escuchar reproches si se equivocaba en su elección, algo que no sucedería si se ocupaba su amiga, de modo que le dio libertad total. La rubia hizo una rápida ronda de preguntas entre las chicas, estudió tonos de pelo, de piel, proporciones de cuerpo y altura, y se decantó por unos vestidos ajustados en la cintura y con escote *halter*, corte que sentaba bien a todas. El tono elegido fue azul cielo, nada chillón, así que por el momento no había quejas.

Además, ese color iba a juego con la boda en general: las flores de las mesas, los tonos de manteles y velas, hasta la barra dulce de después, todo estaba perfectamente calculado.

Romy sacó los zapatos de la bolsa y los puso sobre la plataforma, admirando lo bonitos que eran. No tenían mucho tacón, pues no usaba ese estilo de zapato a menudo y prefería estar cómoda en su día, pero eran elegantes y podría lucir la pedicura que iban a hacerle el día anterior.

—Mañana tengo que ir a la floristería a pagar —comentó.

—¿Quieres que me ocupe de recoger el ramo el domingo por la mañana? —se ofreció Skylar.

—No, Corey dijo que se ocuparía él, que era cosa de dos minutos.

—Dos minutos según Corey, hum… y claro, seguirá sin tener traje. A estas alturas dudo mucho que pueda conseguir uno, suelen necesitar arreglos.

—No vuelvas a lo del traje, por favor —pidió Romy—. Nadie de mi familia espera ver a Corey con traje, no entiendo por qué es tan importante para ti.

Skylar no tenía ganas de volver a explicarlo, así que se encogió de hombros y no respondió. La dependienta regresó camuflada tras una voluminosa funda, de tal manera que parecía que nadie la transportara, y se la entregó a las chicas.

—Soy Lana, estaré en el mostrador por si me necesitáis —dijo, antes de irse.

Cerró la puerta y Romy y Skylar se afanaron el sacar el vestido de la funda, no sin cierta dificultad debido a las capas de este. La cola permanecía sujeta con varios imperdibles, así que decidieron mantenerla así para que Romy pudiera ponérselo con más facilidad, ya la soltarían después para ver el efecto.

Para Romy, buscar vestido no había sido fácil. Las chicas gordas siempre encontraban dificultades: con el corte, las tallas, el plus que les cobraban por utilizar más tela… un montón de cosas que restaban encanto a una experiencia que debería ser emocionante y divertida.

Sus cien kilos y las caderas que Dios le había dado no ayudaban en nada, pero eso no iba a cambiar a corto plazo, así que solo le quedaba encontrar algo que le favoreciera todo lo posible dentro de unas expectativas reales. No iba a parecer una modelo con un vestido de novia blanco, eso lo tenía claro, pero al menos no quería verse horrible. Ni en plan enorme tarta de merengue, o como si la hubieran embutido en una manga pastelera de nata.

Tras probarse un montón de modelos sin mucho éxito, al fin encontró lo que buscaba: uno tipo corsé en la parte superior que afinaba su cintura, con una falda de princesa que disimulaba el problema de caderas: ella derramó un montón de lágrimas al verse y Skylar dio su visto bueno, dos cosas que eran buena señal.

Como muchas novias, decidió hacer dieta estricta para no tener ningún problema. Un corsé se podía ajustar si perdía peso, lo contrario resultaba complicado de arreglar. La segunda prueba había ido bien, pero de eso habían pasado semanas y varios excesos.

Emocionada, Romy terminó de sacar el vestido de la funda y se lo pasó a Skylar para que lo sostuviera mientras se desvestía.

Skylar pensó que aquello era casi peor que cambiar un edredón nórdico sola, joder, ¡cómo pesaba el puñetero vestido! No quería ni imaginar lo que tenía que ser llevarlo puesto un día entero, por Dios…

Estaba a punto de hacer una broma al respecto cuando escuchó música desde el teléfono de Romy: *Hungry eyes*, de Eric Carmen, popularizada hacía mil años en la película *Dirty Dancing*.

La miró, con los ojos abiertos como platos.

—¿Y eso?

—Es para ambientar —explicó Romy.

—¿Ambientar qué? ¿La última prueba?

—No, no, es la canción que sonará en nuestro baile de novios.

—¿Qué? ¿Esa horterada de los ochenta? ¿De verdad?

—¡Pero si es muy romántica!

—¿Quién lo dice?

—Todo el mundo se la sabe. —Romy se quitó la ropa, moviendo el cuerpo al ritmo de la canción sin dejar de sonreír—. Es un pequeño homenaje, la película es un clásico. ¿Recuerdas esa escena cuando él se toca el pecho y dice lo de…?

—Oye, esto pesa un poco —la cortó Skylar, que nunca había comprendido el furor causado por aquel telefilm ñoño.

Romy ignoró su expresión incrédula ante la elección musical y terminó de desvestirse, quedándose en ropa interior. No recordaba que su vestido fuera tan bonito, hasta tenía pedrería aquí y allá, ¡iba a sentirse muy glamurosa llevándolo puesto!

—Vamos allá —murmuró.

Se metió el vestido por los pies y empezó a subirlo… hasta que tuvo que insistir un poco en la zona de las caderas. Vaya, tampoco recordaba que le costara tanto pasar por ahí, ¡dichosas cartucheras!

—Espera, te ayudo —se ofreció Skylar.

Cogió el vestido por la parte superior y tiró hacia arriba con fuerza. Toda la que fue capaz de hacer, de hecho, aunque a tenor de lo poco y mal que subía la prenda, hubieran necesitado unos brazos más fuertes. Los de Sylvester Stallone, por ejemplo.

—Tira más…

—¡Eso intento!

—¿Seguro que este es mi vestido? —preguntó Romy, confusa—. Mira la etiqueta a ver, no sea que me hayan traído uno con una talla menos.

La rubia se giró hasta localizar la etiqueta en la espalda y comprobó el número: no, no existía ningún error allí.

—Está bien, es tu vestido. Voy a apretar el corsé, tu coge aire —y, sin poder evitarlo, añadió—: señorita Escarlata.

—Ja ja ja, ¡me parto!

—Mujer, es una broma. Bueno, lo de coger aire no, dale.

Romy cogió aire y metió el estómago todo lo posible. Al momento notó cómo Skylar apretaba el corsé hasta casi dejarla sin respiración.

—¡Para, para, que no puedo respirar! ¡Más flojo!

—¿Qué dices? Tienes que hacerlo mejor, así no llego ni al primer corchete.

—¡Pero eso no puede ser! —Romy la miró desesperada—. ¡Si lo ataba en el segundo y sin tener que hacer esto! ¿Cómo es posible?

—¡Y yo qué sé! ¿A lo mejor cuatro días comiendo las veinticuatro horas han tenido algo que ver?

Romy cerró la boca de golpe. Su primer impulso fue negar aquello, solo que… recordaba esos cuatro días sola, las llamadas al servicio de habitaciones, las visitas al bufé, las unidades de alcohol una tras otra… las cajas de bombones de sus seis amigas, que se reproducían como por arte de magia. Ah, y la mesa camarera con dos botes de helado de medio kilo cada uno más la nata enchufada directa a la boca.

¡No podía ser! ¡Cuatro días no eran tantos como para engordar de manera significativa! ¿Verdad?

—Probemos otra vez —pidió, convencida de que tenía que ser un error.

Fijo que alguien la estaba contemplando desde los mundos del karma, en primera fila, con palomitas y pasándoselo en grande. La simple idea le producía náuseas, así que volvió a coger aire, dispuesta a aguantar, aunque Skylar le rompiera las costillas en el intento.

De nuevo notó que su amiga apretaba el corsé con fuerza y se mordió el labio sin emitir el menor sonido hasta que se escuchó un chasquido.

—¿Has podido abrocharlo?

—Ajá. ¿Aún respiras?

Romy no estaba segura. Con facilidad no, eso seguro, sentía como si alguien le estuviera dando un abrazo de oso de manera continua, ¿y se suponía que debía sonreír, ponerse alianzas, escuchar a un cura y demás detalles mientras estaba al borde de la asfixia?

Se giró hacia Skylar como un bloque.

—¿Qué tal? —logró articular.

—Vale, *Robocop*, mírate en el espejo.

La ayudó a llegar hasta allí, aunque Romy no hizo ni el intento de subir a la peana. Si es que hasta le parecía que empezaba a marearse y todo.

—Dios mío, ¡me queda fatal!

Las varillas del corsé le comprimían la cintura de tal forma que parecía que fuera a explotar, y lo que apretaba por abajo, sobresalía por arriba, sobre todo en la zona de los brazos. ¡No podía casarse con esa pinta! Además, dudaba que pudiera estar más de cinco minutos sin perder el conocimiento.

—Dios mío —repitió—. No puedo ir así. ¿Skylar?

—Pues... —Su amiga dio un par de vueltas a su alrededor, examinándola—. Bueno, no está tan mal.

—¡Mira mis brazos! —protestó Romy, intentando moverlos sin demasiado éxito—. ¡Parezco una colchoneta, es como si me hubieran inflado por arriba!

—Podemos buscar un bolero —sugirió Skylar, pensando a toda prisa en diversas soluciones, pese a que el asunto pintaba mal.

—¿A cinco días de la boda? —chilló Romy, presa del pánico.

—¿Y una faja de esas tipo traje de baño?

—¿Tú crees que aquí dentro cabe algo más? ¡Por Dios, si apenas entran mis pulmones! —La morena empezó a abanicarse con las manos—. Aire, necesito aire, ¡me va a dar algo!

—Espera, te soltaré el corsé.

Skylar se apresuró a desabrochar aquella arma de destrucción masiva con pinta de corsé, que solo le faltaba que la novia se cayera redonda en el probador. La verdad, por más que trataba de buscar soluciones, no se le ocurrían muchas: buscar un bolero de emergencia, buscar otro vestido por si sonaba la flauta, o que se pasara los próximos cinco días con una estricta dieta de pomelo y zanahoria.

—¿Y si le decimos a la modista que le ponga unos centímetros?

—¿Dará tiempo? —preguntó Romy esperanzada.

—Voy a preguntar.

—Vale —gruñó Romy—. Y pásame el móvil, que quito esa puta canción.

Su amiga se apresuró a darle el móvil y salir a toda velocidad en busca de la dependienta. La encontró en el mostrador, y se aproximó con expresión decidida.

—Hola, Lana, tenemos un pequeño problema y necesitamos tu ayuda.

—Sí, claro. —La joven se puso a su lado para caminar de vuelta a los probadores—. ¿De qué se trata?

—Le está pequeño.

—¿Qué?

—El vestido.

—Oh… bueno, ahí no hay mucho que podamos hacer.

—Eso no es aceptable —Skylar pronunció su frase favorita—. El vestido cuesta más de tres mil dólares, y de ninguna manera una de mis mejores amigas va a parecer una salchicha el día de su boda. ¿Cómo podéis ayudarnos?

Al oír ese tono, Lana tuvo claro que tendría que encontrar una solución, fuera política de empresa o no. Por norma general, si las clientas engordaban la tienda no se responsabilizaba, pero la mirada de aquella rubia era capaz de congelarla en el sitio, así que se concentró en pensar algo a toda prisa.

—Un minuto, voy a consultar —dijo.

Mientras aguardaba, Skylar sacó el móvil para ver si tenía algún mensaje. Por Dios, desde que el WhatsApp había irrumpido en sus vidas, no existían los momentos sin actualizaciones constantes de todo tipo.

Su madre le enviaba una foto recién llegada del gimnasio y le pedía que tuviera cuidado con su coche, además de mandarle un montón de besos y la foto de la tarjeta de un nuevo doctor que utilizaba un ácido hialurónico excelente en los labios.

Skylar pasó por encima y entró al chat del grupo, donde las quejas de sus amigas parecían no haber cesado desde la última vez, a juzgar por todo lo que habían escrito.

Kat: «¿Debería llamarlo, chicas?»

River: «Pero si ya habéis quedado el viernes, ¿no?»

Kat: «Es martes, ¡falta mucho para el viernes!»

Sun Hee había metido un *gif* que simulaba un incendio y un montón de caritas a carcajada limpia seguida.

Kat: «¿Le invito a la boda o es demasiado pronto? ¡No quiero ahuyentarlo!»

River: «No creo que lo ahuyentes, se lo veía muy cómodo el sábado. Hizo buenas migas con todos en general, a pesar de ser un poco serio.»

Sun Hee: «Lo acaba de conocer, River, es poco más que un polvo de una noche. Quizá si lo invita a algo tan… importante lo asuste.»

Kat: «Joder, joder, joder.»

River: «Yo no lo veo como un polvo de una noche, más bien tipo flechazo.»

Kat: «¿De verdad?»

Sun Hee: «Sí, pero River… tus señales están un poco estropeadas, ya sabes.»

Kat: «¿Has visto al Gran Doctor?»

River: «Sí, y no es nada cómodo, la verdad. Cuando él aparece por una sala, yo me meto en otra, y esto empieza a parecer una película de Benny Hill. Solo me falta la música de fondo.»

Sun Hee: «Ya ha pasado un mes, no comprendo por qué sigues estando mal.»

River: «Habla la que lleva años enamorada de un guitarra al que no va a conocer en su vida.»

Sun Hee: «Son cosas diferentes.»

Kat: «Danni, cuando salgas de la entrevista cuéntanos cómo ha ido. Y las chicas que están de vacaciones, seguimos esperando fotos de la radiante novia con ese pedazo de vestido.»

Skylar sacudió la cabeza. Romy ni de coña iba dejarse fotografiar tal cual le quedaba el vestido en ese instante, lo tenía claro. De hecho, estaba segura de que saldría con la cabeza agachada y la cazadora abrochada hasta el cuello, a pesar de que la primavera ya dejaba notar un leve aumento de temperatura.

Sus amigas habían seguido la conversación, pero se lo saltó al ver que Corey también le había escrito. En su línea, breve y conciso, sin florituras.

Corey: «¿Te pasas por el estudio al mediodía?»

Si no pensaba ir a casa a esa hora, significaba que tenía el día ocupado. Siempre le pasaba igual, la mitad de los días se olvidaba de comer, ¿cómo lograba subsistir? Bueno, de todos modos, no le parecía mal, si la charla no le gustaba no se alargaría en exceso. Y si iba por buen camino, siempre podían terminarla al final del día, ¿no? Esa idea ya le resultaba más atractiva que la conversación en sí, porque la verdad, desde la noche del sábado no pensaba en otra cosa. Era la única ocasión en la que se alegraba de que los dos minutos de Corey en realidad fueran dos horas.

Lana regresó junto a ella y carraspeó, así que Skylar se apresuró a contestarle que estaba conforme y después volvió su atención a la dependienta.

—Bien, he hablado con la responsable, y dice que, pese a que no tenemos obligación, podríamos recurrir a la modista como emergencia.

—Eso sería perfecto, gracias.

—Por supuesto hay un pequeño recargo.

—¿Pero estaría para el sábado? La boda es el domingo.

—Sí, si la modista coge las medidas ahora mismo.

—Bien, pues avísala. Y me gustaría revisar también los vestidos de dama de honor y las direcciones de envío, tengo el resguardo del encargo.

Lana utilizó el pinganillo que llevaba en el oído para comunicarse con la modista mientras ambas regresaban al probador. Romy continuaba de pie frente al espejo, con el corsé desabrochado y sin dejar de observarse por todas partes.

Miró a Skylar esperanzada.

—Tranquila, la modista ya viene —informó la rubia, dándole una palmadita—. Le van a dar prioridad y estará listo a tiempo, seguro.

—Gracias a Dios —suspiró ella, frotándose la cara.

—Lo abrocharemos de nuevo para ver de dónde hay que sacar con exactitud —dijo Lana, colocándose tras ella—. ¿Puedo recomendar que no haya excesos durante estos días?

Romy la fulminó con la mirada, aunque se mordió la lengua. La chica no tenía la culpa de que ella se hubiera desmelenado de esa forma: era responsabilidad suya y de nadie más, de su problema a la hora de controlar la comida.

La modista apareció cinco minutos después, con un montón de fundas entre las manos que debían ser los vestidos de dama de honor. Skylar los colgó en el perchero móvil y se acercó para ayudar a las dos empleadas a abrochar el corsé por segunda vez.

—Bien, le añadiré unos diez centímetros para que puedas respirar —comentó la modista—. No te preocupes, querida, apenas si se notará.

—Gracias —murmuró Romy, y de pronto se echó a llorar.

Las tres la rodearon, emitiendo sonidos tranquilizadores.

—Tranquila, son los nervios —dijo Skylar—. Estás preciosa igualmente.

—Cálmate, querida, esto es más normal de lo que piensas —añadió la modista.

—¿En serio? —dijo ella entre lágrimas—. ¿No se supone que las novias adelgazan antes de la boda?

—Algunas engordan —asintió Lana con seriedad—. Menos mal que en Novias de ensueño hacemos lo posible por contentar a nuestras clientas. ¿Podríais dejar una valoración positiva en nuestra web? Las redes sociales nos ayudan mucho.

—Ya veremos —replicó Skylar—. Cuando veamos el vestido.

—Todo saldrá bien. —La modista le dio unas palmaditas y cogió el metro para medir de nuevo, no fuera a confundirse—. Ya estás, querida, puedes quitártelo. El sábado lo tendré listo.

—Gracias. —Romy se frotó la cara.

—¿Vendréis a por él o lo enviamos a algún sitio?

—Pues si lo envían al hotel mejor, ¿no? —Romy miró a Skylar—. Yo iré allí a pasar la noche para estar descansada por la mañana.

—Como prefieras.

—Pues os dejo la dirección y lo mandáis allí.

Se deshizo del vestido. Lana y la modista lo recogieron junto a su funda, y salieron del probador tras entregarle un nuevo justificante y apuntar la dirección del hotel.

Romy se puso su ropa y se sentó en la peana con gesto desanimado.

—Se supone que hoy debería ser un día feliz —observó—. Tendría que haber llorado de emoción, no por verme como un…

—Hemos encontrado una solución, ¿no? —Skylar se sentó a su lado.

—¿Y si no queda bien? Yo quería que todo fuera perfecto. —La miró—. Y no puede serlo si me veo fea con el vestido.

—Es imposible que estés fea.

—¡Pero he engordado!

—Ya has oído a esa mujer tan amable, unos centímetros y no se notará. Eso sí, la liliputiense tenía razón en que deberías controlar la comida estos días, más que nada porque no hay más margen de maniobra.

Romy asintió, resignada. Sus ojos tropezaron con el montón de fundas que contenían los vestidos de sus amigas y sintió un regusto amargo en los labios. Las quería a todas, muchísimo, pero era duro ser la única gorda del grupo. Ninguna podía comprender realmente lo frustrante que resultaba que nada te quedara del todo bien, lo difícil que resultaba a veces mostrarse desinhibida, y toda la inseguridad de mierda que acarreaba no responder al canon de belleza establecido.

Aunque ellas no tenían la culpa, claro.

—Entonces, ¿revisamos los vestidos y te llevo hasta el edificio de Randy?

Pensar en Randy animó a Romy. Sí, eso era justo lo que necesitaba, ver a su prometido. Seguro que sabía qué decirle para cambiar la trayectoria de aquel día.

—Sí —aceptó, levantándose.

—Vale, voy a avisar a Greg para que vaya preparando los papeles que tengo que revisar, así no estaré allí mucho tiempo.

Romy y Skylar comprobaron que el nombre que había en la funda correspondía con la talla del vestido de dentro, y que las direcciones eran correctas. Después, salieron para dar la confirmación a las chicas y se encaminaron hacia el coche para continuar con la ruta del día.

CAPÍTULO 2
MARTES, TARDE

Skylar metió el coche en el aparcamiento particular del hotel. Los empleados tenían plazas asignadas y la suya estaba situada justo al lado de la de Greg, ocupada por su Audi descapotable.

—Qué optimista —comentó Romy, mientras bajaban del coche.

—¿Por?

—La capota bajada con este tiempo, que lo mismo llueve que sale el sol...

—Le gusta el aire en la cara, dice.

—Por lo menos no se despeina, con tanta laca. —Skylar le lanzó una mirada molesta y ella sonrió—. Perdón, perdón, no he podido evitarlo. Es que Corey lo llama así tanto que se me pega.

—Es gomina. —Se subieron en el ascensor y pulsó el botón que llevaba a la planta de recepción y a continuación el de oficinas—. Aunque claro, tu hermano no sabe diferenciar lo uno de lo otro. Si alguna vez se peinara...

Vale, estaba un poco a la defensiva, pero solo porque no estaba nada segura de qué iba a pasar cuando se encontrara con Corey en un rato. Sacudió la cabeza y le frotó el brazo a su amiga, que no tenía la culpa de nada.

—Perdona, que no quería sonar borde.

—Tranquila, ya sé que el tema pelo es como el del traje. —Se encogió de hombros—. Ya me dirás qué tal luego.

—Sí, te cuento. Y tú a mí, a ver qué tal con Randy. —Le guiñó un ojo—. Seguro que le gusta que le sorprendas, verás.

El ascensor se detuvo, así que alargó la mano para colocarla sobre el sensor y que no se cerraran las puertas, al ver que Romy no salía.

—Estamos en la recepción —le dijo, por si acaso.

—Ya, ya. Solo estaba pensando… bueno, ya sabes.

Skylar quitó la mano, apoyó el cuerpo en el borde cuando se comenzaban a cerrar las puertas y empujó con el culo para que se abrieran, tapando el sensor a la vez. Cogió los brazos de Romy para que la mirara.

—No lo pienses más —le dijo—. Tendrás tu vestido arreglado, estarás preciosa el día de tu boda y todo saldrá perfecto, ¿vale? No le des más vueltas.

Romy afirmó, aunque no parecía muy convencida.

—No quiero volver a ver *Lo que el viento se llevó* nunca más —dijo.

—Vale, eso tiene fácil solución.

Y no volvería a ponerse un corsé después de su boda, estaba segura, porque ya anticipaba que lo iba a acabar odiando. Acabaría en la misma lista que los tangas y los sujetadores extraños. Probablemente, Randy esperaba algún tipo de ropa interior especial para ese día, pero tendría que conformarse con el corsé, puesto que no se veía capaz de agregar nada de lo que se había probado en Niágara. Tendría que comprar, en todo caso, así que… No, se pondría un conjunto bien mono adquirido antes de la despedida de soltera y punto. Eso, si le valía aún… cosa que no quiso pensar o acabaría otra vez deprimida, y lo que tenía que hacer era animarse.

Seguro que en cuanto hablara con Randy se le pasaría todo, solo tenía que ir a verlo. ¿Por qué le estaba costando tanto?

—Será mejor que me vaya —dijo.

—Eso es.

—Gracias, Skylar.

La abrazó y salió del ascensor, casi chocando con unas cuantas personas que esperaban fuera con gesto impaciente. Skylar se quedó allí, sujetando la puerta mientras entraban, y las saludó con una sonrisa, aunque seguía inquieta por Romy. Como Randy hubiera salido a algo y no pudiera verlo… En fin, mejor subía a ver a Greg, que bastante tenía ella con lo suyo también.

Romy salió y se dirigió a las oficinas donde trabajaba Randy, que estaban a solo un par de calles del hotel de Skylar. No solía ir mucho por allí, a no ser que hubieran quedado a comer y fuera a buscarlo. En su trabajo como secretaria tenía que ir arreglada, sobre todo cuando acompañaba a su jefa a algún viaje, pero no tanto como allí, que no se quitaban los trajes ni la corbata ni de casualidad. Y las chicas, bueno, jamás había visto a ninguna sin tacones o la raya del ojo bien puesta. Ni siquiera tenían un viernes de ropa casual, como era lo habitual. Además, las oficinas eran muy modernas, todo cristal y acero, y le parecían incluso demasiado asépticas. Siempre había bullicio de teléfonos, gente saliendo y entrando de las oficinas…

Se acercó a la recepción, de donde salían ruidos de llamadas continuamente. La chica era nueva, y cuando la vio acercarse, le hizo un gesto para que se detuviera.

—¿Puedo ayudarla? —le preguntó.

—No, gracias. Vengo a ver a Randy Moore.

—¿La está esperando?

Alargó la mano hacia su teclado y Romy afirmó con la cabeza. Si le decía que no, lo mismo no la dejaba pasar y no quería que se arruinara la sorpresa.

—Sí, soy su prometida.

Estiró la mano para mostrarle el precioso anillo que Randy le había regalado y que brilló bajo las luces halógenas. La chica sonrió al momento, aunque a Romy le dio la sensación de que también la examinaba, algo que tampoco le sorprendía. Seguro que estaba pensando qué hacía alguien como Randy con una chica como ella. Al momento, se regañó mentalmente por ese pensamiento. Ella tenía el anillo, nadie más, como bien le recordaban su terapeuta y sus amigas, y lo que pensara la gente debería darle igual.

—Felicidades —le dijo la recepcionista—. El otro día trajo pasteles y me enteré. La boda es este fin de semana, ¿verdad?

—Sí, eso es.

—¿Y qué tal la despedida de soltera? ¡Es lo mejor de las bodas!

—Esto… —Como para intentar resumir lo que había pasado, daba para un libro por lo menos—. Bien, estuvo bien.

El teléfono sonó de nuevo, y la chica suspiró.

—Tengo que coger, esto es un no parar. La oficina está…

—Lo sé, tranquila. Gracias.

Siguió su camino hasta el ascensor, que por supuesto era de cristal y totalmente imposible de utilizar si se tenía vértigo. A veces se preguntaba quién diseñaba esas cosas, ¿querían librarse de los que tenían fobias o qué?

Por fin llegó a la planta de Randy, cuyo despacho estaba a un lado tras pasar varios cubículos, todos ocupados. Desde donde estaba podía ver que las cortinas interiores permanecían medio bajadas, algo que solía hacer cuando tenía reuniones o alguna visita. Se dirigió hacia allí esperando ver a su secretaria en la mesa que ocupaba junto a la puerta, pero no, el asiento estaba vacío.

La puerta del despacho estaba entreabierta, así que alargó la mano para coger el pomo.

—… si Romy se entera —escuchó que decía Randy.

Se quedó quieta sin llegar a tocar la puerta. Miró con cuidado por una rendija y vio que su prometido estaba en el despacho con su secretaria. Pero no en su mesa y ella en una silla al otro lado, qué va, estaban de pie y, a su juicio, demasiado juntos. Mosqueada, miró a su alrededor y rápidamente se colocó detrás de un enorme ficus que había junto a la puerta, para que no la vieran y así poder escuchar.

—No tiene por qué saberlo —contestó la secretaria.

¿Cómo? Joder, y ella que pensaba que se llevaba bien con la tipa. Siempre que había ido a ver a Randy habían intercambiado alguna que otra frase amable. Pues vaya, resultaba que le gustaban los secretitos. Se movió a ver si oía mejor, porque el tono de Randy era más bajo y no conseguía captar todo.

—… engañarla con esto y…

Romy movió algunas ramas, arrimando más el ficus, aunque desde luego las hojas no actuaban como antena porque seguía sin oír bien. Y más no podía hacer, con tanto puñetero cristal.

—Las parejas no se cuentan todo, Randy —seguía aquella maldita—. Entiendo tu postura, pero yo…

Y encima se estaban moviendo, porque los oía más lejanos.

—… en secreto… —decía Randy— y no puedo empezar mi matrimonio así.

La rama que Romy sujetaba se rompió y ella casi cayó hacia delante. Al recuperar el equilibrio, miró por la rendija y lo que vio hizo que otra rama se rompiera, esta por la fuerza que hizo al estrujarla en su puño.

Estaban abrazados, podía ver perfectamente las manos de Randy rodeando la cintura de la secretaria. No veía del todo sus cabezas, pero estaban muy juntas.

Se miró las manos, con los restos del ficus, y lo soltó dejándose caer al suelo. Notaba que le faltaba el aire, y se llevó una mano al pecho.

Y Skylar hablándole de pruebas… ¡ja! Resultaba que el problema no estaba en la despedida, no, ¡sino en la puñetera oficina! Ella volviéndose loca el fin de semana para nada, el engaño lo había tenido delante de sus narices todo el tiempo.

Tenía que salir de allí, rápido, antes de que la vieran. El corazón le iba a mil y hasta notaba que empezaba a hiperventilar. Solo le faltaba desmayarse delante del cabrón de su novio y su amante para completar la humillación.

A gatas, ignorando las miradas extrañas que le lanzaban desde los cubículos, avanzó lo más rápido que pudo hasta el ascensor y prácticamente se tiró dentro.

Hasta que no llegó a la recepción no se puso en pie y fue para salir corriendo como una exhalación… o más bien, como imaginaba que corría algún animal con el culo gordo por la sabana, que no se le ocurría ninguna analogía.

Pasó sin decir nada junto a la recepcionista, que bastante tenía con respirar en medio de la angustia, y siguió como una loca hacia el hotel de Skylar.

El Ritz-Carlton era uno de los mejores hoteles de Atlanta, y Skylar se sentía como pez en el agua allí, no podía negarlo. Y lo mejor de todo era que, a pesar de que sus padres estaban muy metidos en la vida social de la zona, el trabajo lo había conseguido por méritos propios y sin que tuvieran que echarle una mano. No se podía decir lo mismo de Greg, claro, que era el subdirector simplemente porque el director y dueño era su propio padre.

Como relaciones públicas, Skylar se ocupaba de la imagen corporativa del hotel y otras cosas como *marketing*, gabinetes de prensa, diseño y realización de eventos, además de montones de temas que no estaban relacionados de forma directa con su puesto. Eso la obligaba a trabajar codo con codo con Greg, por lo que conocía muy bien al chico. Él la tenía en alta estima, lo que incluía continuas invitaciones a salir que ella rechazaba alegando la siempre útil excusa de lo malo que era mezclar trabajo y placer.

A veces, Skylar dejaba vagar su imaginación y se imaginaba cómo sería aceptar esas invitaciones y salir con él. Sabía que eso implicaría moverse en un ambiente para el cual estaba preparada de sobra, ya que lo había conocido desde niña y que, además, le gustaba.

Sabía que habría cenas y fiestas grandes con gente importante, de esas en las que no entraba cualquiera. Si de música se trataba, sería clásica, con toda seguridad, o algo más blandito. Y estaba casi segura de que, si Greg tenía amigos, no serían tan ruidosos como los de Corey, que no la podían ni ver, por cierto.

Greg tampoco era mal chico. Una gran parte del personal le tenía manía por lo obvio, ser hijo del dueño, algo esperable… y no del todo justo. Cierto que no había conseguido el puesto con sudor y esfuerzo, pero trabajaba bastante y era competente, dos detalles que no se podían pasar por alto.

Cuando entró en su despacho, tras llamar con un par de golpes secos, lo encontró sentado y mirando algo en el ordenador. Allí tenía las mejores vistas de todo el hotel, por cierto, algo que también generaba envidias.

—Hola —saludó Skylar, cerrando tras de sí.

—Hola, Skylar. —Greg le hizo un gesto para que entrara—. Vaya, qué guapa estás. Deberías coger vacaciones más a menudo.

Greg era un chico de complexión delgada, no mucho más alto que ella. Siempre vestía americanas y camisas de diseño, a veces con corbata y otras sin, y llevaba zapatos hasta en verano. Su despacho era el único del hotel que tenía un complejo sistema de aire acondicionado que hacía que murieras de frío en verano y de calor en invierno, todo porque Greg utilizaba ropa del mismo grosor durante todo el año. Y sí, llevaba su pelo rubio corto bien peinado hacia atrás, con aquella famosa gomina que lograba que ni un solo pelo se saliera de su sitio. La simple idea de tocarle el pelo era ridícula y no debía ser demasiado agradable, claro que tampoco le apetecía hacerlo.

En cuanto a atractivo, Greg se movía en una línea muy fina. O al menos para ella, estaba segura de que tendría su público por alguna parte… aunque aún no había dado con ninguna. Todas las chicas del hotel charlaban tarde o temprano, y jamás había escuchado a alguna comentar lo mono que les parecía el jefecillo. Seguro que también contaba el hecho de no conocerlo apenas, a Skylar sí le parecía simpático. Desde luego, no imaginaba a Corey diciéndole algo como: «Vaya, qué guapa estás», así que los puntos de educación los tenía, al menos.

—¿Qué tal la despedida de soltera? —preguntó él, indicándole con un gesto de cabeza que se sentara en la silla que tenía enfrente.

—Un poco caótica.

—Bueno, es lo normal. —El chico sonrió y buscó por su escritorio—. Vale, creo que tengo tus papeles por aquí. Perdona que no los haya preparado antes, hoy he tenido un par de reuniones.

—¿Tan pronto? ¿Algo interesante que yo deba saber?

—No, solo reajustes de personal, ya sabes. Falta poco para que empiece el verano y estaremos a tope, así que vamos a abrir la contratación.

—Bueno, el personal de limpieza lleva siglos pidiéndolo, a ver si consigues que no sea solo para la temporada alta. —Skylar sonrió con dulzura—. Mejor tenerlas contentas, lo último que necesitamos es una huelga, ¿no?

—Desde luego.

Greg al fin encontró lo que buscaba, y se lo tendió tras echarle un vistazo por encima.

—Comunicación interna, ¿esto no podía esperar a tu vuelta?

—Odio incorporarme sin estar al día, ya lo sabes. Además, quiero trabajar un poco con los de Evian, para la futura campaña de responsabilidad social… el tema de reducción de plástico y demás.

—Cierto.

—Estoy trabajando en ello, a ver cuál es la mejor manera de que todo el mundo se entere de lo responsables que somos y lo mucho que nos preocupa el medio ambiente.

Greg sonrió, meneando la cabeza.

—Estás de vacaciones, ¿por qué no dejas el trabajo de lado y te diviertes?

—Tengo tiempo para las dos cosas, ¿no tenías libre esta semana?

—Sí, de hecho, esta noche me marcho un par de días a Ibiza. Mi amigo Marco me ha invitado. —Se repantingó en su silla con una sonrisa de satisfacción—. ¿Te acuerdas de él?

—¿Ese tipo tan moreno que hablaba a gritos todo el tiempo? —se burló Skylar.

—El mismo.

A Skylar le costaba imaginarse a Greg tomando el sol en la playa, por cara y privada que esta fuera. ¿Llevaría el traje también allí? Encima, ¿Ibiza? Nunca había estado, pero lo que le venía a la cabeza de ese lugar era playa, mar, alcohol y juerga. Aunque seguro que tenía muchísimas más cosas interesantes para hacer, no lo dudaba.

—No te imagino en Ibiza —observó.

—Oye, pues es un sitio precioso. Marco es dueño del hotel Montesol, en pleno centro, y además hay una discoteca muy grande que está genial.

—Lo siento, sigo sin imaginarte en plan galán de discoteca. —Ella se echó a reír.

—Eso es porque te niegas a conocerme fuera del trabajo. —Greg alzó la ceja—. Si salieras conmigo verías que soy un tío muy divertido, cuando debo serlo. Aquí tengo otra faceta más seria.

Skylar asintió, sin dejar de sonreír.

—Dime, ¿sigues saliendo con ese novio tuyo? —siguió Greg, con una mueca.

Greg siempre ponía esa expresión despectiva las raras ocasiones en que se refería a Corey, aunque la única vez que lo había visto en persona le había faltado pasillo para desaparecer.

Abrió la boca sin saber muy bien lo que iba a decir cuando un pitido la salvó de responder. Greg pulsó el botón de su teléfono.

—¿Sí, Susie?

—Greg, es que aquí fuera hay una chica histérica que busca a Skylar, y como sé que estabais en una reunión, pues…

Los dos se incorporaron al instante.

—¿Qué? —preguntó él, estupefacto.

—No quiere irse, y no sabía bien qué hacer, por eso…

Skylar fue hasta la puerta, con un mal presentimiento. Esa chica histérica solo podía ser Romy, y no se le ocurría el motivo de que estuviera allí, encima en ese estado.

Abrió y, en efecto, al otro lado se encontraba su amiga hecha un mar de lágrimas. Tenía la coleta desecha, las mejillas ruborizadas y los ojos rojos de haber llorado un rato largo.

—Skylar —sollozó entre hipos, agitándose.

—Pasa, pasa. —La rubia la hizo entrar después de agradecer con un gesto a la secretaria de Greg que la hubiera llevado hasta allí—. ¿Qué ha pasado, estás bien? Greg, ¿tienes agua?

—Por supuesto —dijo él.

Salió de detrás de su escritorio y fue a la pequeña nevera que tenía en una esquina mientras Skylar sentaba a Romy en la silla que acababa de ocupar ella segundos antes. La morena trataba de hablar, pero entre tanto llanto era complicado comprenderla.

Greg fue junto a ellas y se apoyó en la mesa después de tenderle una botella de agua Evian junto a un impoluto vaso de cristal.

—¿Se encuentra bien? —preguntó, mirando a Skylar.

—Bebe, Romy. —Skylar la obligó a coger el vaso lleno de agua—. Y trata de calmarte para que pueda entender lo que dices.

Romy empezó a dar sorbos de agua, y también cogió el paquete de pañuelos de papel que Greg le tendía con amabilidad. Entre trago y trago, los dos acertaron a comprender palabras sueltas: «ese cabrón», «la puta de su secretaria», «infiel» y «jodido ficus».

Greg y Skylar se miraron, sin entender nada.

—¿Un ficus? —preguntó el primero.

—Tiene uno junto al despacho —Romy respondió entre hipos.

—¿Qué tiene que ver el ficus con esto? —Skylar se arrodilló frente a su amiga para que esta le prestara atención—. ¿Quieres contarme que ha pasado?

—Le he pillado. ¡Le he pillado!

—¿En qué?

—¡Me está engañando! ¡Soy una cornuda!

Ahí sí que Skylar se quedó muda por la sorpresa. Incluso valoró la posibilidad de que Romy hubiera malinterpretado algún detalle, porque entre que Randy no parecía del tipo de chicos que hacían eso y que el estado de nervios de su amiga era palpable…

—¿Con quién?

—¡Con su maldita secretaria! —Romy echó la cabeza hacia atrás y se echó a reír al mismo tiempo que lloraba—. ¡Y yo preocupada por las chicas del tanga cuando el problema lo tenía justo ante mis narices!

Greg bajó la voz para dirigirse a Skylar.

—¿Quieres que llame al médico del hotel?

—No, no. Vamos a dejar que se desahogue. —La chica le frotó el brazo a Romy—. ¿Qué tal si me cuentas todo desde el principio?

Romy se terminó el agua y se frotó la cara con los pañuelos.

—Fui a su despacho, como hablamos, y cuando llegué, Poppy no estaba en su mesa. Encontré la puerta de Randy entreabierta. Ellos hablaban en susurros, así que me acerqué a escuchar. —Los miró a ambos—. Y no me digáis que está mal espiar, porque ya es casualidad que cada vez que una novia espía a su chico encuentra algo malo.

Ninguno osó abrir la boca, menos para emitir un juicio de valor.

—¿Y qué oíste? —inquirió Greg, con los ojos como platos.

—«Si Romy se entera» —repitió ella, y meneó la cabeza negando—. No podía oír toda la charla, pero frases como «engañarla así» o «empezar mi matrimonio con una mentira».

Skylar puso su cerebro a mil por hora tratando de encontrar una explicación. No tuvo éxito, claro, todas aquellas frases sonaban mal, imposible darle la vuelta a la situación.

—Y estaban abrazados. —Romy volvió a llorar.

—¿Muy cerca?

—De esos abrazos que si el tío tiene una erección lo notas. —Romy miró a Greg—. Perdón.

—No importa —se apresuró a decir él.

—En serio, ¿con Poppy? —Skylar seguía sin salir de su asombro—. No sé por qué, pero siempre he pensado que era lesbiana.

—¡Pues parece que no! —gritó Romy—. No le des la vuelta y trates de convencerme de que es lesbiana y yo estoy loca, ¡sé muy bien lo que he oído!

—Vale, vale, tranquila.

—¡No puedo estar tranquila! ¡Me caso el jodido domingo y mi novio me está siendo infiel con su maldita secretaria, el topicazo del siglo! ¿No podía haber sido un poco más original al menos y follarse a su prima?

—¿Tienes alcohol? —preguntó Skylar a Greg.

—Hay whiskey, para cuando firmamos algún contrato jugoso, ¿lo traigo? —Ella afirmó a toda velocidad—. Voy.

Romy volvía a llorar con fuerza, con tanta congoja que todo su cuerpo se sacudía. Skylar le puso la mano en el brazo, empezando a asimilar despacio la información que acababa de recibir. Tuvo que reproducirlo varias veces hasta que al fin penetró en su cerebro, rompiendo la buena imagen y opinión que siempre había tenido de Randy.

—¡Cabrón! —exclamó.

—Es un cabrón desalmado —asintió Romy, llorando con más fuerza.

—¿Le dijiste algo? Por favor, dime que le tiraste algo a la cabeza… un jarrón, por ejemplo.

—No, me marché corriendo. Ni siquiera sabe que estuve allí, aunque lo del jarrón es una idea maravillosa. Si lo vuelvo a ver, lo haré.

La chica agarró los pañuelos de papel usados y comenzó a desmenuzarlos, poco a poco, para dejar caer los trocitos al suelo. Movía la cabeza de un lado a otro, sin parar de negar, como si aún no se pudiera creer lo sucedido.

—¿Cómo ha podido hacerme esto, Skylar? —murmuró—. ¿Es culpa mía?

—¡No!

—Es por mí, seguro, no hay otra explicación.

—No, eso no es verdad. Randy tiene mucha suerte de tenerte, así que deja de pensar así. Recuerda todo lo aprendido en terapia: las cosas malas que hacen los demás no son tu responsabilidad.

Romy la miró, los ojos brillantes y enrojecidos, su rostro con el dolor reflejado a la perfección.

—No soy suficiente para él.

—No lo digas ni en broma, Romy, o voy a tener que llamar a tu doctora para una sesión de emergencia. Los tíos ponen los cuernos independientemente de la novia que tengan, ¿o no te acuerdas del ex de Danni?

—¿Por qué? ¿Por qué lo hacen?

Skylar se encogió de hombros.

—Desde la despedida sabía que algo iba mal —continuó Romy—. Tantos días sin cogerme el teléfono, sin responder mensajes, los locales de *striptease*, las bailarinas en su hotel… no hacía más que recibir señales y negar la evidencia, buscando una explicación lógica. Y no la hay, solo que mi novio es un cerdo y un cabrón.

Greg regresó con un vaso medio lleno de un líquido ambarino. Se lo tendió a Romy vacilante, y ella lo cogió para bebérselo de un solo trago.

—Ese whiskey es para tomarlo despacio —carraspeó Greg.

Recuperó su sitio junto a la mesa, sin dejar de mirar a las dos jóvenes.

—¿La boda no es este domingo?

Había vuelto a bajar la voz, aunque Romy lo oyó.

—No puedo casarme así —susurró, recuperando otra vez su expresión de pánico—. Dios mío, Skylar, ¿qué voy a hacer? ¿Ponerme a cancelar cosas?

Skylar no sabía ni qué decirle. Menudo marrón de proporciones épicas acababa de caerle encima a su amiga, normal que tuviera esa cara.

—Pues…

—Y tendré que avisar a todos los invitados, ¿qué les voy a decir? ¿Que suspendo la boda porque el cabrón de mi novio me pone los cuernos? No puedo, ¡no puedo! Es demasiada humillación, a partir de ahora seré la gorda que canceló su boda por cornuda.

—Puedo hacerlo yo, si quieres —se ofreció Skylar—. Me refiero a ocuparme de cancelar todo, ya pensaré algo que suene mejor que lo de cornuda.

—Lo de las diferencias irreconciliables siempre funciona —apuntó Greg.

—No puedo pensar —Romy siguió hablando como si no hubiera escuchado a ninguno—. Ahora mismo mi cabeza va a explotar. No puedo seguir aquí, necesito respirar. Estar lejos de Atlanta, de Randy y de la boda.

La rubia se mordió el labio, preocupada. Temía que lo de Romy fuera a más, que sufriera un episodio grave, cualquier cosa. No podía permitir que su amiga sufriera una recaída, y no quería terminar el día teniendo que llamar a su terapeuta para que le recetara pastillas para dormir.

Solo que no sabía qué hacer. Lo que más le apetecía era ir hasta la oficina de Randy y darle una paliza con un bate de beisbol después de inmovilizarlo con una de sus llaves de defensa personal… algo que claro, no podía hacer por ser ilegal.

—¿Por qué no os venís conmigo? —preguntó Greg, de pronto.

Las dos chicas alzaron la mirada, sorprendidas.

—¿A dónde? —preguntó Romy.

—Greg se va hoy a Ibiza —comentó Skylar—. Un par de días. Gracias, Greg, pero lo que necesitamos es solucionar este problema, no irnos de viaje.

—No —interrumpió Romy—. Necesitamos irnos de viaje. Yo lo necesito.

—Romy, escúchame —pidió la rubia, forzándola a que la mirara—. Huir nunca arregla las cosas. Tienes que enfrentarte a lo que acaba de pasar, tomar decisiones.

—No —repitió ella, con total seguridad—. Lo que necesito, precisamente, es no pensar. Dejar la mente en blanco… antes de tener una crisis de nervios de las grandes.

Skylar negó con la cabeza. La idea de esa crisis era terrible, pero ¿marcharse durante dos días? ¿Cómo ayudaría eso a Romy? No se le ocurría.

—¿Tú crees que irte de viaje te ayudará en algo?

—Irnos. Tú te vienes conmigo.

—¿Qué? No, no puedo.

—¿Por qué no? Estás de vacaciones. —Romy la miró suplicante—. No tienes nada que hacer, y además me prometiste que estarías conmigo como una siamesa.

Skylar volvió a negar.

—Me refería a aquí, contigo, ayudándote.

—Puedes ayudarme en Ibiza —dijo Romy, cogiéndola de las manos—. Por favor, Skylar, solo pido desaparecer unos días, y aquello es el sitio perfecto para empezar a olvidarme de Randy.

—Pero…

Romy se secó la cara y se levantó, con aspecto decidido.

—¿Sabes qué? Ya estoy harta de ser la novia buenecita que siempre hace lo correcto, ¿de qué me ha servido? De nada, solo para que me mientan y me engañen.

Greg asintió.

—Tiene razón —apuntó.

—Si yo ahí estoy de acuerdo contigo, es que… —Skylar hizo un nuevo intento de que alguien allí recuperara la cordura.

Sin embargo, conocía muy bien la expresión de determinación de Romy. Era la misma de Corey: cuando tomaban una decisión, iban hasta el final.

—Quiero ir a Ibiza —Romy lo soltó con tanta autoridad que solo le faltó el mazo—. Vamos a bailar, beber y a ligar con chicos. Unos días de desconexión con el mundo y los problemas, y yo me olvidaré de Randy haciendo lo que nunca he hecho: desmelenarme.

Skylar lanzó un suspiro.

—«Seré la sombra de tu sombra» —le recordó la morena.

—¿Es que recuerdas cada maldita frase que digo? —protestó Skylar, exasperada.

—Mira, si no quieres venir pues no lo hagas. Yo pienso ir de todos modos, si Greg aún mantiene su invitación.

Miró al chico, que se apresuró a asentir. Era obvio que a él le interesaba la idea de pasar tiempo con Skylar, aun así, era muy educado y nunca se echaría atrás, aunque solo aceptara Romy.

Skylar lanzó un resoplido, ¿cómo se le ocurría que podía dejarla sola? Con la inestabilidad que estaba demostrando, imposible.

Valoró a toda velocidad las consecuencias de hacer un viaje exprés. Bueno, dos días no eran nada, y al estar de vacaciones no veía ningún problema en realidad, únicamente el hecho de que Romy estuviera huyendo a cinco días de su boda sin querer enfrentarse de forma madura a lo ocurrido. Algo que, por otro lado, entendía: estaba en estado de *shock*.

—Vale —aceptó, con cautela.

—¿De verdad? ¿Nos escapamos?

—Sí, pero Romy… no puedes hacer como si esto no hubiera pasado. Faltan cinco días para tu boda y habrá que gestionarlo.

—Mira, te prometo que cuando estemos allí pensaremos cómo hacerlo.

—¿Y te vas a marchar sin avisar a Randy?

—Que le den, ya ves que no está precisamente preocupado por mí. Puede que esto me haya pasado por estar siempre disponible para él.

—Voy a avisar a Marco —comentó Greg—. Es un avión privado, así que ningún problema de espacio, y creo que salimos a las siete y media de la tarde. ¿Os da tiempo a hacer una pequeña maleta?

—Desde luego —asintió Romy—. Trajes de baño y vestidos de fiesta.

Romy llevaba sin ponerse en traje de baño años. Sin embargo, lo ocurrido había sido una especie de catarsis para ella: nada importaba.

Las cosas no habían ido bien siendo una chica modosa, tímida e insegura, así que… era el momento de cambiar. De dejar atrás las tonterías, los complejos y, por qué no, la moral. Iba a hacer todo lo que no había hecho en su vida, y al volver ya pensaría cómo mandar a la mierda a Randy. Qué demonios, quizás no regresaran tan pronto, a lo mejor convencía a Skylar de quedarse unos días más. La idea de desaparecer y que su todavía prometido no supiera donde estaba era tentadora, muy tentadora. Si se preocupaba, que se jodiera, así de simple. Lo tenía merecido por infiel.

—Bien —siguió Greg—, y, por otro lado, yo tengo la vuelta ya cogida, ¿os pido billetes en los mismos vuelos? Marco se queda en la isla.

—Genial, muchas gracias —confirmó Skylar.

Así al menos no tenían que preocuparse de la vuelta. Greg se retiró para llamar a su amigo, y Skylar consultó el reloj.

—Voy a llamar a Corey —dijo.

—¡No! —exclamó Romy a toda prisa.

—¿Por qué no? ¿No se preocupará si te vas sin avisar?

—Solo son un par de días, no hablamos tan a menudo como para que se entere. Si me manda un mensaje, le contesto tan normal y listo. —Al ver la cara de Skylar, añadió—: Si le cuento que Randy me la pega con otra… ya le cae mal sin esta nueva información, no quiero que vaya a darle una paliza o algo por el estilo.

—¿Qué estás diciendo? Corey no va por ahí pegando a la gente.

—Bueno, nunca se sabe. Soy su hermana pequeña y siempre me ha protegido, si me ve muy hundida… además, como poco se enterarían mis padres. Se iba a liar muy gorda y no es lo que quiero ahora mismo.

Skylar parecía reacia a acatar su pacto de silencio.

—Skylar, dos días. No pido más.

«Por ahora», se dijo la morena. Lo importante era meter a su amiga en el *jet* de ida, la vuelta ya vería si cogía ese vuelo que decía Greg o no, dependiendo de por dónde saliera el sol una vez estuvieran en Ibiza.

—De acuerdo —aceptó Skylar al final—. Había quedado con él, te recuerdo.

—¿No puedes cambiar el día? Lo digo porque no tenemos mucho tiempo y hay que preparar el equipaje, necesito comprar un par de bañadores. Puede que no te lo creas, pero no tengo ninguno, como nunca voy a la playa…

Las cosas se estaban torciendo de una manera que no gustaba nada a la rubia. Aquello de salir corriendo sin decir nada a nadie…

—Habrá que avisar a las chicas, al menos —propuso—. ¿O a ellas tampoco quieres decirles nada?

—Ellas son familia, Skylar —matizó Romy, y su amiga alzó una ceja—. Bueno, familia que no va a ir a pegar a Randy, quiero decir.

—¿Reunión urgente del consejo de sabias?

—Sí, vale. Les contaremos todo, sabrán guardar silencio.

—¿Seis y media? Ya habrán salido de trabajar.

—Perfecto. Más vale que nos pongamos en marcha, ¿comemos juntas, buscamos los bañadores y hacemos el equipaje?

Skylar hizo un par de cálculos mentales, consciente de que tenían muy poco tiempo, y asintió: Romy estaba en lo cierto, cuanto antes se movieran, mejor.

Greg regresó con una sonrisa.

—Ya está arreglado, Marco dice que le encantará tener compañía. Recordad, siete y media.

—Gracias, Greg —le dijo Skylar.

—Sí, Greg, eres un auténtico cielo —añadió Romy con una sonrisa—. Has sido muy amable, prometo que no te daremos problemas.

—Os veo más tarde —se despidió él, con un guiño.

Las dos chicas abandonaron su despacho, Romy muy decidida y Skylar preguntándose cómo podía dar la vida semejante vuelco en solo un par de horas. Hasta se había dejado los papeles del trabajo en el despacho de Greg… total, qué importaba, al parecer no los iba a necesitar.

Siguió a Romy hasta el aparcamiento mientras sacaba el teléfono.

—¿A quién llamas? —se apresuró a preguntar Romy, agarrándola del brazo.

—A tu hermano —replicó Skylar, desasiéndose—. Déjame avisarle al menos de que no puedo ir.

—Vale. —La joven parecía desconfiada—. Pero me quedaré delante mientras hablas, solo para asegurarme de que no dices nada que no debas.

Skylar se apartó de ella con el ceño fruncido y llamó a Corey. Si aún seguía tatuando no respondería, era algo habitual… para su sorpresa, esa vez cogió después de tres toques.

—Justo a tiempo —contestó el chico—. Por una vez no vas a tener que esperar, acabo de terminar. ¿Vienes de camino?

—Escucha… es que me ha surgido algo y no puedo ir.

Ese «algo» la atravesaba con la mirada, sin dejar de cambiar el peso de un pie a otro. La pobre aún tenía los ojos hinchados de llorar, y Skylar no tenía nada claro que no le diera otro ataque de histeria, aunque en ese momento pareciera muy decidida.

—¿En serio? —preguntó Corey al otro lado—. ¿Me vas a dejar plantado diez minutos antes?

—No, no, lo digo de verdad. Ha surgido un problema, ejem, y tengo que prestarle toda mi atención.

Hubo un breve silencio hasta que él volvió a hablar.

—Claro, porque prestarme toda tu atención a mí por una vez no se te ha pasado por la mente en ningún momento, ¿no?

Skylar miró al techo, ¡ese par de hermanos iban a volverla loca!

—No, es que…

—No quieres solucionarlo.

—¿Qué? No, no es eso.

—¿Entonces? —insistió Corey, y por su tono de voz estaba muy molesto—. ¿Por qué te escaqueas?

—¡Que no es eso! —exclamó la rubia—. Cuando digo que no puedo es literal, no puedo.

Joder, ¿cómo explicarse sin decir nada de lo que había ocurrido durante la mañana? Además, Romy no le quitaba ojo de encima, no podía dar ni media pista de que si no acudía a la cita no era por decisión propia.

—Vale, Skylar, como quieras.

Bien, ese tono no sonaba nada comprensivo. Ya se sabía que aquello del «como quieras» básicamente era una trampa que en realidad significaba «me las pagarás». Corey no era rencoroso, pero parecía estar harto.

—Escucha —dijo Skylar en tono conciliador—. ¿Te llamo más tarde y te explico?

Eso hizo que se ganara una mirada furibunda de Romy, que la rubia ignoró. De algún modo tenía que arreglar aquello, ya vería qué se podía inventar.

—Déjalo —contestó el chico—. Guarda el premio de consolación para el chico de la laca, seguro que le hace ilusión recibir una migaja de tu tiempo.

—Pero Corey…

—Y otra cosa —la cortó él—: no me llames.

—¿Qué?

—Estoy harto de que me marees. Ya que al parecer tienes tantas dudas sobre nosotros, voy a solucionar el problema ahora mismo —

contestó Corey, y su voz sonaba a juego con las palabras que pronunciaba—. No me busques más, Skylar, la ruptura es definitiva.

Dicho aquello, colgó.

Skylar tardó en reaccionar, procesando sus palabras. ¿Cómo, que era él quien rompía con ella? ¿Pero cómo era posible, solo por no poder ir a una cita?

Joder…

—¿Qué pasa? —Romy se acercó al ver su expresión.

—Nada.

—Venga, que le oía desde donde estaba, y Corey no suele gritar.

—Me acaba de mandar a tomar por culo, más o menos.

—¿Qué?

—Nada, cree que no voy para evitar esa charla, así que ha tomado él la decisión por ambos.

La rubia seguía sin reaccionar. Tras el enfado porque Corey se le hubiera adelantado, de pronto se daba cuenta de lo que significaban sus palabras: había roto con ella. Y aunque llevara días pensando sobre si volver a su lado o no, en el fondo en todo momento había creído que era decisión suya, y no de Corey. Pensaba que tenía el poder y, una vez más, descubría que no.

Romy la miró con atención, valorando si su amiga necesitaba consuelo.

—Bueno —dijo al fin—, de todas formas, ibas a dejarle, ¿no?

Skylar la miró, irritada.

—Quiero a tu hermano, Romy, es solo que tenemos diferencias. Se suponía que íbamos a intentar arreglarlas.

—Ah, es la primera vez que te oigo decir eso de que le quieres.

—No es verdad —se defendió la rubia—. Bueno, se lo dije a River, ¿y qué pasa, es que tengo que poner un anuncio o algo así?

—No, no, tranquila. —Romy le dio unas palmaditas—. No te preocupes, ya sabes que tiene un poco de genio. Seguro que no lo decía en serio.

—Tampoco me ha dado mucha opción a explicarle nada…

Romy puso cara de tristeza, aunque no era por su hermano en concreto, sino en general. Joder con los hombres, no daban más que problemas.

—Mira el lado positivo —dijo—. También puedes olvidarte de todo en Ibiza. Estos días no pensaremos en otra cosa que no sea bailar, divertirnos y ligar con chicos, ¿qué te parece?

A Skylar le parecía imposible divertirse con lo que estaba sintiendo en aquel momento. Sin embargo, tenía las manos atadas: lo de Romy era mucho peor que lo suyo, claro. Y quedarse en casa llorando no era aceptable.

—Pienso pasarme el día y la noche borracha —advirtió.

—Apoyo la moción. Y escucha, para no tener tentaciones ni meter la pata…

Romy se acercó, sacando su propio móvil. Abrió la lista de contactos para buscar el número de Randy y lo borró ante la sorprendida mirada de su amiga.

—Hecho. Que cuando se bebe demasiado, hacemos tonterías.

—Sí, tienes razón —asintió Skylar—. Además, si ya hemos roto, no tiene sentido que guarde su número.

—Esa es la actitud.

Skylar buscó a Corey y eliminó el teléfono. No contenta con eso, se metió en sus redes sociales y lo bloqueó en todas ellas, para que no pudiera siquiera escribirle un mensaje si le daba por ahí. Aparte, ver sus fotos y cosas en perfiles varios no veía cómo podía ayudarla, a no ser que lo que pretendiera fuera tener una depresión. Iba a olvidarle, tenía que olvidarle como fuera, y punto.

—Sé que es tu hermano y que tú no puedes eliminarlo de tu vida —le dijo a Romy—. Pero por favor, por mucho que haya bebido, no me pases su número de nuevo.

—Prometido.

—Y no me dejes llamarlo, te diga lo que te diga.

—Tampoco tú me dejes localizar a Randy. ¿Trato hecho?

—Trato hecho. —Skylar le estrechó la mano—. Pues venga, vamos a comprarnos unos bikinis bonitos para ir a la playa. Por lo que tengo entendido, Ibiza es preciosa.

—Y vamos en un *jet*, ¿qué más se puede pedir?

Romy seguía congestionada, y Skylar dolida, pero ambas lograron recomponerse un poco antes de entrar en el coche. No serían las primeras chicas en sufrir por amor, sin embargo, era mucho mejor perspectiva pasar el mal trago bailando sin parar que llorando en el salón mientras se inflaban a helado de chocolate.

Así que decidido: a Ibiza.

CAPÍTULO 3
MARTES, NOCHE

El mensaje de Skylar en el grupo convocando urgentemente el consejo de sabias pilló a Danni saliendo de su entrevista de trabajo, ya con el puesto adjudicado. Estaba entre feliz y nerviosa por comenzar en un sitio nuevo. Había ido con pocas esperanzas de que las fotos y la descripción de la web se ajustaran a la realidad, pero la verdad era que el *tour* por el edificio la había dejado impresionada. No, las fotos de la web no engañaban y allí no había ningún cubículo angustioso ni oscuro: era todo luz y espacios abiertos, plantas, zonas de descanso y sí, café totalmente gratis.

La entrevista fue fluida y le causó muy buenas vibraciones. Al terminar, le pidieron que esperara fuera y pensaba que sería para hacer algún otro tipo de prueba. Sin embargo, la sorprendieron llevándola directamente a recursos humanos para ofrecerle un contrato con unas condiciones que no podía rechazar, sobre todo dada su situación, y había firmado… para enterarse entonces de que empezaba al día siguiente, lo cual era un gran motivo para su nerviosismo. Pensaba que habría tenido unos días para hacerse a la idea, aunque quizá así fuera mejor, como cuando te quitabas una tirita: cuanto más rápido, menos dolía.

Por si fuera poco, le entregaron un kit de bienvenida antes de irse con un montón de cosas con el logo de la empresa: una taza para ese maravilloso café gratis, una botella reutilizable para no tener que utilizar de plástico, artículos de oficina… Hasta le parecía demasiado bonito para ser verdad.

Al salir había sacado el móvil para avisar a las demás, pero al ver aquel mensaje de emergencia, decidió dejarlo para cuando se vieran todas por la tarde en su cafetería favorita, Dairies Coffeehouse & Cold Brew Bar. Les gustaba porque no era la típica con sillas y mesas, sino que tenían sofás junto a enormes ventanales donde poder relajarse y pasar horas tomando café y, si les apetecía, enlazar con cena, puesto que también ofrecían.

Skylar, además, no había dado muchas pistas, solo había puesto:

«CONSEJO DE SABIAS URGENTE. TEMA: BODA. 18:30 EN DAIRIES.»

Ya de por sí las mayúsculas indicaban que sí que era algo importante, y no se le ocurría el qué. ¿Sería algo de sus vestidos? Porque en teoría, iban a recogerlos también ese día. Todas se habían fiado de Skylar y en las últimas pruebas les quedaban bien, ¿habría ocurrido algo con la entrega?

En fin, pronto se resolvería el misterio. Ya casi era la hora y estaba entrando por la puerta de la cafetería. Tenían un par de sitios favoritos y localizó a River sentada en el sofá de uno de ellos, así que se dirigió hacia allí.

—¡Hola! —saludó, dejándose caer a su lado.

—Hey, guapetona. —River le dio un abrazo y la miró—. ¿Qué tal la entrevista? ¡Que no has dicho nada!

—Ahora os cuento, que con el mensaje de Skylar he preferido dejar las noticias para cuando nos viéramos. ¿Sabes algo de lo que ha pasado?

—Nada, ni idea. —Señaló hacia la puerta—. Mira, por ahí viene Kat.

La chica ya las había visto, les hizo un gesto con la mano y se acercó, con su melena rosa balanceándose a cada paso.

—¡Qué bien, hemos pillado sofá! —exclamó.

Dio un rápido abrazo a cada una y se dejó caer al lado de Danni con un suspiro, ocupando así la totalidad de la pieza de mobiliario.

—¿Mal día? —preguntó la pelirroja, frotándole un brazo.

—Cansado, parece que hoy todo el mundo quería ir de compras. No hemos parado ni un segundo. En fin, ¿qué sabéis?

—¿De la convocatoria? —dijo River—. Nada, ni idea. Pensábamos que quizá tú tenías más información.

—Qué va, nada de nada. Menuda intriga… ¿habrán tenido algún problema con nuestros vestidos?

—Eso he pensado yo —dijo Danni.

—¡Hola, chicas! —Sun Hee llegó, se inclinó para estamparles unos sonoros besos y se tiró en uno de los sillones junto al sofá—. ¿Qué tal vuestro día? Yo no he parado.

—Parecido, la tienda a tope —dijo Kat.

—Yo normalito, la verdad —contestó River.

—¿Y la entrevista, Danni? —Sun Hee la miró—. ¡Dinos algo!

—Cuando estemos todas y sepamos la emergencia.

—¿Qué será, a todo esto? Estaba depilando unas cejas cuando me llegó el mensaje, del impacto quité algún pelo de más… —Todas la miraron con cara de susto—. Tranquilas, que lo disimulé con un poco de lápiz y ya.

—Ahí vienen —avisó River, haciendo que las otras dos miraran hacia la entrada—. ¿Qué llevan?

—¿Maletas? —se extrañó Kat.

En efecto, sus dos amigas se acercaban cada una arrastrando una maleta, caminando deprisa.

—Ya estamos aquí —anunció Romy, como si no fuera obvio.

Se sentó en uno de los sillones al otro lado de la mesa y Skylar hizo lo propio, ante la atenta mirada del resto.

—Tenemos poco tiempo —anunció esta.

—¿Poco tiempo para qué? —River no entendía nada.

—¿Falta algo de organizar? —preguntó Kat—. ¿Lleváis ahí dentro muestras de decoración de mesas?

—No, nada de eso —replicó Romy—. Más bien, al contrario.

En ese momento, se acercó la camarera para atenderlas. Como ya conocía al grupo, esperaba siempre a que estuvieran todas antes de tomarles nota.

—Buenas tardes, chicas. ¿Qué os apetece hoy?

—Café doble con Baileys y nata montada —dijo Romy.

—No, no, nada de alcohol ni cafeína, que ya estás bastante acelerada —dijo Skylar—. Tila para ella.

—Bueno, ya me resarciré en Ibiza.

Tras un segundo de estupor, todas comenzaron a hablar a la vez:

—¿Ibiza?

—¿Eso no está en Europa?

—¿De qué hablas?

—¿Resarcirte de qué?

—Chicas, tranquilas —dijo Skylar. Miró a la camarera—. Todas tomaremos *lattes* menos Romy, ella una tila como te he dicho. Gracias.

La camarera afirmó y se alejó para preparar el pedido. Romy se había cruzado de brazos, enfurruñada, y Skylar suspiró.

—Tenemos algo que contaros… —empezó.

—Después de todo lo que me ha pasado, qué menos que un poco de nata y alcohol —refunfuñó la morena.

—¿Queréis ir al grano, por favor? —pidió Kat—. Que estamos aquí a punto de mordernos las uñas.

—Ni se os ocurra, que tengo que haceros las manicuras para la boda —replicó Sun Hee—. ¡No os hagáis averías!

—Tranquila por eso, que no hay boda —soltó Romy, haciendo que todas ahogaran una exclamación—. Y Skylar y yo nos vamos a Ibiza en una hora.

—¿Qué?

—¿Cómo?

—¿Es una broma?

—¿En una hora? ¿Estáis locas?

—Con el chico de la laca y un amigo suyo que tiene un *jet* privado —terminó la morena, encogiéndose de hombros como si fuera lo más normal del mundo.

De nuevo, Kat, River, Sun Hee y Danni comenzaron a hablar las cuatro a la vez. La camarera llegó con los cafés y la tila en medio de todo el lío, lo que ayudó a que se callaran cuando Skylar volvió a pedir paz. Una vez la chica se hubo alejado de nuevo, levantó las manos para que sus amigas no comenzaran a preguntar de nuevo.

—Romy necesita alejarse unos días porque… —comenzó.

—Es simple —la interrumpió ella—. Randy es un cabrón que me está poniendo los cuernos con su secretaria y a saber con cuántas tías más.

—¿Estás segura de lo que dices? —preguntó River, sin dar crédito.

—Sí, tengo pruebas irrefutables. —Todas se inclinaron hacia ella, esperando que sacara algo del bolso o de la maleta, pero Romy no hizo ningún gesto hacia ninguna de las dos cosas—. No físicas —aclaró—, sino aquí. —Se tocó la sien con el dedo índice—. Todo está en mi cabeza.

—Ejem, bueno, si es así quizá estés… ¿imaginándolo? —aventuró Kat.

—Me refiero a que lo he visto, no a que esté chalada.

—Perdón, perdón.

—En su despedida, apenas pude hablar con él. Según parece, los imbéciles de sus amigos le quitaron el móvil y en una de las llamadas que le hice, me cogió uno de esos gilipollas y me contó muy amablemente que habían llevado *strippers* a la habitación a «dormir» con ellos. Esa es la prueba T.

—¿No sería A? —preguntó Danni.

—T, de tanga. De ahí que yo estuviera mosca con el tema y quisiera ver de qué iba todo, porque si Randy quería una chica-tanga, pues quería probar a ver y... —Sacudió la cabeza—. Da igual, fue una tontería. Mejor paso a la prueba S.

—¿S? —Sun Hee no daba crédito.

—De *Secrepoputón*.

—La secretaria de Randy —explicó Skylar, ante la cara de las demás—. Poppy. Resulta que es su amante. Secretaria, Poppy, putón.

—¡No! —exclamaron las cuatro a la vez.

—Y no me preguntéis si estoy segura, que lo he visto desde detrás de un ficus.

—¿Un ficus? —repitió River.

—Sí, esa planta horrible con un montón de hojas.

—Sé lo que es un ficus —replicó River—. Quería decir, ¿dónde hay un ficus?

—En su despacho, que no os enteráis.

Romy cogió aire, dio un trago a la tila y, tras dejarla con un gesto de asco, procedió a contar lo que había escuchado en el despacho ante sus atentas miradas. Con cada frase sospechosa, cada una soltaba algún murmullo de aprobación, disgusto o sorpresa. Porque ninguna hubiera sospechado jamás algo así de Randy, a todas les caía bien y les parecía un chico estupendo. Hasta ese momento, claro.

—Creo que el apodo de Ted Bundy debería haber sido para él —sentenció Danni, cuando Romy acabó de hablar.

—Exacto —corroboró Romy, afirmando enérgicamente con la cabeza—. Total, que fui a ver a Skylar, y Greg, tras escuchar mi historia, nos invitó muy amablemente a ir a Ibiza con él y un amigo. Justo se van esta noche, así que es perfecto.

—Sí, más o menos fue así —corroboró Skylar.

Tampoco era necesario entrar en los detalles de cómo había aparecido en el hotel, el nivel de histerismo que había alcanzado o el whiskey que había tragado como si nada para pasar el mal rato.

—¿Y la boda? —preguntó Kat—. ¿Has cancelado?

—No quiero pensar en eso ahora, solo quiero irme y desmelenarme por una vez en la vida. Ya veré cuando volvamos.

—¿Y cuándo es eso? —añadió River.

—Estaremos un par de días allí —contestó Skylar.

—Menuda paliza —comentó Kat—. Entre ir, volver, el *jet lag*...

—Peor que este fin de semana no puede ser —replicó Romy.

—¿Y tenéis los pasaportes? —quiso saber Sun Hee, no fuera a pasarles como a ella.

—Sí, hemos pasado el día preparando las maletas y las dos los tenemos en el bolso —contestó Skylar—. Era fácil encontrarlos, yo por lo menos ni lo había guardado.

—Eso sí, tened una cosa clara —añadió Romy, muy seria—: Randy no sabe nada y así debe continuar.

—¿No has hablado con él? —inquirió Danni.

—No, ni pienso hacerlo. Que le den. Y si os pregunta a alguna, por casualidad, ni se os ocurra decirle dónde estoy. Eso quiero dejarlo muy claro, chicas. Paso de su culo. Así que pacto de silencio, ¿entendido?

Todas afirmaron con convencimiento. Extendieron las manos hasta que todas se tocaron en el centro, sobre la mesa.

—Pacto de silencio contra Randy —dijeron.

—Perfecto. Pues ahora vamos a ponernos al día —continuó Romy, satisfecha—. Que nos queda poco tiempo y hay asuntos pendientes en la agenda.

—Eso es. —Skylar miró a Danni, expectante, y también para evitar que «su» tema fuera el primero—. ¿Qué tal la entrevista? ¡No nos has dicho nada!

—Iba a contaros cuando vi vuestro mensaje, así que pensé que mejor esperar a ahora. —Sonrió—. ¡Me han cogido!

Hubo un revuelo general mientras todas se levantaban a abrazarla, felicitarla y darle besos. Ella se sentía un poco mal por estar celebrando algo después de escuchar a Romy, pero al verla sonreír, se tranquilizó un poco. Seguro que también le venía bien distraerse de su drama con las historias de las demás. Y encima se iba a Ibiza, ni más ni menos…

—¿Cuándo empiezas? —le preguntó Kat.

—Mañana mismo.

—Eso sí que es rapidez —dijo Skylar.

—Sí, será para que no me arrepienta. —Se rio—. En fin, ya lo celebraremos después de… —Miró a Romy, ya que había estado a punto de decir «la boda»—. De todo esto.

—Al menos ha salido algo bueno del viaje desastroso —comentó River.

—Sí, porque lo de Jamie mejor ni comentarlo —replicó Danni, con un resoplido—. Ni me ha llamado, ni un mensaje, ni nada. Y no me digáis que no tiene mi número, que seguro que si quisiera habría podido conseguirlo. Para empezar, podría habérmelo pedido en algún momento, ¿no? Así que nada, paso página y punto. O lo que sea, que ni siquiera ha llegado a página. Como mucho, una introducción a medias. —Cogió su café y se lo terminó de un trago—. Venga, siguiente en la lista.

Skylar cogió su café, pensando en cómo desviar la conversación hacia alguien más, cuando Kat carraspeó y levantó la mano.

—Ya sé que hay controversia, pero sigo dudando —explicó—. Sobre si llamar a Lawson o no. River y Sun Hee me han dado su opinión, pero vosotras no.

—Lo de invitarlo a mi boda ya… como que no. —Romy se rio de forma casi histérica y Skylar le acercó la tila—. Que no me hubiera importado, pero vamos, que esa excusa para llamarle ya no tienes.

—No sé, la comunicación es importante —observó Skylar, recordando sus propios problemas en esa área—. Aunque hayáis quedado el viernes, puedes enviarle algún mensaje para concretar, no vaya a pensar que lo ignoras.

—Bueno, también podría habérselo enviado él —añadió Danni, cruzándose de brazos.

—Eso es verdad —dijo Romy—. Nada, que se fastidie. No le llames, que lo haga él. Los tíos se lo tienen que currar, ¿no? Siempre somos nosotras las que ponemos toda la carne en el asador y luego mirad lo que pasa: ¡cornuda a punto de casarme! ¡Ja!

—Romy, no sé si ahora mismo estás en condiciones de dar consejos —aportó River—. Sin ofender.

—Habló la del tipo que se le veía venir de lejos —apuntó ella.

—Bueno, que haya paz —se apresuró a decir Kat—. Lo de River es agua pasada, no hace falta remover. Vamos a lo mío, por favor, que a este paso sigo sin recibir resultados de la votación. En resumen, ¿la mayoría decís que no?

Hubo una mezcla de afirmaciones y negaciones de todas las cabezas y ella cogió su taza con un suspiro, al ver que la mayoría se decantaba por un «no».

—Vale, pues… ya veré —dijo.

—De eso nada, el consejo está para algo —replicó Romy—. Si no, ¿qué sentido tiene votar? No vuelvas a hacer como con lo de acostarte con él.

—Bueno, ahí la verdad es que era comprensible —sonrió River.

—No lo veo tan claro —refunfuñó la morena.

Kat no contestó. Ya veía que su amiga estaba en un estado de nervios fuera de lo normal y lo entendía, mejor no pincharla ni llevarle la contraria o quizá la tila acabaría estrellada contra alguna de las plantas de la cafetería, visto su nuevo odio por los ficus.

Skylar miró el reloj y se terminó también su café.

—Tenemos que irnos, que hemos quedado a las siete y media —dijo.

—Recordad: pacto de silencio —avisó Romy—. Ni una palabra a Randy.

—Tranquila, que si le vemos será para tirarle un ficus a la cabeza —sonrió Sun Hee.

—Odio esa planta —volvió a decir Romy—. Es como con *Lo que el viento se llevó,* nunca más en la vida.

—¿Qué tiene que ver la película con todo esto? —preguntó Danni.

—¡Pues que encima no me vale el puto vestido y Skylar me ha tenido que apretar tanto el corsé que se me han clavado las costillas en el hígado!

—Tranquila, Romy —intentó calmarla Skylar.

—¡Estoy tranquilísima! Total, ya no tengo que ponérmelo, así que me importa tres pepinos el corsé.

Se terminó la tila de un trago, sacó unos billetes de su bolso que prácticamente tiró sobre la mesa y se levantó, agarrando su maleta.

—¡Un segundo! —exclamó Kat, al ver que Skylar se levantaba también.

—¿Qué pasa?

—¿Y Corey? ¿No ibas a hablar con él hoy?

—Ah, eso. Pues nada, he tenido que cancelar la cita con esto de Romy...

—«Esto» es grave, recuerda, no ha sido cancelar por una tontería —le recordó ella.

—Y entonces se ha cabreado y ha roto conmigo. Así que ya ni charla ni posible reconciliación ni nada de nada.

—Oh, vaya... —Danni se levantó y le dio un abrazo—. Lo siento.

River hizo lo propio, tenía muy fresco todo el viaje y las idas y venidas entre ellos, y suponía que la chica estaría más dolida de lo que aparentaba.

Por último, Kat y Sun Hee se unieron al abrazo y le dieron unas palmaditas.

—Bueno, al menos el viaje te vendrá bien —comentó la primera.

—Eso es —dijo Sun Hee—. No te pasará como en la despedida, aquí vais en avión privado, así que llegáis fijo.

—Mandad muchas fotos, qué envidia —dijo River—. Playas, sol...

—Fiesta, alcohol, chicos... —continuó Romy.

—Lo que sea, sí, ya os iremos informando.

Se dieron unos cuantos abrazos y besos más y Skylar y Romy salieron con sus maletas para ir a buscar un taxi que las llevara al aeropuerto.

En la cafetería, Danni hizo un gesto a la camarera para que se acercara y pidieron otra ronda de *lattes*.

—Menudo marrón —comentó Sun Hee—. A ver qué pasa con el restaurante y los invitados.

—Ya lo arreglará desde allí —dijo Danni—. Skylar va con ella, seguro que se encarga de desorganizarlo todo.

—Qué cabrón —resopló Kat—. Con esa pinta de chico bueno que tiene. Como se le ocurra llamarme, a lo mejor acaba tragándose el móvil.

—Parece que estamos abonadas a los sinvergüenzas —se lamentó River, sacudiendo la cabeza—. En fin, ¿por qué no hablamos de la buena noticia del día? Danni, danos más detalles de la empresa, ¿qué pinta tiene?

La pelirroja sacó el móvil para mostrarles la web y que así pudieran hacerse una idea de que las maravillas que contaba eran reales.

—No termino de fiarme mucho —dijo.

—Es un trabajo, obviamente con el tiempo seguro que le encuentras pegas —comentó Kat—. Pero si tiene más ventajas que desventajas, como parece, ya es mejor que el anterior.

—Sí, eso sí. Ah, y mirad.

Cogió su bolso y sacó el kit de bienvenida, que había metido dentro para poder enseñárselo. Ninguna había tenido nada ni remotamente parecido al comenzar en sus trabajos, así que a las tres les pareció otro punto a favor de la empresa.

Como todas tenían que madrugar al día siguiente, tras terminar el café decidieron que era hora de despedirse. Pagaron al salir y se despidieron en la acera, ya que cada una iba en una dirección diferente.

Mientras caminaba hacia la parada de autobús para coger el que la llevaría a su apartamento, Kat se metió las manos en los bolsillos de la chaqueta y tocó el móvil. Jugueteó con los dedos sobre la pantalla, sin sacarlo, dándole vueltas a la votación del consejo y a las opiniones de cada una. Cierto, como decía Romy, para algo se votaba y ya se lo había saltado una vez al acostarse con Lawson... Lo cual, en cierto modo, hacía que no pareciera tan grave hacerlo de nuevo. Al fin y al cabo, si lo llamaba, ni siquiera interferiría para nada con los planes de sus amigas como durante el viaje. Además, no iba a llamarlo… podía mandar un mensaje, quizá, uno pequeñito, que tampoco era para tanto. No sería tan grave.

Se mordió el labio, aún dudando, mientras sacaba el teléfono del bolsillo. Lo desbloqueó sin pensar más y abrió el WhatsApp para buscar a Lawson entre sus contactos.

«Hola, ¿qué tal la vuelta?»

Esperó un poco, dudando, y continuó:

«Nosotras sin incidencias, sorprendentemente.»

Puso unos emoticonos de sonrisas y guiños y decidió ir al grano.

«¿Cómo quedamos el viernes?»

Ya había llegado a la parada, así que se sentó mirando la pantalla hasta que los tics cambiaron de color, indicando que Lawson los había leído.

Y así que se quedó, porque no le llegó ninguna respuesta. Genial. Pues nada, otro cabrón para la lista. ¿Qué le costaba contestar? Si no iba a quedar con ella, al menos debería dar la cara.

Llegó su autobús y subió refunfuñando para sí contra los conductores y los hombres en general. Eso sí, en voz baja para que no la oyera nadie, no era cuestión de entrar en guerra con el conductor de ese autobús y acabar teniendo que volver andando a casa.

Daba igual, la cosa era que, al final, el consejo de sabias iba a tener razón y tenía que haberles hecho caso.

Estaba pensando en si enviar algún otro mensaje mandándole a la porra cuando vio que su móvil se iluminaba y vibraba con una llamada entrante, y el nombre que aparecía en la pantalla era «buenorro».

Al momento se le pasó el enfado y contestó con una sonrisa.

—¡Hola! —exclamó.

—Hola. Iba a contestarte a los mensajes, pero también había pensado llamarte esta noche, así que ya que me has escrito…

—¿Ibas a llamarme?

—Claro, ¿lo dudabas?

—No, bueno, yo qué sé, como ya habíamos dicho lo del viernes, pues eso. Pensaba que quizá no hablaríamos hasta entonces.

—Sí, iba a llamarte para ver qué te apetecía hacer, si hay algún sitio que te guste más que otro o te apetece alguna cosa en especial.

Ay, qué majo. Y ella poniéndolo verde. Nada, el consejo de sabias se había equivocado y había hecho bien en enviarle un mensaje.

—Pues te mando un par de opciones y me sorprendes —le contestó.

—Genial. Envíame también tu dirección y así te recojo en tu apartamento. ¿Qué tal a las siete? ¿Te da tiempo?

—Sí, perfecto.

—Pues quedamos así. Por cierto, te vas a reír. ¿A que no adivinas qué viaje tengo que hacer el miércoles?

—¿Una ruta de parterres con ancianos? —Se rio.

—No, tengo que sustituir a un colega de baja en su ruta al Niágara.

Kat volvió a reírse, moviendo la cabeza divertida. Vaya, si hubiera hecho él esa ruta, a lo mejor no habrían coincidido. Sobre todo, teniendo en cuenta que ella había acabado en el autobús que no era y sus facultades de persuasión habrían fallado con otro conductor diferente a Lawson. Por ejemplo, el original, que ni siquiera había querido esperar cinco minutos a Romy. ¿Cómo se llamaba?

—¿Sigues ahí? —le preguntó Lawson.

—Sí, sí, es que me ha hecho gracia. ¿Y vuelves el jueves?

—Sí, hago la ruta nocturna de ida, descanso durante el jueves y vuelvo por la noche. Así que el viernes me pillarás bien descansado, que estaré durmiendo todo el día.

—Te tomo la palabra.

—¿Y qué tal el primer día de trabajo?

—Huy, eso bien pero no sabes la que se ha liado.

Sabía de sobra que seguro que tenía que especificarle otra vez quién era quién mientras hablaba con él, pero le daba igual y se puso a contarle todo lo que había sucedido con sus amigas. Empezó por Danni, que era lo más sencillo, y enlazó a Romy tras hablar de Skylar, cuyo tema fue corto porque ella misma lo había resumido demasiado en la cafetería. A Kat le había dado la sensación de que faltaba información, pero claro, con las prisas, seguro que Skylar no había podido contarles más. A ver si durante el viaje enviaba algún mensaje más aclaratorio.

Tan entretenida estaba charlando con Lawson, o, más bien, ella hablando y él escuchando y comentando de vez en cuando, que para cuando se dio cuenta, se había pasado su parada y llegado al final de la ruta. No a la última parada, sino a las propias cocheras donde el conductor descansaba unos minutos antes de iniciar la ruta de nuevo.

Tuvo que dejar a Lawson en espera un rato mientras convencía al conductor de que la dejara quedarse, hacer el viaje de regreso y bajar a la vuelta en su parada. El hombre lo primero que le dijo fue que tenía que bajarse porque no podía haber ningún pasajero en el autobús si él no estaba y debía coger otro. Tuvo que echar mano de todo su repertorio y al final el tipo la dejó quedarse para hacer el viaje de vuelta, con la condición de que esperara fuera. Seguro que lo había hecho para que dejara de darle la murga, así que salió a la calle y se quedó bien pegada a la puerta para no despistarse. Continuó su conversación con Lawson hasta que volvió el conductor y subió para ocupar un asiento junto a la ventana. Visto lo visto, no se fiaba de sí misma, así que no quitó ojo a la calle, para que no le volviera a pasar lo mismo. Sus amigas le habían dicho mil veces que cogiera el metro, sobre todo teniendo en cuenta que tenía una parada al lado de casa. El problema era que tenía cuatro líneas. Así de primeras no parecían muchas, pero claro, tratándose de ella ya se había liado un par de veces entre la línea azul y la roja, por lo que no se arriesgaba.

En su estudio, Corey acababa de despedir a su último cliente y permanecía dentro de la habitación donde tatuaba, en espera de escuchar cómo la puerta se cerraba, lo que le indicaría que Libby se iba a casa. Al salir con el chico recién tatuado, la había visto con la escoba en la mano, y habían pasado más de veinte minutos, así que no acababa de entender qué hacía aún allí.

La chica lo ayudaba unas horas por la tarde, ocupándose sobre todo de recibir a los clientes nuevos, sacarles los álbumes de dibujos y orientarles por encima, además de emitir facturas y limpiar un poco. Era hija de una amiga de su madre, así que la tenía contratada como favor, porque en realidad no la necesitaba. No le caía mal, pero desde que Skylar la había apodado «la chica de las babas» le costaba no imaginarla como un San Bernardo, la verdad… el día menos pensado se le escapaba el mote en su cara, lo veía venir.

Todos los días, cuando llegaba el momento de cerrar, Libby intentaba darle conversación. Lo intentaba mucho. Por eso Corey se entretenía todo lo posible, para darle tiempo a irse.

Ese día no sabía qué puñetas ocurría que no se marchaba, juraría que llevaba siglos oyendo cómo barría, joder. No estaba de humor para charlas intrascendentes; de hecho, había quedado con los chicos para tomarse unas cervezas y tampoco le apetecía demasiado, solo que a ellos no podía evitarlos.

Se frotó la frente y miró el reloj, consciente de que al final iba a llegar tarde. Abrió la puerta y Libby apareció rauda y veloz, sujetando esa escoba que había pasado por lo menos cuarenta veces. Si barría el estudio una vez más, podría comer en el suelo.

—Eh, ya pensaba que te habías dormido ahí dentro, ¿todo bien?

—Sí, sí, tranquila. Puedes irte, es tarde.

—No me importa ayudarte si necesitas algo.

—No te preocupes, mujer, estarás cansada.

Libby negó con la cabeza de manera enérgica, por si acaso había suerte y la invitaba a irse con él a donde fuera.

—Estoy muy bien, en serio, estoy genial.

—¿Cómo tengo el día mañana? —preguntó Corey.

Apagó la luz del cuarto y fue a por su cazadora mientras Libby echaba un rápido vistazo al libro de citas donde apuntaba todo.

—Lío por la mañana, tienes cuatro normales. Por la tarde hay uno grande, he calculado unas cinco o seis horas.

—Genial, gracias. Puedes cogerte la tarde libre, ya me ocupo.

—¿En serio? —preguntó, más como si le hubiera ofrecido una taza llena de cianuro en lugar de un día libre.

—Cerraré con llave y listo, ese trabajo me va a ocupar todo el tiempo.

—¿Y si viene algún cliente nuevo?

—Que vuelva el jueves. De todos modos, no tengo hueco en bastante tiempo, ¿no?

—Unos meses, sí.

—Hala, Libby, nos vemos el jueves. —Corey le dio una palmadita mientras la empujaba de forma disimulada hacia la puerta—. Cierro yo.

Ella se marchó, aún con expresión reticente en la cara. Corey apagó todas las luces del estudio y bajó la reja, aliviado de que al fin se hubiera marchado.

Consultó el móvil para descubrir que los chicos ya lo estaban esperando en el bar de siempre, así que fue a coger el coche para ir allí. La verdad era que esa tarde había mirado el teléfono muchas más veces de lo normal, aunque se resistía a admitir que esperaba que Skylar intentara hablar con él de nuevo.

A lo mejor se había dejado llevar un poco por el cabreo del momento y, en realidad, se arrepentía de sus palabras. A lo mejor, no estaba seguro.

De cualquier forma, después de haber dado ese paso, ya no podía echarse atrás. ¿Verdad?

Decidió apartar el tema de su cabeza y en diez minutos aparcaba cerca del bar predilecto de su grupo de amigos. El grupo era tan numeroso que rara vez coincidían todos, aunque había unos que nunca fallaban: los hermanos London.

Ya estaban allí y, por las botellas vacías de la mesa, llevaban un buen rato.

—¡Dichosos los ojos! —exclamó uno de ellos, al verlo aproximarse—. Últimamente eres caro de ver.

—Tengo trabajo acumulado.

Kee se apresuró a chocar la mano contra la suya con una sonrisa. Era el mayor de los tres, con quien más afinidad sentía, y el más normal. Lo había conocido en su estudio: el chico se presentó allí con una idea difusa que incluía guitarras y calaveras, y Corey se ofreció a hacerle un diseño. Algo que ya no era muy habitual, la gente buscaba dibujos por internet y se presentaban con ellos pidiendo una copia exacta.

Por un lado, Corey echaba de menos los tiempos en que su trabajo también incluía algo de creatividad, aunque por otro… así era más sencillo no fallar.

Kee le dio una sorpresa en ese aspecto. Apareció, le explicó las cosas que le gustaban, qué sentido quería darle a ese tatuaje y le pidió un diseño inédito y original. Añadió, además, que quería ocupar toda la espalda, que el dinero no era problema ya que llevaba mucho tiempo esperando su turno y había tenido tiempo de ahorrar.

Hicieron falta unas cuantas sesiones para acabarlo, y eso daba tiempo a charlar. No tardaron en hacer migas, algo que se extendió después de acabar el trabajo, y poco después, Kee le presentó a sus hermanos.

Los tres eran castaños de ojos azules, y sus padres les habían puesto nombres indios pese a que ninguno tenía rasgos o raíces lejanas: un simple capricho de sus progenitores que los chicos llevaban arrastrando toda la vida.

Kee era el mayor y más «formal», después estaba Seneca y, por último, Sioux, el más gruñón. Todos solteros, por cierto, lo que hacía que cogiera sus consejos con pinzas pese al entusiasmo que tenían en meterse en su vida sentimental.

—No me extraña —repuso Sioux—. Si no hubieras cancelado lo del sábado, hoy no habrías estado así de agobiado.

—¿Qué eres, mi secretaria?

—No, ya tienes una, solo que no se atreve a hablarte así.

—Y espero que así siga, si no la echaré a la calle de una patada —refunfuñó Corey, sentándose junto a Kee.

—Tienes cara de cansado —comentó Seneca, en cuanto lo tuvo delante.

—Pues claro —siguió Sioux—. Lleva desde el miércoles pasado en un bucle de kilómetros y coche, no creo que en un día se haya recuperado. Y total, ¿para qué? ¿Vuelves a tener *pijinovia*, u otra vez te ha mandado a pastar?

Seneca le dio en la cabeza, a lo que Sioux emitió un quejido.

—¡Oye!

—Cállate, idiota. No sabes de lo que hablas.

Corey le lanzó una mirada poco amistosa. Kee y Seneca eran más sutiles y solían esperar a que la información llegara hasta ellos en lugar de preguntar, aunque quisieran saber. Corey siempre había tenido muchos amigos, pero nunca unos a los que les interesaran tanto los temas de faldas. Por norma general, no hablaba con los colegas de ese tema más allá de los cinco minutos de turno, o si tenía algo muy interesante que contar en plan «me ligué a esa del sábado».

A veces se preguntaba si era porque ninguno de los tres tenía demasiada suerte con el sexo femenino, otra cosa que no terminaba de comprender. Sabía que Kee arrastraba una relación fallida que no había superado del todo, que Seneca nunca pasaba más allá de las primeras citas, y que Sioux... bueno, este era directamente insoportable y nadie lo aguantaba.

Como tantos tíos, al fin y al cabo, así que no lo comprendía muy bien.

—¿Y tú sí? —contraatacó Sioux—. Vamos, el gran experto en mujeres. ¿Qué les haces exactamente en la primera cita para que nunca quieran volver a verte?

—Tú ni siquiera consigues una primera cita, eres como una abuela gruñona.

—Callaos de una vez —los cortó Kee, con la autoridad que le concedían sus dos años de ventaja, y volvió su mirada a Corey—. ¿Tan mal ha ido la cosa?

—A ver —dijo Corey—. No se suele hablar tanto de estos temas, así que hagamos una cosa: quince minutos y después pasamos al beisbol, la música o lo que sea. ¿Vale?

Los tres asintieron al mismo tiempo, lo que hizo que Corey alzara la ceja. Joder, si es que a veces parecían trillizos, hacían gestos idénticos tan cronometrados como un equipo de natación en sus piruetas acuáticas.

—El viaje ha sido una pesadilla —comentó—. Cerré un trabajo en Cincinatti que se alargó más de la cuenta, así que imaginaos. Skylar se ha pasado un noventa y cinco por ciento del tiempo cabreada.

—Pues como siempre —apuntó Sioux—. ¿Pero esa tía sabe sonreír?

—¿Y el cinco por ciento restante? —pregunto Kee.

—Un poco de todo.

—¿Un poco de todo significa cama? —se metió Seneca, y lo vio afirmar—. Pues sinceramente, no lo entiendo. La idea de romper resultaría más creíble si no os acostarais cada dos por tres.

—Yo no veo el problema. —Sioux le dio un trago a su cerveza y se acomodó sobre la silla—. ¡Si es la relación perfecta! Se la tira cuando quiere y no tiene que aguantarla el resto del tiempo... ¿no es lo que soñamos los tíos? Sexo y después a su casa. Así no nos ponen la cabeza del revés con sus cosas que, total, no nos interesan.

Kee meneó la cabeza.

—Habla por ti, yo no estoy de acuerdo.

—Yo tampoco —añadió Seneca.

—Que os jodan a los dos.

—No me interesa volver a lo de solo sexo —comentó Corey, ignorando a Sioux como si no estuviera allí soltando burradas—. Y creo que he hecho todo lo posible por arreglar las cosas, joder... Primero me deja por lo del traje, le escribo y no me contesta, me hace ir a tomar por culo a recogerla y encima, borde como ella sola.

Kee y Seneca iban asintiendo a cada frase que decía, decididos a dejar que se desahogara.

—Y todo esto sin querer hablar, claro. Que no sé qué pensáis del tema, pero hasta donde yo sé, la comunicación es básica si se pretende llegar a algún sitio.

—¿Cómo habéis quedado? —quiso saber Kee.

—Nada, hemos roto.

—¿Definitivamente? —preguntaron los otros dos hermanos a la vez.

—Yo qué sé, en teoría. Se suponía que íbamos a hablar hoy, pero otra vez me ha cancelado el plan, así que le dije que dejara de molestarse. No hace falta que me dé largas todo el tiempo, si no quiere seguir pues ya está.

—¿Te ha dejado plantado así, sin más, sin ninguna explicación?

—Me ha dicho que tenía un problema urgente. No sé, según la he oído me he cabreado un poco y ya no he hecho mucho caso al resto.

Hubo un silencio general en el que los tres hermanos bebieron de sus cervezas. Kee examinó a su amigo, al que no tenía que mirar mucho para saber que estaba tocado. Como si él no supiera de primera mano que a veces el orgullo no compensaba las consecuencias... Es decir, le comprendía, Skylar era una novia difícil y lo había sido desde el primer momento. Solo que, a veces, cuando uno dejaba escapar a una chica que quería pensando que ya encontraría otra mejor, no siempre era cierto. Y tenía su propio ejemplo para atestiguarlo. Se tendía a frivolizar la importancia de una persona bajo la creencia popular de todos esos peces disponibles que había en el mar, pero eso no resultaba un consuelo cuando solo quedaban lapas después de perder a una ostra. Y estaba más que claro que, para su amigo, Skylar era una ostra.

—A lo mejor era cierto —comentó, en voz baja.

—¿Qué?

—Pues eso, que a lo mejor era cierto que tenía un problema urgente. Me refiero a que Skylar no es de las que mienten, ¿no?

Sioux chasqueó los dientes. No sería él quien defendiera a aquella chica, que le parecía antipática hasta morir a pesar de que solo la había visto un par de veces en su vida.

—Siempre dices que es muy clara, así que no la veo poniendo excusas para no hablar contigo. Te lo habría dicho directamente, como lo del traje.

—O el pelo —añadió Seneca.

—O la ropa —intervino Sioux.

—O la música...

—Vale, gracias por hacer un inventario de todas las cosas que no le gustan de mí —gruñó Corey, molesto, terminándose la primera cerveza.

—A ver —Kee recondujo la charla hacia donde quería—, ¿qué esperabas, saliendo con una chica como esa? Está acostumbrada a tener todo lo que quiere. Seguro que todos los tíos la obedecen sin rechistar.

—Pues yo no soy uno de esos tíos, lo siento.

—Y digo yo —carraspeó Seneca—, ¿tanto te costaría ponerte un traje para la boda? Vale, ya sé que tú no eres así y blablablá, pero tampoco te ibas a morir y sería una manera de que ella viera que tienes en cuenta sus deseos.

—Lo mismo podría decirse al revés —se metió Sioux—. Tampoco se va a morir ella si no se lo pone.

—¡Es una boda! Es más lógico ir arreglado que lo contrario. Y más la de Romy, por cierto, que es de etiqueta —protestó Seneca.

—Skylar viene de donde viene. —Kee se encogió de hombros—. De una familia con dinero y eso, colega, es otro mundo. Haber salido con una chica más normal.

—¡Como si lo hubiera planeado! —refunfuñó Corey—. No es que yo buscara ese perfil precisamente, pero es amiga de mi hermana y era complicado no verla.

—Coincido —asintió Sioux—. Ahí no voy a discutir, todas las amigas de tu hermana están buenas.

—Yo creo que deberías llamarla y disculparte —comentó Kee, como si nada, ganándose una mirada atenta de los tres.

—No pienso hacerlo.

—Tú verás, pero a mi parecer te has precipitado. Por lo que dices, tampoco le has dejado explicarse, y seamos sinceros, si de verdad hubiera querido romper no habría quedado contigo para hablarlo.

Corey frunció el ceño. Aquello no era lo que necesitaba oír, ¿qué diantres les pasaba esa noche? Lo normal era que se metieran con Skylar, la llamaran *pijinovia*, dijeran que era altiva, creída, que no debía perder el tiempo con ella… y cuando por fin les decía que la había dejado, ¿no estaban de acuerdo?

Miró a Kee, cabreado porque acababa de sembrar la duda otra vez en su cerebro, ¡no era justo! Se suponía que era su mejor amigo y debía reforzar sus decisiones, no ponerlas en duda.

—Secundo la moción —asintió Seneca.

—Yo apoyo tu decisión. —Sioux decidió ponerse de su lado—. Lo mejor es que te busques otra cuanto antes, es la mejor manera de pasar página. Como cuando se te muere la mascota: no tiene sentido guardar luto, hay que conseguir otra al momento… estarás tan ocupado con la nueva que no perderás tiempo pensando en la anterior.

Kee arqueó una ceja ante la comparación, pero es que Sioux parecía de otro planeta, siempre con sus ideas disparatadas.

Corey asimiló lo que acababa de escuchar, ya preocupado. Que Sioux fuera el único que estaba de acuerdo con su decisión significaba que iba por mal camino, a tenor del poco éxito del chico en sus relaciones con el mundo en general.

—Bueno —repuso—, supongamos que la llamo. Es solo una suposición, ¿qué le digo?

—Yo le mandaría un mensaje, así tanteas el terreno y ves si está muy enfadada o qué. Pones algo en plan «siento lo de antes, me pillaste en mal momento».

—Me gusta, efectivo sin tener que humillarse —sonrió Seneca.

—Espero que esos consejos no sean los mismos que utilizaste tú con Nadine. —Sioux sacudió la cabeza, mirando a su hermano—. No parece que te fueran muy bien, Cherokee.

—No me llames así.

—¿Así como, por tu nombre? —Su hermano sonrió con inocencia.

—No estamos hablando de mí, sino de él. —Señaló a Corey—. Si no vas a ayudar, al menos deja de molestar.

—¡Está bien! Iré a por bebidas. —Sioux se incorporó y le dio unas palmaditas de ánimo a Corey al pasar por su lado—. Mantengo mi consejo: tírate a otra tía hoy mismo y mañana verás las cosas de otra manera. Puedes empezar por tu ayudante, por ejemplo, que la tienes bien dispuesta.

Se encaminó a la barra mientras los demás se miraban entre sí.

—Sioux es pura poesía. —Seneca se echó a reír.

—A lo mejor tiene razón —dijo Corey.

—Los tres sabemos que no vas a seguir su consejo. —Kee negó con la cabeza—. De pensar así, lo habrías hecho la primera vez que te dejó, en lugar de intentar solucionarlo. Y no hablemos de pasarte cuatro días al volante para llevarla de acá para allá… no te engañes.

—¿Qué quieres decir? —preguntó Corey.

—Pues que estás enamorado y quieres volver con ella —se adelantó Seneca—. Y los dos lo tenemos claro, ¿por qué tú no?

—Yo…

—Cuanto antes lo aceptes, mejor —resumió Kee—. Negarlo solo hará que dejes pasar días y días sin buscar una solución, hasta que de pronto un día tengas esa revelación. Claro que para ese momento puede ser tarde, y ella igual está con el chico de la laca.

Eso hizo que Corey se irguiera en la silla al momento.

—¿Ese tipo tan bien vestido y peinado? —interrogó Seneca a su hermano.

—Ese mismo, sí.

—¿Que pasa tanto tiempo con ella en el trabajo?

—No habléis entre vosotros —los cortó Corey, mirando a uno y a otro molesto—. Estoy aquí delante, por si no os acordáis.

—Mira, colega, siempre es más fácil ver los problemas en la vida sentimental de otros antes que en la propia. Nosotros no tenemos novia…

—Por ahora —Seneca decidió aportar un poco de esperanza.

—Así que podemos ayudarte ofreciéndote claridad y sensatez —continuó Kee—. Mira, es muy fácil: Skylar es una ostra, y Libby una lapa.

Corey se echó hacia atrás al oír aquella frase que no tenía la menor idea de qué significaba ni a qué venía.

—¿Cómo? ¿Por qué estamos hablando de repente de moluscos?

—Tú imagina el fondo del mar. Sí, ese sitio donde hay tantos supuestos peces, tantos que en seguida hallas uno si pierdes otro —explicó Kee—. Nadie dice que no vayas a encontrar otra ostra de igual calidad si pierdes la primera, pero… lo más probable es que no vuelva a ocurrir, porque tampoco hay tantas. ¿Sabes lo que sí abunda? Lapas. De esas encuentras a patadas, hasta por las rocas de las playas ahí pegadas.

Corey no salía de su estupor ante aquella metáfora. ¡Vaya con Kee, era todo un pozo de sabiduría!

—Por supuesto, no hay nada de malo en comer lapas. —Kee carraspeó—. Aunque todos sabemos que no saben igual que las ostras, ejem, ni por asomo.

—Me está entrando hambre. —Seneca se frotó el estómago.

Una vez terminada su disertación marítima, Kee decidió otorgar el golpe de gracia.

—El orgullo es algo que no beneficia nada en las relaciones, así que elige.

—¿Que elija qué? —preguntó Corey, sin salir de su estado de estupefacción.

—Si de verdad no la quieres y la ruptura es definitiva, genial. Si es algo que has hecho debido a un calentón y te arrepientes, dale un toque y házselo saber cuanto antes. —Kee le dio un golpecito en el brazo—. No quiero que te pase lo mismo que a mí, Corey. Cuando me di cuenta era muy tarde.

—¿No han pasado ya los quince minutos? —preguntó este, un poco incómodo porque sabía que ese tema personal de su amigo lo entristecía.

—Faltan dos —informó Seneca, tras consultar la hora.

—Joder, pues se me está haciendo largo… —Vio que ambos hermanos lo miraban con insistencia, así que se encogió de hombros—. Vale, vale. Me lo pensaré.

—Recuerda: ostra o lapa.

En realidad, no tenía mucho que pensar. No iba a dar todos los detalles del mundo a sus amigos porque no procedía, pero mentirse a sí mismo carecía de sentido. Sí, le había cabreado el plantón, cierto. Aun así, la idea de haber cometido un error llevaba todo el día martilleando en su cabeza.

Al fin los chicos lo dejaron en paz: sacaron temas más neutrales como el siguiente concierto de música al que pensaban asistir, y Corey no los escuchaba sino a medias, sin dejar de dar vueltas a su situación.

Una vez de regreso a su coche, sacó el teléfono y, tras dudar unos largos minutos, decidió llamar a Skylar para ver si llegaban a alguna parte. Sin embargo, le salió apagado o fuera de cobertura, algo de lo más extraño. No recordaba que hubiera sucedido eso antes.

Decidió entonces buscar en alguna red social sin éxito, al parecer la tierra se la había tragado.

Pero, ¿qué coño…? ¿Dónde demonios estaba su dichosa ostra? ¿Iba a tener que ir hasta el fondo del mar a buscarla o qué?

CAPÍTULO 4
MIÉRCOLES, MAÑANA

El sonido de su móvil indicando la entrada de un mensaje despertó a Corey de su sueño, ya bastante ligero de por sí tras haber estado dando vueltas al tema de Skylar durante buena parte de la noche. Normalmente lo dejaba sin sonido al acostarse, pero al no poder contactar con ella, no había utilizado aquella opción por si le devolvía la llamada o le contestaba. Así que en cuanto el sonido penetró en su mente, se sentó de un bote y lo cogió, frotándose los ojos para despejar la visión borrosa.

Miró la pantalla y frunció el ceño. El mensaje provenía de un grupo, uno nuevo al que acababan de meterle y que se llamaba «Los tres del viaje de pesadilla».

—Pero qué… —murmuró.

Entró para ver de qué se trataba y vio que los integrantes eran él, Lawson y Jamie, este último, además, como administrador.

Jamie: «Aquí Ted Bundy. ¿Qué tal os va, buenorro y exnoex?»

Lawson: «Tío, que son las seis de la mañana».

Jamie: «Me aburría en el área de servicio. Qué bien que estéis despiertos.»

Corey: «Yo por lo menos no lo estaba hasta ahora.»

Jamie: «Pero tenéis los móviles encendidos, así que mucho no os faltaría.»

Lawson: «Se me olvidó apagarlo.»

Corey: «Yo estaba esperando una llamada.»

Jamie: «¿Alguna emergencia?»

Corey se acomodó en la cama. Visto lo visto, ya no iba a volver a dormirse y Jamie tenía ganas de charla, así que… Quizá aquellos dos tenían una visión diferente de su asunto que no implicara marisco, moluscos o pescados en general.

Corey: «Skylar. La llamé y tenía el teléfono desconectado.»

Lawson: «Estaría durmiendo, normal.»

Corey: «No, no la he llamado de madrugada, fue anoche. Y tampoco parece que haya recibido mis mensajes.»

Lawson: «Qué raro entonces, porque no se separan de sus móviles ninguna.»

Jamie: «Se quedaría sin batería.»

Corey: «No sé, he intentado enviarle algo por las redes sociales, pero no he podido tampoco.»

Jamie: «¿Has llamado al resto? ¿O a su familia?»

Corey: «¿Para qué voy a llamar a su familia?».

Lawson: «A ver si le ha pasado algo, ¿no estás preocupado?»

Entonces, Corey se dio cuenta de que no había explicado el contexto de la situación. Claro, así dicho, seguro que pensaban que había desaparecido o algo.

Corey: «Perdón, que no os he contado todo.»

Jamie: «¿El qué?»

Corey: «Tuvimos ayer un malentendido.» Sí, mejor llamarlo así. «Y eso, pues no me coge las llamadas y en las redes no es que no me conteste, es que ni la encuentro.»

Se quedó mirando la pantalla mientras esperaba a ver qué decían. Tanto Lawson como Jamie aparecían escribiendo, aunque debían arrepentirse o comenzar de nuevo porque paraban, volvían a aparecer y no le llegaba nada. A ver si el problema era de su teléfono y le ocurría algo parecido con Skylar, eso sí explicaría su problema.

Corey: «No me llega nada de lo que escribís.»

Jamie: «No, si no he escrito nada.»

Lawson: «Yo tampoco.»

Corey: «Os he visto escribiendo.»

Esperó y otra vez ocurrió lo mismo, hasta que por fin entró un mensaje nuevo.

Jamie: «Es que no sé ni cómo ponerlo.»

Corey: «¿El qué?»

Jamie: «¿Y si te está haciendo *ghosting*?»

Corey parpadeó. Volvió a leer lo que ponía y, mientras, Lawson puso un emoticono pensativo. Negó con la cabeza como si pudieran verlo mientras contestaba.

Corey: «Skylar es demasiado directa para eso. Y además es algo que se hace a rollos de una noche o así, no a novios. O parejas.»

Jamie: «No sé, es raro.»

Corey: «Además, poco *ghosting* me iba a hacer, que soy hermano de su amiga que se casa el domingo. Nos vamos a ver allí sí o sí.»

Lawson: «Eso tiene sentido, sí. Pues será la batería, entonces.»

Jamie: «¿Y lo de las redes?»

Corey: «Ni idea. Sé que está ayudando a Romy a organizar todo, ¿y si se ha quitado de las redes estos días para que no la molesten?»

Lawson envió un emoticono de una figura encogiéndose de hombros. Menuda ayuda. Jamie utilizó el de pensar, lo cual tampoco servía.

No, si al final tampoco le iban a servir de nada. La teoría de Jamie no le convencía por las razones expuestas, ni más ni menos. Skylar no se perdería la boda de Romy por nada del mundo, eso lo tenía más claro que el agua.

Jamie: «¿Has probado a llamarla ahora?»

Corey: «Obviamente, no. Me has despertado tú, ¿recuerdas?»

Lawson: «Prueba y nos cuentas».

Corey salió de la aplicación y utilizó la marcación rápida. Si estaba dormida y la despertaba, seguro que se cabrearía, pero eso era mejor que el silencio. Sin embargo, obtuvo el mismo resultado que por la noche: teléfono apagado o fuera de cobertura. Consultó las redes sociales y comprobó los mensajes, que seguían sin aparecer como recibidos, antes de regresar al grupo.

Corey: «Nada, igual.»

Lawson: «Quizá le hayan robado el móvil. Si tomamos como ejemplo el fin de semana, no sería de extrañar. Murphy las persigue.»

Corey consideró aquello unos segundos, y acabó sacudiendo la cabeza.

Jamie: «Joder, le daría un síncope. Primero el coche y ahora el móvil.»

Corey: «No, no es eso. Tiene de repuesto, y tampoco explicaría lo de las redes.»

Jamie: «Pues no se me ocurre nada, chico.»

Lawson de nuevo envió el emoticono encogiéndose de hombros. No, si hasta en el móvil se apañaba para ser un tipo de pocas palabras. Pensó en llamar a Romy, a ver si sabía algo, y al momento desechó la idea. Por un lado, aún era temprano. Y por otro, no quería meterla en el medio de su relación con Skylar. Bastante tenía con preocuparse por la boda para encima añadirle sus problemas. No, Romy necesitaba concentrarse en la boda y relajarse, sobre todo después de que la despedida de soltera no hubiera salido como todas querían.

Jamie: «Os dejo, que tengo que volver al camino.»

Lawson: «Vale. A todo esto, ¿no tenías libre?»

Jamie: «Sí, pero me han adelantado un viaje. Lo de siempre, organización a tope. Voy a reunirme con mis jefes a final de semana para hablar del tema.»

Lawson: «¡Suerte!»

Jamie: «Ya os contaré. Corey, tú mantennos al día.»

Corey: «Os escribiré cuando sepa qué pasa.»

Jamie: «¡Un momento, no os vayáis!»

Lawson: «¿No tenías que irte tú?»

Jamie: «Sí, sí, pero me falta el cotilleo. ¿Has hablado con Kat? ¿Sigue en pie vuestra cita?»

Lawson: «Sí, el viernes.» Más un emoticono de ojos en blanco.

Jamie: «Genial, me alegro. Vamos hablando, chicos.»

Insertó una mano despidiéndose, por lo que Corey no añadió nada más. De buena gana le hubiera preguntado por Danni, ya que a él le gustaba tanto saberlo todo… solo que Corey de cotilla tenía poco y, además, seguro que también por eso el chico se había despedido tan rápido, para no decir nada al respecto.

Seguía siendo temprano, así que pensó que lo mejor que podía hacer para ocupar el tiempo y distraerse mientras esperaba alguna novedad de Skylar era ponerse a trabajar. Se fue a dar una ducha, desayunó y se marchó al estudio a revisar las citas del día. Como bien le había dicho Libby, eran sencillos, así que no tardó mucho en preparar las plantillas. Probablemente alguna necesitaría algún cambio de tamaño, pero nada que llevara mucho tiempo y eso sí que no podía preverlo hasta probar sobre la zona a tatuar.

Aún tenía tiempo por delante hasta la hora de apertura, por lo que cogió la agenda y revisó los diseños personalizados que tenía a medias para futuras citas. Se acomodó en su mesa de diseño y sacó un par de borradores para probar opciones, a ver por dónde le llevaba la inspiración. Aunque le daba igual, mientras fuera lejos de una melena rubia o de ostras, cualquier cosa le valía para concentrarse.

Claro que tener el móvil al lado no ayudaba mucho, no hacía más que lanzarle miradas cada rato, a pesar de tenerlo con sonido. Aunque tenía razones sólidas para no creer en la opción del *ghosting*, ya empezaba a mosquearse. Otras veces habían discutido, no era la primera vez que se dejaban de hablar durante días… pero estar desconectada del todo, nunca.

Joder. ¿Y si era una nueva forma de mostrar su cabreo? Sería ya lo más, que encima el cabreado en primer lugar había sido él por el plantón. Vale que admitía que se había precipitado, Kee tenía razón, pero coño, de ahí a dejarle de hablar literalmente...

Arrugó la hoja que estaba dibujando y cogió otra, obligándose a concentrarse o acabaría tatuando un delfín al que había pedido un león.

—¡Qué pasada de vistas!

Romy no apartaba la vista de la ventana del *jet*, ilusionada. Estaban a punto de aterrizar y ya se veía la isla, lo cual las acercaba un paso más al paraíso.

—Esto es muy emocionante —susurró Romy, sin moverse del sitio—. Así que eso es Ibiza.

—Aterrizamos en un minuto. —Greg les hizo un gesto para que se abrocharan los cinturones, con una sonrisa en los labios.

Romy lo hizo la primera, sin quitar la expresión emocionada de su rostro. Skylar la imitó, intranquila. Romy se había pasado las ocho horas de vuelo comportándose como un duende colocado de anfetaminas y eso la preocupaba. La conocía y esa actitud no era normal, le daba miedo que llegara el momento de bajón con su correspondiente explosión, algo que iba a suceder antes o después. Y el hecho de tener que andar tras ella como si fuera su niñera para que el tema no se saliera de madre también añadía presión al asunto.

Al subir al avión, con un eficiente Greg cumpliendo el trabajo de azafata, ambas se habían impresionado al ver el interior: vaya, era como un sueño. Todo estaba decorado en tonos claros y negros, con varios sofás de aspecto cómodo y... claro, Romy comenzaba a comprender por qué a su amiga le gustaba el lujo.

Luego estaba el amigo de Greg, Marco. Un tipo alto, de aspecto mediterráneo, con ojos y cabello oscuro, además de una piel de lo más bronceada. Hasta sus dientes blancos, a juego con ese traje de lino, parecían sacados de una mala película de detectives en Miami.

Sin embargo, era el tipo de hombre que adulaba a todas las mujeres que se cruzaban en su camino, y Romy disfrutó de todas y cada una de sus atenciones durante las horas de vuelo. Y pese a que Skylar la había oído hablar de sus intenciones de ligar con un montón de tíos para superar lo de Randy, no le parecía que un mujeriego como ese fuera la opción más acertada. Claro que tampoco creía que Romy cumpliera sus planes, al menos si la conocía mínimamente.

—Esto va a ser muy divertido. —La morena apretó la mano a Skylar y con un gesto discreto de cabeza señaló a Marco—. ¿Qué te parece?

—Que si te acuestas con él volverás con una enfermedad venérea.

—Chica, que ánimos. Hemos venido a pasarlo bien, ¿no? No pienso volver a casa sin liarme con alguno, y estos dos son apuesta segura.

Madre mía… Skylar no supo ni qué decir a eso. Romy parecía una completa desconocida, y no tenía claro si le gustaba. Nunca había sido alocada, esa era la especialidad de Kat, así que no sabía muy bien cómo contenerla, sobre todo porque no parecía que Romy quisiera ser contenida.

—¿No estás de acuerdo? —insistió Romy.

—Mira, me parece bien lo de divertirnos. Tomar el sol, bañarnos, bailar durante horas… y oye, que si surge algo con un chico que conozcas por ahí y se da el momento, no seré yo quien te detenga. Pero parece que esto sea para ti una especie de concurso, como si quisieras tirarte al primero que vieras… y no sé, tú no eres así.

—Puedo serlo.

—¿Qué quieres demostrar exactamente?

—Lo que quiero es olvidarme de que mi novio me engaña, Skylar. Hago lo que puedo con las cartas que me han tocado, ¿vale? ¿Vas a apoyarme o a darme el coñazo?

Skylar suspiró. Pues nada, a ver en qué follones se metían allí.

—Está bien, no me meteré con tu manera de superarlo.

—Tú también deberías divertirte un poco. El chico de la laca está muy pendiente de todo lo que haces y oye, no está tan mal. Si giras un poco la cabeza hasta podría ser atractivo.

Skylar siguió su mirada, extrañada. Hombre, si tenía que hacer el pino para encontrar un ligero atractivo en su compañero, mal iba… No hizo comentarios al respecto porque el avión ya descendía para aterrizar, así que se mantuvo en silencio hasta que tocaron tierra.

Una vez ahí, encendió su móvil para sacarlo del modo avión y lo miró con cierta pena. Joder, ¿no se habría pasado eliminando a Corey de su lista?

—No —escuchó a su amiga.

—¿Qué?

—Deja de mirar así el móvil, sé lo que estás pensando, y no.

—Es que me siento mal por haber hecho algo tan drástico —se apresuró a explicar la rubia.

—Bueno, más drástico ha sido él, ¿no?

Skylar asintió, fastidiada. Debía recuperar la parte pragmática de su cabeza, no fuera que se invirtieran las tornas y dejara de ser la coherente para volverse una quejica.

—Sí, tienes razón.

—Seguro que esta noche no ha dormido nada —continuó Romy—. Habrá salido de juerga con esos tres idiotas que tiene por amigos, como si lo viera.

Los malditos hermanos de nombre indio. Skylar toleraba a Kee, ignoraba a Seneca y aborrecía completamente a Sioux, que era un gilipollas sin neuronas lleno de estúpidas teorías. Menos mal que las mujeres compartían su visión en general, porque para tener novia necesitaban un hechizo con sangre de virgen y ojo de tritón. Aun así, la idea de que hubieran estado de juerga por ahí no le hacía ninguna gracia, la verdad. Puede que los hermanos fueran patéticos y no tuvieran suerte con las chicas, pero si Corey ya tenía ganas de juerga cuando hacía menos de doce horas que lo habían dejado, era muy mala señal.

¿Por qué se estaba comiendo la cabeza?

Guardó el móvil y se levantó con un resoplido. Greg y Marco sacaron las maletas de todos, aunque no costó mucho porque ellas solo habían metido ropa, decididas a comprar cualquier cosa que necesitaran en la isla.

Al salir, ya notaron que el aire olía diferente, a salitre, mar y felicidad. Las dos inspiraron con una sonrisa, mirándose después: sí, tenía buena pinta, justo la desconexión que necesitaban.

—Aquí está mi coche —comentó Marco—. Vamos al hotel.

El Gran hotel Montesol era un edificio de estilo colonial en color blanco, muy bonito y estupendamente situado en el centro de la isla.

—Tiene treinta y tres habitaciones —comentó Marco al llegar—. Y el restaurante y *lounge bar* son excelente, al menos eso dice la crítica. También hay una terraza arriba para tomar copas que por la noche es espectacular.

Romy asentía a todo, con una enorme sonrisa en la cara.

—El hotel está bastante lleno, pero os he conseguido una habitación *premier* con cama extragrande y las mejores vistas. ¿Os molesta dormir juntas? Puedo mirar si no una con las camas individuales, a ver qué encuentro.

Las chicas se miraron, negando a la vez.

—No hay problema —respondió Romy—. Skylar y yo somos amigas hace muchos años, tenemos confianza.

—Perfecto —afirmó Marco con una sonrisa—. Confieso que a mí también me gusta la idea de imaginaros juntas en la cama.

Se adelantó para dar indicaciones al chófer y Romy miró a Skylar con los ojos como platos, sorprendida por aquella desfachatez. Al momento se recordó que era una mujer nueva, mucho más atrevida, picante y descarada: ese tipo de comentarios no iba a hacerla sonrojar.

—Vaya, eres muy directo —observó.

—No le hagáis caso —intervino Greg—. Está un poco desmadrado.

—Era un cumplido. —Marco sonrió con inocencia.

Una vez en el hotel, al ir con el mismísimo dueño ni siquiera tuvieron que hacer el *check in*. Utilizaron el ascensor privado para subir a la habitación asignada, y Marco en persona las acompañó hasta la puerta, con Greg a su lado.

—Estaréis cansadas con la diferencia horaria, ¿no? —preguntó—. Aquí son las doce de la mañana, claro. ¿Por qué no descansáis un poco hasta la hora de comer?

Utilizó la llave para abrir el cuarto y luego se la entregó a Romy, rozando su muñeca con el dedo corazón.

—Nos vemos después —dijo, a modo de despedida.

Greg se aproximó a las chicas, encogiéndose de hombros.

—Esta habitación cuesta más de setecientos euros por noche, así que disfrutadla.

Romy ya estaba entrando, así que Skylar bajó la voz para hablar con él.

—Oye, muchas gracias por invitarnos, también por esta habitación tan bonita.

—Es un placer. —Él sonrió—. Si quieres podemos cenar juntos esta noche.

—¡Qué buena idea! —Romy apareció junto a ellos—. Además, Skylar está soltera, ¿te lo ha contado?

Skylar estuvo tentada de meterle un pellizco a su amiga, lo último que quería era que Greg pensara que tenía que insistir más.

—Bueno, me refería a los cuatro, claro —empezó él, con un carraspeo, y miró a la rubia—. No me habías dicho… ejem, eso.

—Es reciente —contestó Skylar.

—Entiendo.

—No se hable más: esta noche cenamos los cuatro. —Romy se metió entre los dos sin quitar la sonrisa en ningún momento.

—Divertíos —deseó Greg, con un gesto de despedida—. Hasta la noche.

Romy le acompañó hasta la puerta y cerró una vez se hubo marchado. Después se giró hacia Skylar, que la contemplaba cruzada de brazos.

—¿Qué pasa?

—¿A qué ha venido eso?

—¿No decías que querías que te gustara Greg?

—¡Sí! Pero porque yo lo decida así, no porque tú me tiendas una emboscada con él y su amigo el *latin lover* de segunda mano.

—Venga, será divertido. Y si vemos que se pone coñazo, hacemos una bomba de humo y nos largamos de fiesta solas. —Se acercó hasta ella con un puchero—. ¡Si es por animarnos!

Pasó de largo, como si con el puchero ya tuviera que perdonársele todo. Skylar la siguió, pensando en rebatirle… aunque no lo hizo al entrar en la habitación: se quedó muda observando aquella maravilla a la que no le faltaba detalle.

La cama era enorme, allí al menos cabían cuatro personas bien estiradas. Tenían un sofá, una mesa y lo mejor, unas vistas espectaculares. Romy corrió a abrir la puerta, emocionada al descubrir que hasta había una terraza con dos butacas de mimbre y una pequeña mesa para colocar bebidas o comida.

—Joder —decía Romy, cada vez que descubría un detalle nuevo—. ¡Hay champán en el minibar!

Sacó la botella, que tenía pinta de muy cara.

—Seguro que Marco nos invita —dijo, convencida—. Ya coquetearé un poco para asegurarme.

—Más que beber, deberíamos comer algo…

—No me vengas con esas, si nunca comes nada.

—Lo digo por lo pronto que es, que son casi las doce.

—Eso es inexacto —corrigió Romy—. Son las doce aquí, pero en nuestro reloj biológico aún es de noche, así que podemos beber.

A Skylar no se le ocurrió cómo rebatir semejante observación, así que cogió la copa sin rechistar. Ya tenía clara la dinámica de esos dos días que iban a estar allí, que básicamente era la manera en que las chicas combatían los desengaños amorosos: alcohol y fiesta, eso sí, desde bien temprano.

Pues al diablo, ¿qué importaba, de todos modos? Era mayorcita y no tenía que rendir cuentas a nadie, así que no veía necesidad de contenerse.

Romy llenó las copas y alzó la suya.

—¡Por mi no boda!

Skylar chocó su copa, pero justo cuando iba a beber, Romy volvió a hablar.

—¡Por mi exnovio infiel!

—¿Vamos a brindar por eso?

—Desde luego. Y porque todos los tíos son unos cabrones —insistió ella—. ¡Ah, y también espero que su secretaria le pegue la gonorrea!

La rubia retrocedió, con cara de asco.

—Mira, mejor si brindamos por cosas un poco más positivas. Por ejemplo, porque hoy empieza una nueva vida para nosotras, y va a ir a mejor. ¿Qué tal?

—¡Me gusta! Hoy empieza una nueva vida para nosotras, una nueva vida donde espero que Randy pille la gonorrea.

—Dios, Romy… —Skylar se bebió la copa de un trago—. ¿Qué tal si vamos a la playa?

Romy recordó el entusiasmo con el que había comprado los dos bikinis que llevaba en la maleta, en un alarde de mentalidad positiva. Y ahora tocaba ponérselos… una parte de su antigua personalidad se cerró en banda ante la idea de lucirse con tan poca ropa, pero la nueva Romy la relegó a un oscuro rincón de su mente de un plumazo.

—Por supuesto. Mi intención es volver con un precioso moreno. —Se terminó el champán y volvió a rellenar su copa y la de su amiga—. ¿Otro brind…?

—Mejor no. —Skylar volvió a beberse el champán de un trago.

No le apetecía seguir escuchando brindis a la salud de las posibles enfermedades de transmisión sexual que Romy le deseaba a Randy, así que decidió beber lo más rápido posible para no dar pie a que la morena continuara. Lo malo fue que, a la hora de ponerse el bikini, notó que el alcohol empezaba a hacer efecto y se sentía ligeramente borracha.

Después de pelearse un rato con la prenda, logró abrocharse la parte superior. Rebuscó en la maleta un vestido para ponerse por encima y, cuando lo encontró, se lo metió por la cabeza. Romy salió con su bikini mal puesto y mirando el móvil.

—A ver, tenemos todo cerca —informó—. El puerto, la catedral, el Hard Rock Café… Pachá… ¿vamos a Pachá?

—¿Eso no es una discoteca?

—Por eso lo digo.

—Podemos ir por la noche, cuando abran. Ir ahora sería aburrido.

Romy alzó la mirada; al verla dentro del vestido, se empezó a reír tanto que terminó por agarrarse el estómago.

—Espera, que te ayudo.

—¿Por qué? ¡Si lo llevo bien puesto!

El tono indignado de Skylar la hizo reír con más ganas, y se apresuró a meter la mano por la manga, en busca de un brazo que sacar por allí. Tras unos cuantos intentos y tirones, al fin le pareció que el vestido estaba en su sitio.

—Tú tampoco te has puesto bien eso —observó Skylar, con el ceño fruncido.

—¡Porque tiene muchas tiras!

Mientras la rubia se lo colocaba bien, Romy siguió leyendo todos los folletos que había encontrado sobre el escritorio.

—Hay clases de yoga en el hotel —comentó—. No me irían mal. Y servicios de belleza, mientras hago yoga tú puedes hacer eso… no, espera, mejor me apunto yo a lo de la belleza, ¿no? Así volveré morena y espectacular para darle a Randy en los morros.

—Ah, ¿piensas ir a verle para darle en los morros?

—No sé, pero si lo hago quiero estar guapa, para que vea lo que se pierde.

—Bien pensado, sí —afirmó Skylar—. Las desgracias se llevan mejor con un buen peinado.

—Mañana hacemos eso, que ahora me apetece más la playa.

Skylar sospechaba que lo que de verdad le apetecía era tumbarse sobre algo templado para quedarse dormida, el *jet lag* y el champán comenzaban a hacer efecto en ambas. Apuntó mentalmente comprar protección solar para no tener un disgusto y después salieron tras coger sus bolsas de playa. En la recepción les recomendaron alquilar un coche antes que coger autobuses… sin embargo, las dos chicas lo rechazaron al recordar la botella de champán que se habían bebido.

—Bien, si prefieren el autobús, estos son los horarios —dijo la chica, entregándoles un par de papeles con la información—. Si me dicen el número de su habitación, nos ocuparemos de que tengan agua fría para la vuelta.

—La treinta. —Romy frunció los labios—. Creo.

—Treinta. —Ella tecleó—. Oh, treinta… un momento, tengo un coche con chófer a su disposición, si así lo desean. Cortesía del señor Ríos.

—¿Quién? —preguntó Skylar, confusa.

—Marco Ríos —aclaró la joven—. El dueño del hotel.

Romy se giró a Skylar y la cogió de las muñecas.

—¿Ves? ¡Es un encanto! ¡Podemos recorrer la isla en un coche con chófer! Vamos a tener nuestro propio Sebastian, ¡es genial!

—Se llama Rodrigo —intervino de nuevo la joven—. El chófer, quiero decir. ¿Lo aviso, entonces?

—Pues claro —contestó Skylar sin dudar.

La verdad era que la idea de coger un autobús no le producía especial emoción. Prefería conducir, solo que después de tragarse media botella de champán no pensaba hacerlo, así que la idea de usar a un chófer propio era de lo más tentadora.

Mientras la recepcionista telefoneaba, Romy dio un par de saltitos.

—Podemos pedirle que nos lleve a la playa.

—Y luego a un restaurante chulo a comer.

—Y a la zona de tiendas.

—Y otra vez al hotel, a ducharnos y cambiarnos de ropa.

—Y después a Pachá. Quiero bailar.

—Iremos a bailar —prometió Skylar, feliz al final por encontrar algo que a ella también le apetecía hacer.

—Somos afortunadas. No todas las chicas tienen un chófer privado. —Romy miró en dirección al ascensor, del que acababa de bajar un chico de unos treinta años, moreno, alto y con un uniforme de manga corta—. ¡Es muy mono!

—Este es Rodrigo —informó la chica—. Se ocupará de llevarlas a donde deseen. Espero que disfruten mucho de la isla.

—Hola, Rodrigo —dijo Romy.

—Hola, Rodrigo —añadió Skylar.

Él alzó la ceja, sorprendido porque los clientes no solían saludar de aquella manera, aunque era obvio que aquellas dos parecían un pelín ebrias. Inclinó la cabeza a modo de saludo y echó a andar hacia la entrada, con ambas chicas siguiéndolo.

Al llegar al vehículo, abrió la puerta trasera para que entraran. Skylar obedeció, pero Romy insistió en sentarse en el asiento del copiloto, para que así Rodrigo «no se sintiera solo».

Una vez el joven arrancó el motor, Romy le dio unas palmaditas amistosas.

—Llévanos a la playa, a una bonita.

—Eso está hecho.

—Por aquí hay mucha fiesta, ¿verdad?

—Toda la que quiera, señorita.

—Me llamo Romy —aclaró ella—. No nos trates como si fuéramos clientes pijos, porque no lo somos. Solo estaremos dos días y queremos mucha playa y juerga, ¿nos llevarás a todos los sitios que merezcan la pena?

—Desde luego.

—Pero tendrás que venir con nosotras, no vamos a dejarte en el coche esperando. Te vienes a la playa, y a comer. Y a bailar.

—Yo… no puedo hacer eso, señorita… Romy.

—Señorita Romy. —Skylar empezó a soltar risitas desde el asiento trasero.

—¿Y quién se va a enterar?

Skylar la escuchaba hablar, con una media sonrisa. Esperaba que aquel pobre chófer no terminara perdiendo su trabajo gracias a Romy y su desdoblamiento de personalidad… sin embargo, tenía claro que la explosión de tristeza aparecería tarde o temprano. Romy tenía su mejor mecanismo de defensa encendido, pero cuando las pilas se agotaran… en fin, más le valía estar preparada para ese momento.

Mientras esperaba a que llegara el metro, Danni releyó los mensajes de ánimo de sus amigas con una sonrisa. Se le hacía muy raro estar otra vez utilizando el transporte público en la hora punta, camino a una oficina, después de tantos meses sin hacer nada. Se acabaría acostumbrando a esa rutina, seguro, solo esperaba que en el nuevo puesto no fuera de forma negativa y acabaría aburrida.

Se regañó a sí misma porque no quería empezar ya con pensamientos negativos desde el primer día, ni hablar. Tenía que pensar en los ventanales, la luz del sol y los cafés gratis. Y que al final de mes no estaría haciendo encaje de bolillos, al menos recibiría un dinero en la cuenta con el que no contaba una semana atrás. Desde luego, no hubiera pensado jamás que volvería de la despedida con una oferta de trabajo bajo la manga. Todo gracias a Jamie, en quien no quería pensar pese a que no podía evitarlo, claro. Todo lo relacionado con el trabajo la llevaba a él, el instigador de todo.

Porras. ¿Por qué seguía dándole vueltas? Habían estado unos días juntos, la había ayudado a llegar a su destino y dado el empujón que necesitaba para buscar un trabajo. Y eso era todo. Aunque habían congeniado, desde luego solo como amigos.

La puta *friendzone.*

Quien hubiera inventado aquel término se había quedado a gusto, desde luego. No había sitio peor.

O sí, ahora que lo pensaba: en el que estaba ella en aquel momento, que ya era la zona del agujero negro. Ni *friendzone* ni nada, cada uno por su lado y se acabó. Como si no se hubieran conocido, si no fuera por la foto que había enviado a sus amigas y que ellas llegaron a conocerlo, bien podría haber sido un camionero imaginario.

Se quedaría como una anécdota más en la accidentada despedida de soltera de Romy. Encima, con todo el follón que había en aquel momento, Ted Bundy ya no era el tema prioritario y seguro que pronto se olvidaban todas de él.

Menos ella, claro; aunque lo intentaba, nada, ahí aparecía de vez en cuando a fastidiar. Se quería quejar de su mala suerte y seguir autocompadeciéndose una buena temporada, solo que, de nuevo, el tema de la no-boda acaparaba todo. En comparación, lo suyo era una tontería al lado de lo de Romy, obviamente, aunque el refrán de «mal de muchos, consuelo de tontos» no le valía cuando su amiga estaba en Ibiza para pasar el mal trago y ella comenzaba a trabajar en una oficina. Ojalá hubiera tenido que empezar la semana siguiente, ¡se hubiera ido con ellas de cabeza!

Por fin llegó su metro y se subió comprobando la hora en el reloj. No tenía muchas paradas hasta el nuevo trabajo y había salido con tiempo de sobra por ser el primer día. Con lo que tardara, calcularía mejor para el siguiente.

Se acomodó en un asiento y envió un mensaje de emoticonos entusiastas al grupo.

Danni: «Ya en el metro. ¡Hacía siglos!»

Kat: «Pues yo ni te cuento el tiempo que hace que no subo.»

Sun Hee: «Algún día tienes que superar tu aprensión a las líneas de colores, ni que fueras daltónica.»

Kat: «Me quedo con el autobús, gracias.»

River: «O con el conductor, mejor dicho.»

Kat: «Ja, ja. Los de línea no tienen punto de comparación.»

Ni los camioneros que había visto hasta entonces se parecían a Jamie, pensó Danni, que se salía completamente de la norma.

Porras, ya estaba otra vez.

Skylar: «¡Ya nos contarás qué tal el café gratis!»

Romy: «Nosotras vamos camino a la playa, ¡luego os mandamos fotos!»

Qué cabronas, de juerga y el resto trabajando. Encima en *jet* privado, se habían ahorrado todo el rollo de aeropuertos, asientos estrechos y pérdidas de equipaje. Parecía que Murphy ya las había dejado en paz, quitando el tema Randy, claro, que no era tanto Murphy como una putada de las gordas y ahí no tenía la culpa ninguna ley absurda, sino el cabrón en sí.

Eso era lo que tenía que pensar. No en Randy, obviamente, ni en Jamie, que no la llevaba a ninguna parte. Nada de eso. Murphy era el importante y había desaparecido, lo cual solo auguraba cosas buenas.

Con ese pensamiento positivo llegó a su parada y se bajó del metro para dirigirse al edificio donde iniciaría su nueva andadura laboral.

Y lo primero que haría sería aprovechar sus ventajas y sacar el café gratis, por si las moscas.

Como solía hacer cuando se despertaba, excepto durante la despedida, que había estado sin móvil, Randy le envió un mensaje de buenos días a Romy. El día anterior había supuesto que se verían en algún momento, pero como tenía la prueba del vestido y Skylar iba con ella, no le extrañó que al final no quedaran. De hecho, no había recibido ningún mensaje suyo desde la mañana, ahora que lo pensaba.

Se quedó mirando la pantalla, en espera de que contestara, sin obtener ni siquiera la confirmación de que le hubiera llegado el mensaje. Eso sí que era raro.

Mosqueado, procedió a llamarla, y se extrañó más aún al escuchar el mensaje de apagado o fuera de cobertura. A ver si le había pasado algo en el móvil...

Como no sabía si había visto a las demás, le envió un mensaje a Skylar. Y, de nuevo, nada de confirmación de recepción, así que probó a llamarla y, para su sorpresa, tampoco pudo contactar.

Se quedó pensativo unos segundos. Aunque tenía los números de todas las amigas de Romy guardados, no tenía mucho contacto con ellas sin que la chica estuviera por medio, por no decir ninguno. Sin embargo, situaciones desesperadas llevaban a medidas desesperadas, y esa le parecía una de ellas.

Decidió ir por orden alfabético y le envió un mensaje a Danni:

«Hola, soy Randy. ¿Sabes si le pasa algo al móvil de Romy? No consigo hablar con ella.»

Al menos ese le llegó como recibido. Y, al poco, como leído. Esperó un rato, pero la chica no le contestó. Probablemente, estaría trabajando y no podría, supuso, así que le envió el mismo mensaje a Kat.

Extrañado, revivió el mismo proceso que con Danni: recepción del mensaje, lectura... y nada.

Decidió enviar a River y Sun Hee seguidas, a ver qué pasaba. Casi ni le sorprendió ver que sucedía exactamente lo mismo.

Pues nada, probaría con todas a la vez. A ver si así alguna se daba por aludida y le hacía caso, por lo que abrió un grupo: «¿Sabéis algo de Romy?».

Y ahí fue cuando, definitivamente, se dio cuenta de que ocurría algo: en cuanto lo creó y preguntó de nuevo, una a una, fueron saliendo del grupo.

Lo cual le dejaba claro que sí, leían sus mensajes, y que por algún motivo no le contestaban. Obviamente, si a Romy le hubiera pasado algo tipo accidente o pérdida de móvil, alguna se lo diría, así que allí estaba pasando otra cosa.

El qué, no tenía ni idea.

CAPÍTULO 5
MIÉRCOLES, TARDE

Randy aparcó su coche a un par de manzanas del Aviva, el restaurante donde habían quedado las chicas para comer ese día. Por suerte para él, Romy era previsora y hacía más de un mes le había enviado su agenda para la semana de antes de la boda. De ese modo, ninguno olvidaría ciertas obligaciones, como recoger su traje (cosa que ya había hecho el día anterior), ir a pagar las flores, y ese tipo de detalles que siempre faltaban por ultimar.

El Aviva estaba en el centro y era el sitio perfecto al que ir si no buscabas comida basura, algo obligatorio si Skylar acudía a esa comida. Randy había estado varias veces e incluso conocía al dueño, un tipo muy majo que solía hacer más fácil la espera ofreciendo degustaciones a la gente que aguardaba en la cola.

Sabía que presentarse así en una comida de las chicas no era lo mejor, pero lo ocurrido con el grupo de WhatsApp y ese silencio lo tenía preocupado, además de que seguía sin saber nada de Romy: por más que la llamaba o escribía, le salía apagada o fuera de cobertura. Tampoco recibía sus mensajes. Aún pensaba que su móvil le daba problemas; sin embargo, el hecho de que sus amigas no le respondieran le hacía pensar que sucedía algo más.

Llamar a Corey para preguntar no era una opción. Las pocas veces que había intentado hacer migas con él en el pasado solo había recibido monosílabos o silencios por su parte. Además, si era responsable de lo que fuera que estuviera ocurriendo, prefería que

Corey no lo supiera. Estaba seguro de que no le iba a dar una palmadita de ánimo en la espalda por cabrear a su hermana pequeña.

Entró en el Aviva y se asomó al comedor. Aquello siempre estaba lleno de gente gracias a la calidad de la comida, pero el grupo de su hermana era fácil de localizar y no tardó en hacerlo. Estaban en una mesa amplia al fondo del local, de modo que fue directo hasta allí. Al llegar hasta la mesa, vio que no estaban todas: faltaba su prometida, y también Skylar.

Eso lo dejó confuso unos segundos, la misma confusión que vio reflejada en las caras de las chicas, que lo miraban atónitas.

—Hola —saludó, cuando al fin recuperó el habla—. Perdonad que me presente así, aunque no me habéis dejado opción. ¿Por qué nadie contesta a mis mensajes? ¿Ha pasado algo?

Las chicas se miraron entre sí, confundidas. Ninguna esperaba que Randy tratara de verlas en persona, la verdad, y tampoco estaban preparadas para ello. Eso sí, todas tenían muy fresco el relato de Romy sobre la infidelidad, las mentiras y el pacto de silencio.

—¿Dónde está Romy? —insistió Randy—. Su teléfono no funciona, me sale apagado todo el tiempo, y tampoco le llegan mis mensajes. ¿Está bien?

De nuevo, miradas sin que ninguna abriera la boca. ¿Qué puñetas ocurría allí? ¿Se había vuelto loco todo el mundo y él sin enterarse?

—Solo decidme si está bien, estoy a un paso de empezar a llamar a los hospitales… no hago más que pensar que quizá tuvo un accidente y por eso el móvil está roto, pero…

—A su móvil no le pasa nada —lo interrumpió Kat.

—¡Kat! —Sun Hee le dio en el brazo, irritada.

—¿Qué quieres decir? —Randy hizo que Danni se apretujara contra River al sentarse a su lado—. ¿No lo tiene estropeado? Entonces, ¿por qué no me da señal?

—Porque te ha eliminado, imbécil —soltó Kat, sin poder morderse la lengua.

Randy abrió y cerró la boca varias veces, anonadado.

—¿Cómo? ¿Eliminado? ¿Por qué?

—Tú sabrás —lanzó Danni, cruzándose de brazos.

Él la miro, sin comprender.

—¿Yo? ¿Cómo lo voy a saber yo?

—Eso es cosa tuya.

—Chicas, no sé si lo sabéis, pero… ¡nos casamos el domingo!

River hizo un ruidito escéptico que no contribuyó a tranquilizarlo. Randy parpadeó, sin tener la menor idea de lo que sucedía allí, y por más que miraba a unas y otras, no parecía que fueran a darle una explicación satisfactoria tampoco.

—Por favor, ¿alguien puede explicarme qué está pasando aquí? —suplicó—. Vuelvo de mi despedida de soltero, llamo a Romy y no me coge. Vosotras me ignoráis, como si esto fuera un pacto de silencio o algo así, y encima…

Al escucharse a sí mismo, se dio cuenta de que acababa de dar con el problema. No en vano conocía de sobra a aquel grupo y las reglas que tenían para protegerse las unas a las otras. Quizá no fuera lo más habitual entre amigas tener tantos códigos, pero con ellas así era.

Y, al igual que sabía sobre el consejo de sabias que tomaban decisiones en común, sabía de los pactos de silencio.

—¿Es eso, un pacto de silencio? —preguntó—. ¿Por eso no me decís nada?

Danni se encogió de hombros, Kat sacudió la cabeza y River miró al techo, fingiendo disimulo. Solo Sun Hee mantuvo la mirada fija en su persona.

—Exacto —corroboró—. No vas a obtener ninguna información de nosotras, así que, ¿por qué no te vas a casa, Randy?

—Pero…

—No nos hagas avisar al dueño, por favor —carraspeó River—. No nos gustaría tener que decirle que nos estás molestando.

—¡Chicas, la boda es el domingo! Si ocurre algo, necesito saberlo.

Kat detuvo a un camarero que pasaba a su lado.

—Hola, ¿podrías decirle a Tom que viniera un segundo, por favor?

Randy se levantó, con las manos en alto. No quería ser expulsado del Aviva, ni tampoco montar ninguna escenita allí.

—¡Vale, vale! Muchas gracias por vuestra ayuda, en serio.

Ninguna respondió a eso, todas concentradas en mirar sus platos de comida libanesa como si el asunto no fuera con ellas. Randy se rindió. Veía que no iba a sacar nada en claro, así que dio media vuelta y salió del restaurante con aspecto derrotado.

Una vez fuera, se metió en su coche y permaneció pensativo unos minutos. No sabía qué hacer, de modo que volvió a telefonear a Romy con la esperanza de que esta le cogiera: nada.

Probó a llamar a Skylar, y aunque su móvil sí daba tono, tampoco respondió.

Abatido, apoyó la cabeza sobre el volante, ¿qué demonios sucedía? Estaba claro que había metido la pata en algo, solo que no sabía en qué. ¿Sería por la despedida? Sus amigos solo le dejaron el móvil en una ocasión y la utilizó para llamar a Romy, justo cuando ella esperaba el autobús de repuesto después de que el suyo sufriera una avería.

Luego, el teléfono estuvo a buen recaudo en manos de sus amigos, que no le dejaron volver a tocarlo hasta el regreso. Nada más recuperarlo, ya de noche, le había mandado un mensaje a su chica para saber qué tal su despedida y que supiera que estaba de vuelta.

Si por él fuera, habría hablado con ella todos los días. En Atlantic City, casi había estado más preocupado de que sus amigos no se desmadraran que de divertirse él… era un chico tranquilo, que se sentía más cómodo con actividades como el cine o cenar en buen restaurante. Lo de la juerga ininterrumpida de sol a sol no era lo suyo, aunque había hecho el esfuerzo ya que su grupo se había preocupado de prepararle el fin de semana con todo detalle.

Con tanto detalle, por cierto, que casi había tenido que escaquearse de un baile privado de una *stripper*, por suerte se puso serio y al final fue otro de sus amigos el que aprovechó la situación. Randy no se sentía cómodo en esos locales, y tampoco le gustó que invitaran a varias bailarinas a su *suite* del hotel. Por suerte, estaban todos demasiado borrachos como para percatarse de si alguno desaparecía, cosa que hizo en cuanto vio volar un sujetador de lentejuelas por el aire.

Incluso aunque él no participara, no tenía el menor interés en quedarse mirando, de modo que había bajado a recepción a mendigar otro cuarto para dormir lo que quedaba de noche.

El resto de la despedida fue por el estilo, y no recordaba haber hecho nada que pudiera ocasionarle problemas con Romy. Aparte de que no creía que sus amigos quisieran perjudicarlo.

Randy no tenía la menor idea de qué hacer a continuación, estaba totalmente en blanco. Su intención era arreglar el problema, ¡pero necesitaba conocerlo! A ciegas era muy difícil.

Podía llamar a los padres de Romy… no, mejor no. Si no sabían nada les iba a dar un susto de muerte, porque por el momento, la boda no se había cancelado que él supiera.

Deslizó el dedo por la pantalla del móvil, esperando que la solución apareciera de forma mágica ante sus ojos. Sin éxito, claro, hasta que encontró a Corey.

Tras pensarlo un par de segundos, se decidió a mandarle un mensaje.

Randy: «Hola, ¿qué tal estás?»

Poco después, el mensaje le salió como leído. No hubo respuesta inmediata, con lo cual Randy empezaba a pensar que Corey también estaba al corriente de lo que pasaba… hasta que vio que le mandaba una respuesta de vuelta.

Corey: «Bien.»

Randy hizo una mueca. Desde luego, había cosas que nunca cambiaban, no, y Corey seguía en su línea de pocas palabras.

Randy: «Necesito hablar contigo, ¿dónde estás?»

Corey: «¿Conmigo?»

Randy: «Sí. Es importante.»

Tras un minuto que a Randy se le hizo interminable, le llegó la respuesta.

Corey: «Vale, estoy en el estudio. Ven si quieres.»

Aliviado, Randy metió la llave en el contacto y se encaminó hacia allí. Al menos, el motivo de enfado de Romy y las demás no parecía haber llegado hasta Corey, lo cual era bueno y malo. Bueno porque significa que por el momento estaba a salvo, y malo porque si se decidía a ayudarle a descubrirlo… en fin, quién sabía qué podía pasar.

Quince minutos después, aparcaba justo delante de su estudio. Al menos estaría su ayudante, eso reducía las posibilidades de que le cayera algún guantazo… sin embargo, al tocar en la puerta, el propio Corey le abrió.

—Hola —saludó, nervioso—. ¿Estás solo?

Mal, sin testigos.

—Sí. Hoy tengo el día completo, así que le di libre a Libby. Por eso estoy aquí, no me daba tiempo a ir a comer a casa. —Corey se hizo a un lado—. Vamos, pasa.

Randy entró y Corey volvió a echar la llave tras él.

—Siento la interrupción —empezó Randy, carraspeando.

—Bueno, ¿qué es eso tan importante? —Corey se cruzó de brazos.

—Necesito tu ayuda.

—¿La mía?

Corey se apoyó en el mostrador, con cara de sorpresa. No se le pasaba por la mente ningún motivo por el cual Randy quisiera algo de él, la verdad, ¡si apenas habían intercambiado un par de frases durante los cien años que llevaba saliendo con su hermana!

Corey desconfiaba por sistema de los tipos trajeados, y Randy era uno a todos los niveles. Pelo bien cortado, educado, trajes chaqueta en distintos colores, camisas planchadas y zapatos. Zapatos, por el amor de Dios, hasta en verano. Aquello no tenía nombre.

Lo veía tan repelente que jamás se había molestado en conocerlo; pese a todo, lo dejaba en paz y no se metía con él porque si Romy era feliz a su lado, a él le valía.

—No localizo a Romy —soltó a bocajarro.

—¿Qué?

—No puedo hablar con ella. Si la llamo, me da apagado o fuera de cobertura.

Corey arqueó la ceja al reconocer las señales.

—¿Y si la buscas en redes sociales no la encuentras?

—Anda, no he probado. Espera que miro. —Randy sacó su móvil, entró en Facebook… y, en efecto, Corey tenía razón, no le aparecía su novia—. Nada, como si no existiera.

—¿*Ghosting*? —aventuró Corey, para ver qué decía Randy.

—¿A su novio? No fastidies, eso se hace con gente que acabas de conocer, ¿no?

Corey se encogió de hombros.

—Estoy igual que tú —comentó—. Skylar no da señales de vida.

—¿No? Pero ¿por qué? ¿Os habéis peleado?

—Algo de eso hay, sí.

Randy empezó a hablar para sí mismo, como si hiciera cálculos. Hasta se tocó las yemas de los dedos, contando a saber qué.

—Tuviste una discusión con ella y te ha eliminado —resumió, al final.

—¿Qué? ¿Eliminarme a mí? —preguntó Corey, ofendido.

—¡Claro! Por eso no las localizamos. Nos han bloqueado, tanto de sus agendas de teléfono como de las redes sociales.

Asintió, aliviado en parte por haber averiguado lo que ocurría. Aunque seguía sin conocer el motivo, claro.

—Tío, ¿has venido hasta aquí para soltarme eso?

—No, no. Vale, creo que entiendo qué ha pasado —dijo de forma atropellada, mientras Corey lo miraba como si se hubiera vuelto loco—. Por algún motivo, Romy se ha enfadado conmigo. Tú tienes suerte, al menos sabes por qué te han bloqueado.

—Sí, me alivia mucho saberlo. Gracias por venir a decírmelo.

—A ver, escúchame. —Randy movió los brazos para que se callara—. No sé lo que he hecho, porque no recuerdo haber hecho nada, y digo la verdad. Solo sé que esta mañana he llamado a mi chica, y resulta que no me coge. No sé dónde está, y me ha bloqueado.

—¿Así, sin más?

—Sí, y eso no es todo. He ido hasta el Aviva porque las chicas iban a comer allí hoy.

—¿Has visto a Skylar?

—No, eso iba a decirte: ni Romy ni Skylar estaban allí.

—¿Has hablado con las chicas?

—No me hablan.

—¿Cómo que no te hablan?

—Esta mañana les pregunté por WhatsApp y ninguna me respondió. Creé un grupo y salieron todas sin decir ni hola. Y cuando he ido al Aviva, casi llaman al dueño para que me echara de allí… han hecho un pacto de silencio.

Corey entrecerró los ojos. Un pacto de silencio era lo peor.

—Estás jodido —comentó—. ¿Seguro que no tienes la menor idea de qué puedes haber hecho?

—Te juro que no. Incluso la despedida ha sido lo más coñazo del mundo, no he hecho otra cosa que escaparme de mis amigos y sus señoritas de estriptis.

Randy lo miró, con gesto de súplica.

—¿Puedes llamarla?

Corey sacó el móvil sin perder ni un segundo y llamó a su hermana.

—Da línea —informó, y aguardó unos segundos—. Pero nada, no coge.

—¡Joder! ¿Qué coño está pasando? ¿Por qué me hace esto? ¡Nos casamos en cuatro días, Corey, no puede desaparecer sin ninguna explicación!

Corey se guardó el móvil y permaneció pensativo unos segundos.

—Vale, escucha, quédate aquí —dijo.

—¿A dónde vas?

—A hablar con las chicas.

—¿Crees que te dirán algo?

—En seguida lo sabremos. —Corey se puso la cazadora y cogió las llaves del coche de encima del mostrador—. No tardo.

Salió del estudio y cerró con llave, dejando a Randy en el interior. Esperaba llegar al Aviva antes de que las chicas terminaran de comer y regresaran a sus casas o trabajos, después sería más complicado juntarlas.

Conocía el sitio de sobra porque a Skylar le gustaba, así que no tardó en llegar. Ignoró la cola y entró derecho al local, donde rápidamente localizó a las chicas, que tenían ante sí unas comedidas macedonias de frutas. Claro, la boda y los vestidos de dama de honor: ninguna quería que se les quedaran pequeños, seguro.

Se acercó hasta ellas, que dejaron de hablar al verlo venir.

—¡Corey! —exclamó River con una sonrisa—. ¡Hola! Qué raro verte por aquí… siéntate.

Le hizo sitio para que se pusiera a su lado y él obedeció.

—¿Has venido a comer? —preguntó Kat.

—No, qué va. He comido en el estudio, hoy tengo tatuajes hasta la noche.

—Qué ganas de hacerme uno —suspiró River—. ¿Cuándo me harás un hueco?

—Solo tienes que decir el día. —Él le dio una palmadita y después miró a las demás—. La cosa es que no hago más que llamar a Romy y no me coge. Y el teléfono de Skylar me sale apagado… ahora veo que tampoco están aquí. ¿Alguien puede arrojar claridad al respecto?

River se mordió el labio, incómoda. Kat miró a Danni y esta se giró hacia Sun Hee, que intercambió una mirada con River. Una cosa era el pacto de silencio hacia Randy, el traidor, y otra mentirle a Corey.

—Skylar nos ha dicho que has roto con ella —dijo Kat, al recordarlo.

—Sí, es verdad —admitió él—. Me ha dejado plantado y me lo he tomado regular. Pero bueno, ya me conocéis, tengo ese pronto… no iba en serio.

—Pues ella se lo ha creído —comentó Danni.

—Ya veo, ya, para bloquearme… en fin, lo hablaré con ella. Si la encuentro, claro, lo que me lleva a mi primera pregunta, ¿dónde está? ¿Y dónde está Romy?

Kat empezó a susurrar por lo bajo a Danni, que asentía y negaba al mismo tiempo. Sun Hee miraba hacia otro lado, como si el tema le quedara grande, y River no quería hacer contacto visual con el chico. Con el cariño que le tenía, no quería mentir.

—¿… el pacto?

—Ese es para Randy, no para…

—¿Y si…?

—¿Podéis decirme qué demonios ocurre, por favor? —insistió él.

—Romy se cabreará con nosotras —dictaminó Sun Hee.

—No estamos rompiendo las reglas —intervino River—. ¡Por Dios, es su hermano! No hay ningún pacto de silencio con él.

Aquello terminó de convencer a las chicas, que asintieron.

—Vale. —Kat apoyó los codos en la mesa y se inclinó hacia él—. Parece ser que, durante la despedida, Romy se enteró de que algunas *strippers* estuvieron durmiendo en la suite de Randy y sus amigos, jueguecitos incluidos.

Corey frunció el ceño, aunque recordó lo que le había explicado el chico un rato antes.

—Y hoy… —empezó River, dudosa—. Bueno, Romy fue a buscarlo a su trabajo para comer con él, y al parecer, lo encontró con su secretaria.

—¿Qué?

—Los vio —aclaró Danni.

—Desde un ficus —añadió Sun Hee.

—Tienen una aventura —siguió Kat.

—¿Qué?

Corey solo se veía capaz de preguntar «qué» porque todo aquello le sonaba a telefilme barato de sobremesa. ¿El soso de Randy, teniendo una aventura con su secretaria?

Claro que, según lo asimilaba, recordaba que lo tenía encerrado en su estudio. Eso significaba que podía regresar y molerlo a palos, si aquello era verdad.

—¿Estáis seguras? —preguntó, incrédulo.

—Todas nos quedamos con la misma cara —explicó River—. Pero Romy dice que los vio con sus propios ojos, y estaba muy exaltada.

Corey se frotó la frente. Joder, joder… como si Romy no fuera ya lo bastante frágil para encima pescar a su futuro marido poniéndole los cuernos. Y el muy idiota se presentaba ante él y decía que no tenía la menor idea de qué había hecho.

—¿Dónde está? —preguntó—. Voy a ir ver cómo se encuentra. Y tendrá que decidir qué hacer con la boda.

—Sí, bueno, respecto a eso… —carraspeó Kat—. Está en Ibiza.

—¿Ibiza? ¿Ibiza, en España? —Todas afirmaron al mismo tiempo—. ¿Y qué hace allí?

—Ha ido con Skylar. Después de pillar a Randy, se fue con ella y un amigo las invitó a ir a pasar un par de días, así que fueron.

—Te diré que Romy estaba de lo más… eufórica —comentó River.

Sí, Corey conocía esa faceta. Luego vendría la explosión, acompañada de llantos y gritos.

—Vale, entonces están en Ibiza —murmuró, y de pronto alzó la cabeza—. Un momento. ¿Qué amigo?

—¿Eh? —Kat se hizo la tonta.

—Acabáis de decir que «un amigo» las invitó a ir allí, ¿qué amigo?

—Mmmm… —Danni se entretuvo pinchando un trocito de fruta de su macedonia.

—Un amigo…

—No será un amigo que usa mucha laca, ¿verdad?

Al ver las caras que ponían todas, se dio cuenta de que había dado en el clavo. Joder, no se lo podía creer, ¿de verdad se había ido de viaje con el chico de la laca? Que no era tonto, uno no iba a Ibiza a recuperar horas de sueño precisamente, y si se marchaba con su compañero de trabajo, la cosa pintaba mal.

—Solo han ido porque Romy pensó que era una idea genial. —River trató de minimizar la importancia del tema—. Skylar no estaba muy convencida.

—Bueno, gracias por contármelo —contestó él—. Veré si consigo hablar con ella. ¿Os ha dicho algo Romy sobre si va a cancelar la boda?

—Dijo que no se veía con ánimos en ese momento, pero suponemos que irán haciendo algo allí, Skylar se preocupará de eso, seguro.

—Si os enteráis de algo más, contadme —pidió Corey—. ¡Y decidle que me llame!

River le dio unas palmaditas por segunda vez y observó cómo se marchaba con gesto preocupado.

Corey condujo de regreso a su estudio sin saber qué le sentaba peor, si el hecho de que Randy hubiera engañado a Romy con su secretaria o que Skylar ya tuviera ganas de irse de juerga con su puñetero pretendiente a solo unas horas de que la hubiera dejado.

Fuera como fuera, Randy retrocedió al verlo entrar, la cara que traía no presagiaba nada bueno.

—¿Has averiguado algo?

—Oh, sí. —Corey cerró tras él—. Cuando me has dicho que no habías hecho nada, se te ha olvidado mencionar a tu secretaria.

Randy lo miró sin entender.

—¿A Poppy? ¿Por qué?

—¿Cómo se te ocurre pasarte por aquí después de ponerle los cuernos a mi hermana? ¿Es que buscas que te dé una paliza o qué?

—¿Que qué?

Randy permaneció inmóvil, tan sorprendido que olvidó retroceder a pesar de que Corey cada vez se le acercaba más.

—Espera, espera. —Alzó las manos para detener su avance—. Tiene que ser un malentendido. ¿Qué te han dicho exactamente?

—Que Romy ha ido a buscarte hoy y te ha visto en tu despacho con tu secretaria.

—Yo... —Randy pensó unos segundos y entonces cayó—. Oh, mierda...

—¿Entonces lo admites?

—No, ¡no! ¡Por supuesto que no! ¿Me dejas explicártelo?

Corey le dio un empujón y Randy cayó sentado en la camilla de tatuar. Tragó saliva antes de empezar a hablar, porque Corey no parecía muy dispuesto a creerlo.

—No es lo que parece —dijo.

—Habla.

—Poppy ni siquiera es heterosexual. —Movió la cabeza—. Es lesbiana y tiene novia.

—¿Y entonces cómo explicas lo que vio Romy?

—A ver, somos amigos. Poppy lo pasó mal el primer año de trabajo porque nuestro jefe era una mezcla de machista y homófobo... fue un año duro y la apoyé bastante, así que tenemos cierta amistad. Es una amistad platónica —se apresuró a aclarar.

—Pues algo vio Romy desde el ficus.

—¿El ficus?

—Eso dicen las chicas, que estaba oculta detrás de un ficus.

—Puede que viera algo que, sin saber de qué va, se pueda malinterpretar.

—Estoy ansioso por oírlo.

—Poppy y su novia, Sam, quieren tener un hijo. No adoptar, sino uno propio... en fin, el caso es que me han pedido que sea el padre.

Corey se quedó estupefacto. No sabía qué esperaba oír, pero desde luego, aquello no. Seguía pareciéndole todo un culebrón de sobremesa, con la huida y ahora la pareja lesbiana pidiendo esperma, ¡era de locos!

—¿Quieren que seas el padre?

—Exacto —afirmó Randy—. Esta mañana, Poppy ha venido a verme para pedírmelo... En fin, le he dicho que no podía hacerlo, que me sentía halagado, solo que sabía que Romy no iba a tomárselo demasiado bien. Ella decía que no tiene por qué enterarse, y yo le he dicho que no iba a empezar mi matrimonio con una mentira. Ha llorado un poco y la he abrazado, y te prometo que eso ha sido todo, Corey.

La historia era tan retorcida que Corey la creyó al momento. Además, le resultaba más fácil creer eso que el hecho de que Randy tuviera una amante... vale que el chico no le caía bien, pero no lo imaginaba haciendo algo así.

—¿Por qué no ha venido a hablar conmigo? —dijo él, frotándose la frente—. Podría habérselo explicado.

—Ya sabes cómo es Romy. Le habrá dado un ataque de los suyos y habrá querido poner distancia, es la forma en que afronta sus problemas.

—Necesito hablar con ella y aclararle las cosas, ¿sabes dónde está?

—En Ibiza.

—¿Ibiza, España?

—Sí —murmuró Corey, fastidiado—. Se ha ido con Skylar, y supongo que ya sabes lo que eso quiere decir. Según las chicas, han ido allí para divertirse y pasar página.

Randy se acarició la barbilla.

—¿Quieres decir que han ido para olvidarnos?

—Eso parece, sí.

Durante unos segundos, Randy se quedó sin palabras, haciendo funcionar su cerebro a toda velocidad para encontrar una solución.

—¿Y cuánto estarán allí?

—No tengo ni idea, se supone que un par de días… aunque, realmente, podrían ser más. Piensa que ella no tiene intención de casarse.

—Joder… no puedo permitir que se arruine lo nuestro por un malentendido. —Randy se levantó de la camilla—. Tengo que hablar con ella y explicarle la verdad. La quiero, Corey, y quiero casarme.

—Yo puedo seguir llamando hasta que coja, pero si escucha tu voz, fijo que cuelga.

—Mierda…

Impotente, Randy escondió la cara entre las manos. ¿Qué iba a hacer si Romy ni siquiera le daba la oportunidad de contarle la verdad? Para cuando pudiera hacerlo, la boda se habría echado a perder y no podía permitirlo.

—¿Y si voy allí?

—¿A Ibiza? —Randy asintió—. ¿Cómo, sin billete?

—Compraré uno en el aeropuerto. —Lo miró—. Y tú tienes que venir conmigo.

—¿Yo?

—Te voy a necesitar a mi lado para que Romy quiera escucharme, Corey. Si está muy furiosa es capaz de tirarme algo a la cabeza… tienes que ayudarme.

—A mí no me metas en lo vuestro, Randy, tienes que arreglarlo tú solo.

—Ya, pero si no lo logro y la boda se cancela por una estupidez, después te sentirás muy mal por no haber querido ayudarme.

Corey se cruzó de brazos, irritado.

—¡No puedo irme así como así! Tengo trabajo, ¡tengo clientes!

—El negocio es tuyo, joder, ¿no puedes faltar un par de días? Además, ¿no quieres ver si puedes recuperar a Skylar? También está allí, podrás hablar con ella.

El chico alzó una ceja, pensativo. Eso no era tan mala idea… ver a Skylar y quizás hablar del tema, por si tenía solución. Por no hablar de pegar a su compañero de trabajo, algo que siempre había tenido ganas de hacer, y ahora la oportunidad se le presentaba en bandeja de plata.

—Puedo posponer las citas de un par de días —concedió—. Les haré un descuento por las molestias.

—Pues llama, yo haré lo propio con la oficina y pediré un par de días libres también. Luego cogemos cuatro cosas y nos marchamos al aeropuerto a toda prisa.

Corey cogió la libreta con los teléfonos como si estuviera en un sueño. No se terminaba de creer lo que iban a hacer, ni siquiera cuando pararon en su apartamento para que metiera en una maleta ropa y todas las cosas que pudiera necesitar.

Solo revivió cuando estuvo dentro del aeropuerto y el ruido que allí había lo devolvió de golpe a la realidad. ¿Qué demonios estaban haciendo?

—Vamos al mostrador de información —propuso Randy.

—Me siento como en una película de los ochenta. —Corey lo siguió refunfuñando—. ¿Quién demonios compra billetes directamente en los aeropuertos hoy en día? ¡Nadie!

—Así no me ayudas.

—Oye, bastante que sabemos dónde están. Si esperaras un poco seguro que podemos encontrar algo en internet.

—No quiero esperar a mañana, ya te lo he dicho.

Llegaron a la ventanilla de información y Randy sonrió a la chica que había detrás del mostrador.

—Hola. Necesitamos un vuelo a Ibiza, urgentemente.

—¿Perdón?

—Vuelos a Ibiza. Esto es un aeropuerto, ¿no?

—Sí, claro. ¿No tienen billete, entonces?

—Claro que no, por eso estamos preguntando.

Corey puso los ojos en blanco y se colocó a su lado, empujándole ligeramente.

—Disculpe a mi amigo, está un poco… nervioso. —Por no decir histérico, pero seguro que eso le mosqueaba más—. Tenemos una emergencia familiar y necesitamos volar a Ibiza cuanto antes. ¿Podría decirnos qué posibilidades hay?

—¿No han mirado en internet?

—No hemos tenido tiempo de encontrar nada decente, acabamos de enterarnos y apenas si hemos cogido cuatro cosas antes de venir para aquí.

—Solo hemos visto opciones con mil escalas —intervino Randy.

—Ya, es que no es un destino muy habitual. Además, tiene aeropuerto pequeño, según creo, así que… —La chica comenzó a teclear—. Sí, eso es. No hay muchos vuelos regulares, tienen que hacer escala en Mallorca y ahí coger otro vuelo o un barco.

—Vale, pues eso.

—Y antes de Palma de Mallorca, en Madrid.

—Que nos vale.

—Y antes en Nueva York.

—¿Esto es como un juego de avanzar casillas?

Corey volvió a empujarle un poco y cogió aire.

—Vale, las escalas nos dan igual —dijo—. Lo que necesitamos es llegar cuanto antes.

—Este que les digo sale dentro de una hora, no sé si les dará tiempo a pasar todos los controles y…

—Nos lo quedamos.

Randy sacó su tarjeta de crédito y la colocó frente a la chica, que le miró sorprendida.

—Si aún no saben lo que vale…

—Eso da igual.

—¿Y la vuelta?

—Solo ida, ya nos preocuparemos allí.

—Randy…

Corey intentó intervenir de nuevo, pero el chico le miró con gesto de determinación.

—Yo me voy —le dijo—. Tú verás si te echas atrás.

Él volvió a suspirar. No tenía muchas opciones: si no iba, seguro que perdía cualquier posibilidad de recuperar a Skylar y, por otro lado, Romy también lo necesitaba.

Sacudió la cabeza.

—Que sí, que voy contigo. —Sacó su cartera—. ¿Cuánto es el billete?

—Pues son dos mil cien…

—Queremos en turista —aclaró, por si las moscas.

—Sí, ese es el precio en turista. Quedan pocas plazas y no es un itinerario muy habitual, así que…

Corey frunció el ceño, nada le gustaba más que gastarse un dineral para ir a solucionar un malentendido.

—El marrón es mío, así que pago yo. —Randy volvió a empujar la tarjeta hacia ella—. Y rápido, que no llegamos.

La chica cogió la tarjeta, tecleó de nuevo, la pasó por un lector y en unos minutos les entregó los billetes.

—La puerta de embarque está a unos treinta minutos de aquí, el arco de seguridad está por ese lado. El vuelo sale dentro de cuarenta y cinco minutos.

—Gracias. Vamos, Corey, tendremos que correr.

El susodicho lo miró como si estuviera loco. Primero, aunque estaba relativamente en forma, lo suyo no era correr. Y segundo, a Randy lo imaginaba aún menos echando carreras.

—No sé si…

Randy había echado a correr y no lo escuchaba, así que a Corey no le quedó otro remedio que seguirlo como pudo, esquivando gente y maletas mientras pensaba de nuevo que sí, aquello se parecía a una película de los ochenta en las que el chico perseguía a la chica y se encontraban al final. Solo que lo que se encontraron fue con la cola de seguridad, que indicaba una espera de mínimo quince minutos, y unos guardias que no estaban dispuestos a dejar que nadie se colara.

—No llegaremos —le dijo a Randy.

—No seas agorero. En cuanto crucemos, corremos hasta la puerta.

Qué fácil sonaba. Si no tuvieran a mil personas delante no le parecería tan imposible; encima, con la cola avanzando a velocidad de tortuga, no lo veía nada claro.

Por fin, veinte minutos después, llegaron al arco. Se quitaron en tiempo récord los cinturones, vaciaron los bolsillos y, cuando estaban ya al otro lado sin incidencias, cosa que sorprendió a Randy, que había esperado que Corey pitara o algo con tanta tachuela por todas partes, un guarda se colocó delante de ellos y señaló sus pies con su detector de metales.

—Quítense los zapatos y pasen por esa máquina, por favor.

—Es que no llegamos a la puerta de embarque, vamos tarde —replicó Randy.

El hombre se estiró aún más, haciendo que ambos tuvieran que elevar la vista y doblar el cuello.

—¿Tengo yo cara de que ese sea mi problema?

—No, para nada. —Corey intervino de nuevo, preguntándose en qué momento se había convertido él en la parte razonable del dúo. O directamente, en un dúo—. Ahora mismo, agente.

Empujó a Randy otra vez, algo que comenzaba a ser una costumbre, y se agachó para quitarse las botas. El hombre esperó a que Randy hiciera lo mismo, pasó los dos pares por la máquina, que tardó lo que pareció una eternidad en emitir un veredicto, y se los devolvió con la misma expresión.

—Pueden continuar —dijo.

Randy cogió sus zapatos, se los colocó y echó a correr, mientras Corey se calzaba.

—Es que tenemos prisa —explicó al agente, que tenía el ceño fruncido.

Aceleró el paso para alcanzar a Randy, de quien apenas si veía su pelo a lejos, pero de pronto dejó de hacerlo y corrió… para encontrárselo tirado cuan largo era en medio de la gente.

—¿Estás bien? —le preguntó, agachándose para ayudarlo a levantarse.

—Sí, no sé qué ha hecho ese tipo con mis zapatos, están raros.

Corey bajó la mirada a sus pies y se los señaló.

—Te los has puesto al revés.

—Ah, vale, ya decía yo…

Se apresuró a colocárselos de nuevo y reiniciaron su carrera, siguiendo las señales que llevaban hasta la puerta de embarque. Quedaban cinco minutos para que el avión despegara, y de pronto escucharon sus nombres por los altavoces instándoles a dirigirse al embarque.

—¡Ya vamos! —gritó Randy, como si pudiera escucharle quien fuera que hubiera enviado el mensaje.

Agobiado tras él, Corey no dijo nada, bastante tenía con respirar. Joder, ¿quién demonios había diseñado aquel aeropuerto? Algún amante de *Dentro del laberinto*, seguro. Había perdido la cuenta de las veces que habían girado para encontrarse en un pasillo igual que el anterior, las señales parecían todas las mismas… Como encima estuvieran yendo mal, le daba un ataque.

A la hora en punto de salida, llegaron a su puerta por fin. Una azafata estaba justo cerrando las puertas transparentes, y Randy se lanzó con el billete en la mano, colocándolo contra el cristal de forma que lo viera.

—¡Estamos en este vuelo! —gritó—. ¡Estamos en este vuelo!

La azafata abrió y comprobó sus billetes y sus pasaportes.

—Los hemos avisado por megafonía —dijo, con cierto tono de reproche.

—Estábamos viniendo —dijo Corey, cogiendo aire—. Al borde del infarto, como puede ver.

Ella no parecía muy convencida, pero les devolvió todo y se hizo a un lado mientras sacaba su *walkie-talkie*.

—Llegan los dos pasajeros que faltaban —informó.

Los dos chicos llegaron hasta la puerta del avión, donde estaba otra azafata sujetándola como si fuera a cerrarla. Y, de hecho, lo hizo en cuanto entraron.

—Ya estamos todos, despegaremos en unos minutos —escucharon por los altavoces.

Y, de pronto, empezaron a escuchar aplausos mientras avanzaban hasta sus asientos. Evitaron mirar al resto del pasaje hasta que por fin los encontraron y se dejaron caer en ellos.

—Menos mal —murmuró Randy—. Lo hemos pillado.

Corey solo pensaba en que por mucho menos, Romy se había encontrado sola en su despedida: ella misma había llegado tarde al autobús, le parecía increíble que ellos lo hubieran logrado.

En fin, solo les quedaban tropecientas horas y tres escalas para llegar, así que mejor se lo tomaba con filosofía.

Solo de pensarlo, le entró cansancio y *jet lag* por adelantado. Casi hubiera preferido el *ghosting* de marras.

Casi.

CAPÍTULO 6
MIÉRCOLES, NOCHE

Romy salió del cuarto de baño y se colocó frente a Skylar con los brazos en la cintura. Esta, que estaba pintándose la raya del ojo sentada en la mesa que había con espejo, dejó la mano inmóvil al ver el reflejo y se giró… marcando la línea desde el ojo hasta casi la oreja.

—Estupendo, otra vez como en la despedida —murmuró.

—¿Eso es todo lo que tienes que decir?

Skylar sacó una toallita desmaquillante y comenzó a frotarse, con un suspiro.

—A ver, Romy. ¿No crees que te has pasado un poco?

—¿Con qué?

Su amiga la miró de nuevo, sin saber por dónde empezar. Desde el maquillaje, que era lo más excesivo que le había visto jamás a la morena, hasta el vestido, cuyo escote estaba convencida que había bajado de alguna forma.

—Se te van a salir las tetas —le dijo.

—Ah, ¿esto? —Bajó la vista y se acomodó la tela—. Le he cortado un trozo, ¿a que no se nota?

—Para nada, aunque así poco vas a poder bailar, créeme.

—A lo mejor ligo.

Se echó a reír y Skylar se frotó la cara más fuerte. Madre de Dios, que la Romy chalada seguía ahí. Pensaba que en la playa se habría relajado, ya que habían incluso dormido un buen rato en unas estupendas jaimas privadas donde Rodrigo las había llevado. Un par de baños, otro rato dormidas y vuelta al hotel para prepararse para la cena antes de ir a bailar. O, esperaba, a dormir, porque notaba los efectos del cambio de hora y el trajín acumulado y necesitaba unas cuantas horas de sueño más que los ratos sueltos en la playa. Esperaba que a Romy le ocurriera lo mismo y notara el agotamiento durante la cena, aunque lo dudaba al verla tan efervescente otra vez.

—Quizá, solo quizá —comentó, señalando sus ojos—, debieras rebajar un poco ese color.

—¿Demasiado azul?

—Pues…

—He cogido el tono eléctrico, se supone que es para la noche. —Frunció los labios, de rojo brillante—. Y este es cereza pasión. ¿No te parece una señal?

De que estaba perdiendo el norte, sí.

—Podemos darle una vuelta a tu estilismo —volvió a intentar.

—Tranquila, no hace falta. —Cogió unos zapatos con unos tacones imposibles y se sentó en la cama para calzarse—. Creo que así voy perfecta, justo lo contrario a la Romy de siempre.

—Con esos zapatos no aguantarás toda la noche.

Quizá fuera una señal de que el tema del baile se le había olvidado.

—No te preocupes por eso. Llevo unas parisinas en el bolso para cambiarme cuando vayamos a la discoteca.

«Mi gozo en un pozo», pensó Skylar.

—Vaya, has pensado en todo.

—Sí. ¿Te falta mucho? Es casi la hora.

—No creo que tardemos en llegar, solo tenemos que coger el ascensor.

Habían quedado en el mismo restaurante del hotel, el Café Montesol. Por lo que habían visto en los folletos, era un clásico de la ciudad ya que se había inaugurado en 1933. De gran calidad y con largas listas de espera, Skylar suponía que una cena allí sería de las que mucha gente se dejaba el sueldo. Se lo había dejado caer a Romy, que se había encogido de hombros comentado que iban de invitadas, así que no había vuelto a sacar el tema. Ya le parecía bastante que las invitaran a la habitación, al chófer... Tampoco quería que Greg y Marco pensaran que estaban aprovechándose o, peor aún, que esperaran algo a cambio.

—Voy a dar un poco de envidia a estas mientras terminas.

Romy: «¡Nos vamos de cena y fiesta!»

Kat: «¿De cena ya? Yo pensaba que en Europa se cenaba más tarde que aquí, ¡si es prontísimo!

River: «Si no hemos ni salido del curro todavía.»

Romy: «¿Horas extra o qué? ¡Si son las once de la noche casi!»

Sun Hee: «¡Qué dices! ¿Tanta diferencia hay? Porque aquí son las cinco.»

Romy: «Sí que nos hemos ido lejos, sí.»

Sun Hee: «¿Las horas de avión no te dieron una pista? Jajaja.»

Kat: «Pues va a ser complicado estar al día con tanta diferencia.»

Danni: «Ya nos apañaremos. ¡Pasadlo bien!»

Sun Hee: «Os dejo que me echan la bronca si me ven con el móvil.» Y emoticonos de fiesta.

Romy envió unos cuantos de botellas de champán y miró a Skylar. Ella se había vuelto hacia el espejo para comprobar que la línea estaba completamente borrada y terminar de maquillarse con cuidado… quedando perfecta, como de costumbre. Se colocó unos zapatos con un tacón bastante más cómodo que los de Romy y cogió su bolso.

—Lista.

—Genial. —La cogió del brazo para llevarla hacia la puerta—. Por cierto, he estado pensando en lo que me dijiste.

—¿En qué?

—Sobre Marco, lo de las enfermedades venéreas.

¡Menos mal! Al menos la escuchaba, era un alivio.

—Me alegro de que…

—Condones.

—¿Perdona?

—He visto unas cuantas farmacias, así que le diré a Rodrigo que me lleve a una y compro unos cuantos paquetes. ¿Ves? ¡Solucionado!

—Eso no es lo que quería decir, yo…

—Qué haría yo sin ti, Skylar.

La abrazó y ella movió la cabeza, sin saber muy bien cómo sacarla de aquel estado. Tendría que estar vigilándola todo el rato, como si fuera una adolescente de hormonas desbocadas… conocía a su amiga como la palma de la mano y si hacía algo de lo que luego se arrepentía, una vez pasada la euforia… mejor no dejar que ocurriera.

—Miedo me da pensarlo, la verdad —contestó.

Romy se rio y llegaron al ascensor. Ya durante aquel corto trayecto Skylar temió que perdiera el equilibrio en un par de momentos, así que la cogió del brazo en esa ocasión hasta que se bajaron y llegaron al restaurante.

—Madre mía, seguro que aquí vienen hasta famosos —exclamó Romy, sin quitar ojo a la carísima decoración.

Skylar sacudió la cabeza. Lo que le faltaba ya, encontrarse con algún actor que le gustara, porque en ese estado desconocido, sería capaz de tirarse encima de él.

Se acercaron a la chica que estaba en la entrada apoyada en un pedestal con un atril.

—Buenas noches —les dijo—. ¿Tienen reserva?

—Hemos quedado con Marco Ríos —contestó Romy.

—Ah, sí, las están esperando. Por aquí, por favor.

Sin dejar de sonreír, hizo un gesto para que la siguieran y las llevó hasta una mesa apartada de las demás, en una especie de zona privada con un enorme ventanal al lado.

—Menudas vistas —murmuró Skylar.

Al verlas, los dos hombres se levantaron y se acercaron con unas enormes sonrisas.

—Estáis preciosas —dijo Marco, cogiendo la mano de Romy para darle un beso en el dorso.

—Qué adulador. —Ella emitió una risita—. Vosotros no estáis nada mal.

—Skylar, estás… —empezó Marco.

—Sí, sí, tú también —lo cortó, empujando a Romy hacia la mesa—. Venga, tú y yo nos sentamos en este lado.

—Ah, habíamos pensado colocarnos en plan pareja —insinuó Marco, con sonrisa inocente.

—Así estamos bien, queremos disfrutar de las vistas.

Que eran las mismas desde cualquier punto. Él no borró su sonrisa, sino que fue tras Romy para apartarle la silla y que así se sentara.

—Qué caballeroso —sonrió ella.

Skylar cogió su silla y le lanzó una mirada a Greg, que no hizo ademán de imitar aquel gesto y fue a ocupar su asiento. Sabía que estaba siendo un poco borde con él, pero no podía evitarlo. De alguna forma, estaba intentando contrarrestar el «efecto Romy» y al final pagaría el pato el que no debía. Se obligó a sonreírle, mirándole, a ver si pasaba algo… Una chispa, algún gesto que no hubiera visto antes, lo que fuera que le causara mariposas en el estómago. Nada, debían estar todas hibernando porque solo notaba un cierto malestar y era el hambre.

—Voy a pedir el menú degustación —propuso Marco—. Así podéis probar lo mejor de cada plato, es una maravilla.

—Por mí perfecto —contestó Romy.

—Y después hemos pensado en ir a la terraza a tomar algo —añadió Greg—. También hay música, os encantará.

—Estupenda idea —contestó Skylar.

Así no acabarían a saber dónde y podrían retirarse a su habitación cuando quisieran.

—Mientras haya música, no tengo problema —comentó Romy.

Parecía algo más calmada mientras mordisqueaba el pan recién hecho que estaba en la mesa y Skylar comenzó a recuperar la esperanza de que la noche fuera más tranquila de lo esperado. Claro que, al coger su copa, por el rabillo del ojo vio la forma en que su amiga se inclinaba sobre la mesa, con el escote en todo su esplendor, y carraspeó para llamar la atención de Marco, que tenía los ojos fijos ahí.

—¿Qué tal vuestro día?

—Oh, muy bien —contestó él, aunque casi sin mirarla—. Un poco de descanso, piscina y a prepararnos para vosotras. Este pelo no se cuida solo.

Se pasó la mano por el mismo, a lo que Romy emitió una risita tonta. Vaya, el chico no era una enamorado de la gomina como Greg, pero no andaba muy lejos. Empezaba a inquietarse por tanta atención al cabello de ambos.

Un camarero que parecía salido de un catálogo de modelos se acercó. Ahora que Skylar se fijaba, en realidad todos parecían estar haciendo un pase de modelos, la verdad.

—Cuatro menús degustación y mi vino favorito —indicó Marco.

Skylar levantó una ceja. Ni un por favor, ni un gracias. Vale que eran sus empleados, pero eso no quitaba que se merecieran un trato más amable. Aunque por la sonrisa de Romy quizá era cosa de ella, que estaba quisquillosa.

—Os va a encantar —dijo—. Es un Reserva especial que solo tomamos mi familia y mis amigos. —Le guiñó un ojo a Romy—. O personas especiales.

Ella volvió a reír y Skylar estuvo a punto de frotarse el oído. Joder, iba a acabar odiando esa risita.

—¿Y vosotras qué tal? —preguntó Greg.

—Genial. Rodrigo nos ha llevado a una playa.

—Sí, gracias por él —añadió Romy, mirando a Marco—. Ha sido todo un detalle.

—Estará a vuestra disposición todo el tiempo que estéis aquí.

—Estupendo.

Llegó una camarera con el vino y otra con unos entrantes, por lo que pudieron empezar a comer. Skylar probó el líquido rojo… y no pudo evitar hacer una mueca de placer, porque la verdad era que estaba buenísimo. Romy ya se había tomado una copa y Marco se la rellenaba, sin dejar de sonreír.

—Me encanta todo —decía su amiga.

—De eso se trata. —Y otro guiño.

En otras circunstancias, Skylar hubiera disfrutado más de la cena. La comida era exquisita, el vino excelente, las vistas increíbles y Greg le daba conversación: la vida de lujo que tanto le gustaba a ella. Sin embargo, no podía evitar estar atenta a lo que Romy decía y a las cada vez más directas que le lanzaba Marco.

Cuando terminaron el postre y pidieron café, su amiga estaba más que achispada y ella ya temía tener que sujetarla entre todos para subir a la terraza.

—Vamos al baño —pidió Romy, de pronto, dándole un manotazo en el brazo.

—Vale, vale.

Se cogieron del brazo para ir hacia allí, Skylar vigilando el suelo por si había algo con lo que pudieran tropezar.

—Tenemos que salir —susurró Romy, una vez se hubieron alejado.

—¿Qué?

—Fuera del hotel, ahora que no nos ven.

Joder, ¿en serio? ¿Iba a tener que atarla a la pata de la cama o qué? Ni loca iba a llamar a Rodrigo para ir en busca de una farmacia.

—Romy, no digas chorradas. Tomamos el café y después a la terraza.

—Que no, que yo quiero bailar.

—¿Qué?

—Eso. —Sacó su móvil—. Voy a avisar a Rodri y que nos lleve a Pachá.

—¿Rodri?

—Sí, ya hay confianza con él.

—¿Pretendes dejarlos plantados?

—Sí, son unos muermos. Yo quiero bailar, ¿recuerdas?

Por si no lo tenía claro, hizo un movimiento de cadera que menos un paso de baile parecía cualquier cosa, como si tuviera un *hula hoop* o algo en la cintura, y marcó el número del chófer.

Skylar no la detuvo, sino que, sin soltarla, la llevó hacia la puerta. El plan del baile seguía en pie, pero era mejor que el de las farmacias y condones, por lo que no se opuso.

Cuando llegaron a la puerta, Rodrigo ya estaba allí y les abrió la puerta del coche para que subieran.

—Pensaba que hoy cenabais con el señor Ríos —comentó.

—Eso es, y ya hemos acabado —aclaró Romy—. ¡A Pachá, a toda mecha!

Skylar la miró como si estuviera loca mientras la morena se caía en el asiento muerta de la risa. Nuevo vocabulario, ¡lo que le faltaba ya!

Rodrigo condujo por una calle llena de locales, aunque poco después los dejó atrás. Romy parloteaba sin cesar mientras Skylar miraba por la ventana. Todo el rato se recordaba que estaba de vacaciones y debía disfrutar; sin embargo, la opresión en su estómago seguía ahí. Y apostaría el coche de su madre a que Romy se encontraba igual o peor, llenando esa opresión con vino y cócteles varios, uno de los cuales no tardaría en estallar.

Claro que Romy estaba sacando una faceta suya que era completamente desconocida, así que cualquiera sabía por dónde podía salir la chica.

Rodrigo aparcó justo frente a la discoteca, donde pudieron comprobar la existencia de una cola bastante larga.

—Madre mía, ¿hay que esperar? —comentó Skylar, que no estaba acostumbrada a esperar en ninguna parte—. ¡Esto no es aceptable!

—Tranquilas —intervino Rodrigo—. Conozco a los chicos de la puerta. Voy a aparcar, os cuelo y me vuelvo al coche.

—De eso nada —dijo Romy—. Tú te vienes con nosotros, Rodri, somos un equipo.

Él miró a Skylar por el espejo retrovisor, a ver qué opinaba la chica que no estaba borracha. Esta se encogió de hombros, mostrando su conformidad, así que el joven afirmó con la cabeza.

—Bien, pues voy a aparcar. Bajaos, seguro que lo tengo que dejar un poco lejos, y vosotras lleváis tacones.

Skylar descendió del coche, perpleja ante tanta consideración. Romy la imitó desde el lado del copiloto y se reunió junto a ella mientras Rodrigo se marchaba a buscar un sitio.

—Ahí dentro habrá montones de chicos solteros y con ganas de ligar —dijo la morena, entusiasmada, recolocándose la ropa—. ¿Mi maquillaje está bien? ¿Me das un repaso rápido?

—Vale. Total, hasta que Rodrigo vuelva…

Le retocó la raya del ojo y el rojo de los labios, sin pasar por alto el hecho de que su amiga no dejaba de repetir lo mucho que iba a ligar. Parecía ser su única idea, pese a haber dejado escapar la apuesta segura de Marco. Puede que el tipo le resultara algo mayor, debía rondar los cuarenta, y seguro que Romy prefería alguien menos pretencioso.

Una vez retocadas, se aproximaron a la cola para esperar allí a Rodrigo, aunque no llevaban ni cinco minutos cuando uno de los tipos de seguridad les hizo un gesto. O más bien se lo hizo a Skylar.

—Eh, ¿queréis entrar? —Hubo un mar de quejas generales de la gente que esperaba—. ¡A callar!

Romy sonrió de manera amplia. Bueno, no era la primera vez que pasaba eso, en casi todas las discotecas de Atlanta las dejaban entrar sin hacer cola gracias a Kat o Skylar, era una ventaja que siempre habían aprovechado.

—¡Estupendo! —exclamó, cogiendo a su amiga del brazo.

—¿Y Rodrigo? ¿No le esperamos?

—Ya nos encontrará dentro. —Romy miró a los dos chicos mientras estos les cedían el paso—. Oye, qué monos, ¿no?

Skylar la empujó al interior antes de que soltara otra barbaridad.

Una vez dentro, casi se sintió mareada de toda la gente que había allí. Entonces, le pareció imposible que Rodrigo pudiera localizarlas, pero ya no tenía remedio, así que avanzó junto a la morena en dirección a la barra. Aquello tenía todo lo que cabía esperar en una discoteca de moda: música alta y pegadiza, luces que cambiaban, enormes bolas de fiesta en el techo y una mesa de mezclas potente con un DJ en directo pinchando.

—Ahí está la barra —observó Romy—. Venga, vamos a pedir, que tenemos que brindar.

—¿Otra vez?

—Sí. Y vamos a bailar hasta que se haga de día, es la mejor forma de no pensar en nada.

Ahí Skylar tenía que darle la razón. La música estaba tan alta que borraba cualquier pensamiento, sencillamente, los arrastraba. Uno no podía concentrarse en mucho más, solo sentir el ambiente y dejarse llevar por el ritmo.

Tardaron un buen rato en conseguir las copas y, de pronto, Rodrigo se materializó a su lado.

—¡Hey, nos has encontrado! —Romy lo abrazó como si fuera un hermano que acabara de regresar de la guerra—. ¿Qué quieres tomar? Venga, que vamos a brindar.

—Pues lo mismo que vosotras.

Skylar no tenía la menor idea de que había pedido Romy, aunque a juzgar por el tamaño y los colores del cóctel, seguro que era lo más estrafalario de la carta. Empezaba a darle igual todo, en ese momento ella también sentía la necesidad de dejar la mente en blanco.

—Toma. —Romy le dio su copa—. ¿Tienes amigos guapos?

—Bueno, amigos tengo, no sé si guapos en tu opinión —replicó él—. ¿Queréis que os presente a alguno?

—Primero brindemos. —Romy alzó la copa de color azul radioactivo—. ¡Por la suerte que tengo de no casarme el domingo!

Rodrigo chocó su vaso, confundido.

—¿Te casabas el domingo?

La chica asintió, haciendo un gesto a la vez para quitarle importancia.

—No es nada, descubrí que mi novio me ponía los cuernos con su secretaria.

—¡Vaya cliché!

—¿Verdad?

—Entonces, ¿esto es una especie de escapada de evasión?

—¡Exacto! Porque ella también ha roto con su novio —explicó Romy, señalando a su amiga con la cabeza.

—¿También te ponía los cuernos? —preguntó Rodrigo, estupefacto.

—No —contestó Skylar, incómoda—. Por otros motivos.

Entre aquella algarabía y los destellos de luz que iluminaban los rostros de la gente, esos motivos no dejaban de parecer tontos, y cada vez estaba más convencida de ello. Sin embargo, no era el momento ni el lugar indicados para ponerse a contarle a un extraño su vida, así que se tragó el cóctel de golpe y lo dejó en la barra.

—Voy a bailar —anunció.

Se metió entre la muchedumbre para ir a la pista sin esperar a ninguno.

—¿No se habrá enfadado? —quiso saber el chico.

—No, no, tranquilo, hace eso a menudo. Es relaciones públicas, está acostumbrada a moverse de manera independiente. —Romy le sonrió para que se relajara y dio otro sorbo a su copa.

—¿Damos una vuelta a ver si veo a alguno de mis amigos y te lo presento?

—Eso sería guay.

Los dos cogieron los vasos y Romy siguió a Rodrigo, sin preocuparse por la rubia. Sabía que ella no la necesitaba, Skylar era fuerte y no se derrumbaba con facilidad, así que mejor dedicar sus esfuerzos a encontrar el tío perfecto con quien olvidar a Randy.

Durante una hora, no hizo más que beber copa tras copa y charlar con los amigos de Rodrigo que iban encontrando esparcidos por la discoteca, buscando entre ellos un posible ligue, aunque ninguno terminaba de convencerle.

De cuando en cuando, echaba un ojo a la pista para ver si Skylar seguía por allí, no fuera que de pronto dejara de verla. Allí seguía y, como de costumbre, rodeada de tíos que trataban de darle conversación pese a que una discoteca no parecía el mejor lugar para eso.

Cada vez más borracha, Romy se decidió por el último chico que le presentó Rodrigo. Era alto y pecoso. No podía asegurarlo porque la cantidad de alcohol en sangre le dificultaba un poco la visión, pero parecía guapo y simpático. Con su físico no iba a encontrar a un adonis, así que aquello era perfecto: le guiñó un ojo y le preguntó si le apetecía bailar, a lo que él asintió con la cabeza.

—Vamos a bailar —informó a Rodrigo—. No dejes a Skylar sola, ¿vale?

Rodrigo asintió, pensando en qué momento había pasado de ser chófer a guardaespaldas. Lo pasó por alto porque las chicas estaban siendo muy agradables con él, tratándolo más como un amigo que como un empleado a su disposición, de modo que se dedicó a controlar a la rubia a pesar de que le parecía más lógico controlar a la propia Romy.

—¿Y cómo te llamas?

—Daniel —respondió el joven.

Ella se lo repitió varias veces para sí, seguro que se le olvidaba y no había nada peor que llamar a alguien por otro nombre.

Nada más empezar a bailar, se dio cuenta de que había bebido demasiado. En su mente creía encontrarse bien y ágil, sin embargo… no era así. Le costaba coordinarse con la música, y tenía la impresión de que de un momento a otro iba a caerse desde aquellos tacones.

Los cuales era una tortura para bailar, la verdad. Abrió el bolso para buscar los zapatos de repuesto planos y no los encontró, ¿qué demonios había hecho con ellos? ¿Se los habría dejado en el coche?

—Oye, ¿estás bien? —preguntó Daniel—. Pareces un poco…

—Es que he bebido mucho.

—¿Quieres salir a tomar el aire?

—Pues…

Al mirarlo, se dio cuenta de la invitación muda que le estaba haciendo, justo lo que llevaba esperando toda la noche, la idea fija con la que había cogido el avión desde Atlanta: sacarse la dichosa espina de la infidelidad. La tenía en bandeja, así que no pensaba desaprovecharla.

—Sí, estaría bien. Voy a avisar a Skylar.

Lo cogió por el brazo y cruzó la pista hasta donde la rubia bailaba con Rodrigo. Le dio en el brazo para que le hiciera caso y esta la miró, para después estudiar a Daniel con ojo crítico.

—Voy fuera a tomar el aire —comentó.

—¿Salgo contigo?

—Daniel me acompaña. —Romy le guiñó un ojo, tratando de dejar claras sus intenciones.

—¿Seguro?

—Sí, sí, seguro. Enseguida vuelvo.

Skylar la vio marchar con una mezcla de aprensión y pena. Sabía que Romy estaba dolida, pero ¿cómo se veía preparada para liarse con un tío cuando solo hacía un día de lo de Randy? Ella no se sentía capaz y, la verdad, no veía cómo besar a un desconocido iba a ayudarla a cerrar ese agujero.

En fin, eran diferentes y cada una superaba los dramas a su manera, no era quién para meterse donde no debía. Podía dudar si veía que Romy no daba su consentimiento... cosa que no era así en absoluto, que no había dejado de hablar sobre ligar desde la llegada.

Aunque por Dios, ¿pensaba montárselo en la calle? ¿A dónde iba a ir?

—Daniel tiene coche —comentó Rodrigo, y entonces Skylar se dio cuenta de que había hablado en voz alta.

—Ah, qué cómodo.

—No te preocupes, es un buen tío. No hará nada que ella no quiera.

—Ese es el problema, no creo que Romy sepa lo que quiere. No ha hecho más que hacer cosas raras desde que pilló a su novio con la secretaria y no sé, temo que esto me explote en la cara en cualquier momento.

—¿De verdad?

—¿Y si se acuesta con otro por despecho y luego se arrepiente?

—Ya es mayorcita, ¿no?

Skylar asintió con un suspiro. Exacto, era mayorcita... ¡solo que Rodrigo no la conocía! No sabía todo lo que había tras ella y cómo repercutía en su vida cada detalle, aunque a ojos de los demás fuera insignificante.

Romy siguió a Daniel hasta su coche, decidida. Él abrió la puerta de la parte trasera y la joven se acomodó como pudo, a pesar de que el vehículo no era muy grande.

Daniel entró por el otro lado y se encontraron allí, en medio.

El chico no se entretuvo con conversación innecesaria, sino que fue directo a besarla. Romy le dejó hacer, sintiendo como si flotara o aquello fuera un sueño. ¿De verdad estaba en el coche de un desconocido a punto de acostarse con él?

El tacto de sus labios era desconocido, también su aliento. La forma en que movía las manos con torpeza por encima de su ropa, el olor de su piel: lo opuesto a Randy. Y no era que fuera malo, sino solo… no era Randy.

Mientras el chico no dejaba de besarla, Romy empezó a llorar. Y allí estaba el momento que tanto había temido, el bajón, el dolor y la frustración: todos esos sentimientos habían perdido el avión, pero ya estaban allí, a su lado y sin intención de dejarle olvidar.

—Oye, ¿qué te pasa?

Romy vio que Daniel la miraba, estupefacto, y negó con la cabeza tratando de hablar. Solo le salió un montón de palabras ininteligibles más el hipo derivado del llanto, y el pobre chico no sabía qué hacer, no dejaba de pasarse las manos por el pelo con cara preocupada.

Buscó un paquete de pañuelos de papel en la guantera para darle uno, pero como ella no se calmaba, finalmente abandonó el coche para regresar dentro de la discoteca a buscar a su amiga.

Skylar frunció el ceño al verlo llegar solo.

—¿Y Romy?

—Está en mi coche —explicó—. Y no deja de llorar. No sé qué le pasa.

—¿Qué le has hecho? —Skylar le lanzó su peor mirada avinagrada.

—Nada, ¡nada! Únicamente un beso, y se ha puesto así. ¿Puedes ir?

Skylar no se molestó en responder, limitándose a seguirlo para que la llevara al coche. Rodrigo decidió acompañarlas, aunque, una vez en el vehículo, los dos chicos se sentaron en una de las aceras a esperar.

Romy alzó la mirada al ver a Skylar entrar en el coche y se frotó la cara, como si de ese modo pretendiera arreglar el desastre en que se habría convertido su maquillaje «eléctrico».

—No he podido —murmuró.

—¿Qué ha pasado?

—Nada, que tenías razón. No es tan sencillo; ¿verdad?

—No. —Skylar la rodeó con el brazo y la morena se acomodó, apoyando la cabeza en su hombro sin dejar de llorar.

—¿Por qué me ha engañado, Skylar? Yo pensaba… no sé, que todo iba bien, que estábamos enamorados. Jamás he visto un solo nubarrón en el cielo, no lo entiendo.

—Pues… no lo sé. Imagino que a veces no hay una explicación lógica.

—Estaba aquí con ese chico que era perfecto, y cuando me besaba solo podía pensar en Randy, en que le quiero y él me ha roto el corazón de la peor manera. Antes de darme cuenta estaba llorando como una loca.

—Sí, le has dado un susto.

—No tiene culpa de nada, es cosa mía. No sé en qué estaba pensando al creer que por liarme con cualquiera se pasaría el dolor.

Skylar hizo un ruidito tranquilizador, porque tampoco sabía muy bien cómo consolarla. Si fuera una experta podría aplicar sus propias técnicas, ¿no?

Y estar borracha como una cuba tampoco ayudaba, claro.

—Es como un agujero —siguió Romy y vio a la rubia asentir—. Esto es una mierda, míranos: hemos venido aquí a divertirnos y dar el primer paso para superar nuestras cosas, y aquí estoy, llorando a lágrima viva en un coche donde apenas me cabe el culo.

Skylar disimuló una sonrisa al oírla.

—No es eso, cariño, es que es demasiado pronto para pensar en estar con otros chicos. Necesitarás algo de tiempo, ya está. Y yo también.

—No quiero meterme en casa y pasarme los días en el sofá, comiendo helado o llorando por las esquinas. No es así como quiero superarlo.

—Bueno, estamos aquí. Aunque no te conviertas en una devoradora de hombres, podemos aprovechar el sol y la playa como vía de escape.

Romy asintió con lentitud.

—Con mesura —añadió Skylar.

—Tranquila. —Romy sonrió a través de las lágrimas—. Ya he comprobado en directo que no estoy preparada. Me conformaré con el alcohol, la comida y la playa.

—Eso suena bien.

—No quiero volver mañana… ¿no podríamos quedarnos unos días más aquí?

Skylar lo valoró unos segundos. Por poder, podían… ella seguía de vacaciones, igual que Romy, así que el único problema que veía era con el vuelo de regreso. Tendría que hablar con Greg al respecto, pero si encontraban una opción para la fecha que quisieran, era viable.

—Supongo que sí, si encontramos la forma de volver antes del lunes.

—¿Lo miramos mañana y decidimos?

—Hecho. Anda, ven, deja que arregle este desastre.

Skylar abrió su bolso y sacó una toallita húmeda, ya que sabía que un pañuelo de papel no ayudaría con aquel desaguisado. Las lágrimas de Romy habían dejado unos hermosos surcos negros en su cara, echando a perder el maquillaje.

Con cuidado y mucho cariño, Skylar fue pasando la toallita hasta dejarla como nueva. Romy permaneció callada, notando cómo se iba calmando a cada roce que su amiga hacía para eliminar los restos de ese momento desagradable.

No podía quererla más, así que tras comprobar que había acabado, la abrazó y le dio un beso en la mejilla.

—Gracias.

—De todos modos, no me gustaba ese azul «eléctrico» —observó Skylar, con una sonrisa leve.

—No me extraña, no tengo la menor idea de maquillaje.

—¿Quieres volver a la discoteca?

—No, creo que por hoy he tenido suficiente —contestó Romy, recolocándose el pelo y la ropa para aparentar normalidad—. ¿No podríamos regresar al hotel, pedir una *pizza* y ver alguna película en la televisión por cable?

—Pues claro que sí, aunque solo tengo una condición.

—¿Qué la *pizza* sea de masa baja en grasa y verduras?

—Exacto. —Skylar le dio un toque en el brazo.

—Qué bien te conozco —murmuró Romy, y al fin un amago de sonrisa asomó en su cara.

Sun Hee estaba despidiendo a una clienta cuando notó que su móvil vibraba. Lo miró disimuladamente y vio que la llamada era de la radio que había organizado el concurso de Strigoi.

—¡Me voy al baño! —avisó, en voz alta para que la oyera su jefa.

Sin esperar respuesta corrió a encerrarse en el mismo y poder contestar.

—¿Sí?

—¿Sun Hee Kim?

—Sí, soy yo.

—La llamamos con relación a las dos entradas que ganó en el concurso de Strigoi este fin de semana. ¿Cuándo va a venir a recogerlas?

—¿Perdón?

—Aún las tenemos aquí, y según las normas del concurso debe recogerlas antes del viernes.

—¿Qué? No, no, yo pensaba que me las enviaban a casa.

—Lo ponía en las normas y en el mensaje de confirmación que se le envió.

Sun Hee abrió la boca para protestar y la cerró al momento. No había leído las normas, eso fijo, y el mensaje tampoco: solo recordaba las primeras líneas confirmando su premio. Vaya, y ahora que lo pensaba, en ningún momento le habían pedido su dirección, solo el nombre, apellidos y carné para poder identificarse.

—Es que estoy en Atlanta… —contestó—. ¿No hay forma de que me las manden? ¿Por mensajero, quizá?

Aunque mejor que no el mismo usado por ella para su pasaporte, que con lo que tardaban fijo que llegaba el concierto y seguía sin tenerlas.

—No, son las normas. ¿Renuncia a ellas, entonces?

—¡NO! —Se obligó a bajar la voz—. No, no, iré. Antes del viernes.

—Perfecto. Aquí la esperamos, gracias.

Sun Hee colgó y se dio golpecitos con el móvil en la frente, a ver si así se le ocurría algo. Tendría que buscar un coche o autobús o algo, y rápido. Escuchó que golpeaban la puerta y se quedó quieta, aunque obviamente no podían verla.

—¿Estás bien, Sun Hee?

Era su jefa. Aquella pregunta le iluminó la mente y carraspeó, poniendo voz de pena.

—Ay, no, no sé qué me pasa. —Tiró de la cadena, se mojó un poco la frente y abrió la puerta, con las manos en el estómago—. Estoy fatal, mira, sudando y todo.

La mujer hizo ademán de tocarle la frente, y ella rápidamente imitó una nausea, con lo que su jefa retrocedió un paso.

—Será mejor que te vayas a casa —le dijo.

—Sí, gracias. Ya te llamaré mañana a ver cómo sigo.

A paso lento, sin olvidar tocarse el estómago y gemir de vez en cuando, recogió sus cosas y salió del salón de belleza.

Un par de calles después, se metió en un parque y se sentó en un banco para sacar el móvil de nuevo.

Sun Hee: «¡EMERGENCIA!»

Kat: «¿Consejo de sabias?»

Sun Hee: «No, no es de tomar decisiones, es una EMERGENCIA EMERGENCIOSA.»

River: «Dale, que tengo cinco minutos.»

Sun Hee: «Tengo que ir Búfalo a recoger las entradas que gané.»

Danni: «¿Y eso? ¿No pueden enviártelas?»

Sun Hee: «Pues no, era una de las cosas que ponía en la letra pequeña. Tengo que cogerlas antes del viernes o las pierdo.»

River: «O sea, que tienes que irte ya.»

Sun Hee: «Eso es.»

Danni: «¿Y el curro?»

Sun Hee: «Me he ido en plan enferma, así que sin problema. No sé si hay autobuses a Búfalo.»

Kat: «¡Tengo la solución! Lawson sale esta noche hacia Niágara, puedes ir en su autobús, seguro que te deja bajarte en Búfalo. Total, está de camino y así le das conversación, que eso le gusta.»

Sun Hee: «¿Seguro?»

Kat: «Segurísimo. Voy a preguntarle a qué hora sale y te acompaño, así le veo.»

Danni: «Un momento. ¿Cómo sabes que va a Niágara?»

Kat: «Es que lo llamé.»

Danni: «Ya estamos, consejo de sabias para nada.»

Kat: «Para nada no, jolín, que nos sirve para el problema de Sun Hee.»

Danni: «Habrá más autobuses, digo yo.»

Kat: «Sale a las diez, me dice, y que te deja bajar.»

Sun Hee: «Perfecto, pues voy a preparar algo de ropa.» Puso un par de emoticonos tristes. «¿Alguna se anima a acompañarme?»

Kat: «Ojalá, tenemos inventario y no puedo escaquearme.»

Danni: «No puedo pedirme vacaciones, que llevo dos días.»

River: «Tengo una operación mañana a primera hora.»

Sun Hee: «Vale, pues nada, le daré conversación a Lawson.»

River: «Ya nos contarás, que tengo que dejaros.»

Había escuchado la campanilla de la puerta, así que salió de la sala de descanso para ver quién era. Una chica joven esperaba apoyada en el mostrador, y ella elevó la ceja al observar que no llevaba ningún animal ni tampoco la conocía.

—Hola, ¿puedo ayudarla? —preguntó.

—Huy, que soy muy joven, eso de usted será para las de tu edad.

Bueno, pues nada como que la llamaran vieja a la cara en su treintena para animarle el día.

—Vale, pues, ¿puedo ayudarte?

—Vengo a una entrevista.

—Creo que te has equivocado de sitio, no tenemos ofertas de trabajo abiertas.

—Que sí, de recepcionista. Me lo ha dicho Martin.

—¿Qué?

Bajó la vista entonces a su pronunciado escote, la minifalda… Aquello ya era de no creer, ¿ahora se las buscaba que parecieran sus hijas o qué? ¿O como ya se había acostado con todo el personal se buscaba una plantilla nueva?

—No creo que… —empezó.

—Mira, tú aquí no mandas nada, así que paso de lo que me digas. ¿Por qué no lo llamas? Para algo es tu jefe, digo yo.

River apretó los puños, justo cuando la puerta del despacho del Gran Doctor se abría y salía él, con una enorme sonrisa que mostraba sus dientes blancos y perfectos, fruto del último grito en tratamientos blanqueantes. Seguro que, si se ponía en algún lugar con luz ultravioleta, brillaba.

Claro que ella misma se había dejado deslumbrar por ese tipo de cosas, así que no podía culpar a la cría que tenía delante de lo mismo.

—Brittany, estás aquí. —Él se acercó y le dio un beso, pasando la mano además por su trasero sin ningún disimulo—. Genial, pues que River te enseñe todo y mañana empiezas.

—¿Cómo? —replicó ella.

—Sí, va a ser nuestra recepcionista.

—¿Y Nora?

—Su contrato acabó ayer. Así que enséñale todo y ahora ella será quien organice las citas, los horarios y las vacaciones, cualquier cosa que quieras pedir se lo dices a ella.

—Estás bromeando.

—No, hablo muy en serio. Así que…

River empezó a desatarse la bata blanca, mientras ambos la miraban.

—¿Qué haces? —preguntó él—. Tu turno acaba en una hora.

—Me marcho.

—Acaba de decirte que no ha acabado tu turno —repitió la tal Brittany—. Si te marchas, tendré que ponerte un punto negro.

—¿Un punto negro?

—Sí, voy a poner un panel de colores para puntuaros. Y si os portáis bien, entonces podréis tener preferencia en vacaciones o lo que sea.

—Ah, pensaba que nos darías una piruleta.

—River, ese tono —dijo Martin, con el ceño fruncido.

—¿Mi tono? —Sacudió la cabeza—. Que os vaya bien, yo me largo. Me debes dos semanas de vacaciones, así que tómalo como el preaviso.

Le tiró la bata al Gran Doctor, recogió su bolso y salió de allí dejándolos pasmados. Se acabó, ya encontraría un sitio mejor, allí solo acabaría cada vez peor, estaba claro.

Sacó el móvil y entró en el grupo de chicas.

River: «Voy contigo, Sun Hee.»

Sun Hee: «¡Yuju! ¿Te has cogido un par de días?»

River: «No, me los he cogido todos, he dejado el curro.»

Kat: «Pues ya era hora, cuanto más lejos del cabrón ese mejor. Seguro que pronto encuentras otro sitio, tú lo vales.»

Danni: «¡Exacto!»

Al menos el viaje la ayudaría a no pensar en lo que acababa de hacer, que no quería ni analizarlo. Vale, sí, sus amigas le habían advertido que el Gran Doctor no cambiaría, y que tarde o temprano la situación sería insostenible… Solo que había pensado que sería capaz de separar el trabajo de lo sentimental. Y aunque ya no sentía nada por él, ver que seguía en sus trece y que encima imponía a su nuevo capricho allí sin venir a cuento, pues no. Cada persona tenía su límite y parecía que acababa de llegar al suyo.

River: «Nos vemos en la estación».

Kat: «Media hora antes, no vaya a pasar nada.»

Ella por lo menos pensaba estar pronto, a ver si así veía un rato a Lawson. Acababa de salir de la tienda y tenía que volver a medianoche para el inventario, y aunque era un coñazo, si previamente tenía un poco de ración de buenorro, pues se lo tomaría de otra forma. Con eso en mente, fue a su casa a echarse una siesta para que también la noche fuera menos dura y salió con tiempo para ir a la estación en coche. Al menos sabía cómo salir del aparcamiento, después de la aventura de días atrás, cuando tras mil vueltas tuvo que acabar llamando para pedir ayuda.

Una vez en la zona de salidas, le envió un mensaje a Lawson para ver por dónde estaba. Él le indicó cómo llegar a la zona donde estaban los autobuses antes de salir a las dársenas, así que se dirigió hacia allí y lo vio junto a uno, revisando el exterior.

—¡Hola! —Agitó la mano para saludarlo.

Lawson se giró hacia ella con una sonrisa y la chica no pudo evitar el impulso de echar a correr y lanzarse a sus brazos. Él la cogió al vuelo y no protestó, besándola en cambio mientras la sujetaba por las caderas para que no se cayera.

—Así da gusto empezar un viaje —comentó, mirándola.

—¿Tienes muchas cosas que hacer?

—¿Aparte de conducir?

—Digo ahora, en el autobús. —Lo señaló con la cabeza—. ¿O podemos subir un poco?

Él miró a su alrededor. No había nadie, así que, sin soltarla, subió las escaleras y cerró tras ellos. Cogió su chaqueta, que había dejado colgada del respaldo de su asiento, y la tiró al suelo para tumbar a Kat sobre ella.

—En los asientos nos pueden ver —avisó.

—Aquí perfecto.

Le enredó las manos en el pelo para besarle. No era el lugar más cómodo del mundo, el suelo estaba muy duro, pero le daba igual. Eso era mejor que nada, le tenía más ganas de las que pensaba, y a él le debía pasar igual, visto lo visto. No tenían mucho tiempo, así que sin perder un segundo estaban apartando la ropa y besándose. Pronto se encontraron semidesnudos y Lawson dentro de ella, ambos moviéndose a un ritmo desenfrenado. Fue rápido e intenso, y quedaron abrazados unos minutos mientras recuperaban el aliento.

—Menudo *polviviaje*.

—Si quieres te aviso cada vez que tenga uno —comentó él en su oído, en tono de broma.

Kat lo besó y suspiró al escuchar que su móvil pitaba.

—Serán Sun Hee y River, que me estarán buscando —dijo.

—Mejor nos movemos, sí, que tengo que ir a la dársena. —Le dio un beso en la nariz y la ayudó a levantarse—. Si esto es un preámbulo, estoy deseando que llegue el viernes.

—No hagas planes para desayunar.

Le guiñó un ojo mientras se arreglaban la ropa y él abrió la puerta para que pudiera bajar.

Kat subió a la zona de espera, donde efectivamente, encontró a sus dos amigas.

—Hola, chicas —saludó.

Se dio cuenta de que ambas la miraban con cara rara y carraspeó, pasándose las manos por el pelo, que estaba totalmente revuelto.

—¿Qué pasa? ¿Tengo algo?

—Joder, tienes mi cara después de una buena fiebre del sábado noche —replicó Sun Hee.

Kat enrojeció aún más. No se había dado cuenta, pero tenía las mejillas encendidas, y River elevó las manos al aire.

—No me lo puedo creer, ¿en serio? —suspiró—. ¿En la estación de autobús? ¡Kat!

—Eso sí que es aprovechar el momento.

—Oye, de eso no se habló en el consejo de sabias así que no estaba incumpliendo nada. —Miró hacia la dársena—. Ah, qué bien, ya viene. Recordad: dadle conversación, que la noche es muy larga. ¿Habéis traído chuches?

Sun Hee afirmó con la cabeza y le mostró su mochila, con un montón de bolsas en el interior.

—Perfecto.

Se acercaron a la dársena y Lawson se bajó del autobús para abrir el maletero antes de ir a su lado.

—Hola, chicas. ¿Listas?

—Sí, tenemos asientos delante —dijo Romy—. Así te entretenemos.

—No, si no hace falta.

—Que sí, no seas vergonzoso —añadió Sun Hee—. Llevamos chuches, Kat nos ha dicho que te cuidemos así que eso vamos a hacer.

Él miró a la chica, que se encogió de hombros con gesto inocente. No sería como viajar con ella, seguro, y seguía prefiriendo no hablar con nadie… pero como sabía que lo hacía con buena intención, le sonrió antes de acercarse para darle un buen beso.

—Sobornado por chuches —bromeó—. Ya te vale.

Empezaron a llegar viajeros, así que tuvieron que despedirse para que él pudiera hacer su trabajo. Kat se quedó en la dársena hasta que se alejaron y los despidió con la mano mientras los perdía de vista.

Qué ganas tenía de que llegara el viernes, sí, señor.

CAPÍTULO 7
JUEVES, MAÑANA

—¿Faltará mucho? —preguntó Randy, por enésima vez en la última hora.

Corey trató de no mover ni un músculo de la cara, a ver si colaba que estaba dormido. Se había puesto las gafas de sol y todo para que así lo dejara un rato tranquilo, porque las capacidades como corredor del chico no era lo único que había descubierto sobre él: también lo mucho que hablaba. Y sin dejar de mirar el reloj y preguntar cuándo llegaban, a Corey le daba la sensación de tener un hijo y no un cuñado. Eran varios aviones, así que sus continuas preguntas lo mareaban, y tampoco había conseguido dormir más de cinco minutos seguidos sin recibir el correspondiente codazo de comprobación. Por fin, estaban en su último vuelo y pensaba que se tranquilizaría, pero no, todo lo contrario: Randy no había parado de moverse en el asiento desde que se subieran al avión.

«No respires», se dijo, concentrado en permanecer inmóvil.

—¿Estás despierto? —Randy le dio un empujón.

—¡No! Estoy dormido.

—Pero si me acabas de responder. —Le quitó las gafas con un gesto rápido.

—Lo justo para decirte que me dejes dormir.

—Lo siento, estoy nervioso. —Randy movió las piernas—. Necesito calmarme antes de llegar y eso solo lo logro hablando.

—No me digas.

Corey recuperó sus gafas, fastidiado, y se incorporó hasta ponerse derecho. Al diablo sus intentos de recuperar sueño para que luego el *jet lag* no los masacrara, estaba claro que Randy no tenía la menor intención de mantenerse callado.

—¿Y cómo las vamos a encontrar? —preguntó para, acto seguido, sacar su cartera y comenzar a darle vueltas entre las manos de forma despistada—. Podrían estar en cualquier hotel, ¿qué vamos a hacer, ir de uno en uno?

—Claro que no, no digas tonterías. Ya me han dicho las chicas cuál es.

—¿En serio?

—Sí, intercambié mensajes con ellas en la última escala. Lo único es que, en teoría, se marchan hoy por la tarde, así que tenemos que pillarlas cuanto antes o quizá nos quedemos aquí tirados mientras ellas vuelven a Atlanta.

—No, eso sería catastrófico —murmuró Randy, apretando con fuerza la cartera—. Necesito hablar con ella ya, antes de que empiece a cancelar cosas y la líe.

—¿Que Romy la ha liado? Esto es culpa tuya.

—Ya te expliqué…

—Tenías que habérselo explicado a ella, no a mí. Antes de la escenita en tu despacho, ya me entiendes, porque seguro que no es la primera vez que tu secretaria te lo pide. No es una cosa que uno pregunte así a lo loco, sin que haya un acercamiento previo.

Randy frunció el ceño.

—Vale, lo habíamos hablado antes, no voy a negarlo.

—¿Por qué se lo ocultaste?

—¡Ya sabes cómo es! Todo le afecta, hubiera montado un numerito y no vi la necesidad de alterarla por algo que no iba a hacer.

—Hombre, no puedes callarte las cosas solo para que no se enfade. —Corey se recostó contra el asiento—. Tendrás que encontrar la manera de poder hablar con ella, si no la convivencia te va a resultar complicada.

—Nunca le he dado motivos para que no confíe en mí. ¿Por qué no habló conmigo en lugar de dar las cosas por sentado y salir huyendo?

—Porque es Romy. Terapia desde adolescente, no hay más. Ya deberías saber que no es una chica como las otras.

—Lo sé. Ella es una entre un millón. —El chico suspiró—. No quiero perderla por una estupidez, y me da pánico no encontrarla, que la boda se estropee y que nunca pueda aclarar las cosas.

Al ver su cara de angustia, a Corey le dio un poco de pena. No servía de nada machacarlo más, a ese paso empezaría a sudar y terminaría por hacer trizas la cartera, seguro. Le dio una palmadita para ver si así se tranquilizaba, justo cuando pasaba la azafata.

—¿Quieren beber algo? —ofreció.

—Sí, un par de cervezas —se adelantó Corey, antes de que Randy negara con la cabeza.

—Enseguida.

—No deberíamos beber —objetó Randy—. Es muy temprano.

—Yo ya estoy con el horario de Ibiza. Son casi las once, así que es la hora perfecta para tomarse una cerveza. Te calmará los nervios, y de paso los míos.

Una vez la azafata hubo dejado las bebidas, Corey se cruzó de brazos.

—Muy bien, ¿cuál es tu plan?

—¿Plan? —repitió Randy, con cara despistada.

—Sí, el plan. Ayer cuando salimos pitando supuse que tenías un plan o alguna idea de cómo ibas a convencer a Romy para que te escuche.

—¿Necesito un plan? ¿No crees que si le pido hablar me lo conceda sin más?

—Bueno, no sé. Te ha bloqueado y eliminado de todas partes.

—Eso es porque no sabe la verdad, en cuanto lo sepa…

—¿Y si no te deja hablar? Ya sabes que es muy de dramas, ¿tienes una idea alternativa? Quiero decir, ¿tu plan es ir puerta por puerta hasta que aparezca Romy una vez lleguemos al hotel y luego que sea lo que Dios quiera?

El chico se encogió de hombros. La verdad era que ni siquiera lo había pensado, simplemente su intuición le había dicho que volara tras ella, aunque sin saber bien qué hacer al llegar.

Le dio un trago a la cerveza, vaciándola por la mitad.

—No he pensado en ello.

—Bueno, aún queda media hora de vuelo, tienes tiempo.

—Pero tú estarás a mi lado para apoyarme, ¿verdad? A ti te escuchará seguro.

—Solo me meteré si lo veo imprescindible, estás avisado. Tu boda, tu problema.

Corey le dio un trago a su cerveza, dando la charla por terminada… aunque, por lo visto, Randy no había tenido suficiente.

—Mira, ya sé que no te caigo bien, llevas años dejándomelo claro. Pero esto es más importante que cualquier rencilla que podamos tener. Se trata de mi chica, ¿vale? La mujer con la que quiero casarme, la mujer de mi vida. Así que agradecería un poco más de empatía y, ya puestos, de ayuda. Romy te adora, sabes que te hará caso, así que podrías tranquilizarme diciendo que me ayudarás si el asunto se pone feo.

Tras acabar su discurso, Randy se bebió lo que le quedaba de su cerveza. Corey le lanzó una mirada de reojo… y sonrió.

—Vaya, empiezas a parecer humano.

—¡Pues tú no!

—He venido contigo, ¿no? ¿Qué más quieres?

—Tu apoyo no estaría mal.

—Vale, tienes mi apoyo. ¿Contento?

—Y yo que pensaba que con el tiempo terminaríamos por llevarnos bien… —Randy meneó la cabeza, negando—. Cuando te conocí me parecías un tío guay, no entiendo por qué nunca hemos congeniado. Yo, desde luego, lo he intentado.

Sí, Corey recordaba unos tímidos intentos hacía bastante tiempo, con Randy sugiriendo que quedaran para tomar algo o ver un partido. Naturalmente no le hizo mucho caso en su día, porque, ¿qué podía tener en común un tatuador con un bróker, fuera lo que fuera eso?

A ninguno le interesaba el trabajo del otro, no coincidían en gustos musicales, ni en nada, de hecho, excepto Romy. Y Corey no sentía tampoco la obligación de que tuvieran que ser como hermanos; las cosas no se forzaban, o surgían o no, punto. ¿Dónde decía que tenían que ser colegas porque sí?

Joder con los tíos con traje y raya en el pelo, parecía que lo perseguían. Ahora que estaban charlando no le parecía tan tonto, tenía que admitirlo, y dos cosas había aprendido sobre él: que corría más de lo que se podía esperar y que podía soltar un discurso enojado si era necesario.

Pensó en si decir algo que pudiera hacerle sentir mejor, pero Randy se había girado hacia la ventana y observaba el paisaje sin abandonar su gesto preocupado.

Bueno, a lo mejor podía dormirse…

—¿Y tú qué? —preguntó Randy, de pronto.

—Yo, ¿qué?

—Que si ya tienes pensado qué vas a decirle a Skylar.

—Qué va.

—¿Por qué?

—Porque siempre me discute todo, así que no sirve de nada preparar un discurso. Es mejor ver qué actitud tiene y ya actuaré en base a eso.

—Tendrás que esforzarte un poco, digo yo.

—Bien, estoy sentado en un avión camino de Ibiza cuando debería estar en mi estudio trabajando. No sé cómo lo ves tú, para mí es un esfuerzo.

—Eso es verdad, pero me refería más a vuestra relación en general.

—¿Y qué sabes tú de eso?

—Romy me lo cuenta todo —admitió Randy, con expresión de culpabilidad.

—Genial, ¿queda alguien en Atlanta que no esté al tanto de mi vida? Primero Jamie y Lawson, ahora tú…

—¿Quiénes son esos?

Corey le lanzó una mirada.

—Cierto, que tú no sabes nada de la despedida de las chicas.

—¿Saber qué?

Como a Corey no le apetecía demasiado que se pusieran a diseminar su situación sentimental, decidió que podía hacerle un resumen de lo ocurrido para que así también Randy estuviera al tanto de sus dos «nuevos» amigos.

—¿Así que Kat tiene novio? —preguntó Randy, sorprendido, al acabar la historia—. De verdad, solo ella es capaz de ligarse a un conductor de autobús.

—No sé decirte si es novio oficial, aunque eso parece, sí. El tío es un poco serio, aunque parecía majo. De pocas palabras.

—¿Y el camionero? A Danni ya le iba haciendo falta encapricharse de alguien, ¿no crees? Con la mala racha que atravesaba la pobre…

—Sí, aunque no obtuvo la respuesta que esperaba, creo. A ver si Jamie se moja un día de estos, que para preguntar por las cosas de los demás ya madruga.

—Qué pena haberme perdido esa comida, seguro que fue muy entretenida con tanta cara nueva y las anécdotas del viaje.

Corey solo pensaba en que apenas había podido recuperarse del viaje cuando ya estaba metido en otro. Lo cual le dejaba claro que Skylar le hacía dar vueltas, y no solo de forma metafórica… Otra vez le asaltó la duda de si estaría haciendo lo correcto al ver si podía salvar su relación. Su cabeza le seguía diciendo que no, que Sioux era el único de todos capaz de ver de forma nítida lo complicado de estar con ella.

¡Dichoso traje! ¿Cómo una tontería semejante lo había puesto en esa situación? Por un lado, sabía que no sería para tanto hacer eso por ella, aunque por otro… era como sentar un precedente. Ya sabía cómo iban esas cosas con las novias, cedías una vez y estabas perdido, más con una tía tan mandona como Skylar. No quería volverse un accesorio, o tener que cambiar todo para que ella estuviera conforme porque, si tanta pega tenía, ¿por qué no salía con otro que reuniera esos requisitos?

Que igual era lo que estaba haciendo, se recordó. Se había largado de vacaciones con el chico de la laca, a Ibiza nada menos. Sí, las chicas le habían dicho que ese viaje era cosa de Romy sobre todo, pero que el chico de la laca estaba en la ecuación era un hecho… y que andaba tras ella, otro. Podía ir de amigo comprensivo, aunque Corey no era tonto y veía la jugada con total claridad: era su oportunidad perfecta, si ella estaba receptiva. El clavo para sacar otro clavo, así de sencillo.

¿Y por qué no podía pasar de ella y listo? A ver si todo ese rollo sobre ostras y lapas de Kee le estaba afectando más de lo normal. Su amigo hablaba muy bien… y llevaba sin novia mil años, de modo que mejor no le hacía mucho caso.

—Desde luego, su despedida fue mejor que la mía —murmuró Randy—. Para pasarme el fin de semana escapando de las bailarinas…

—Eso es cosa de tus amigos, que son gilipollas. Hasta yo sé que no te va ese rollo.

—No tengo otros, la mayoría son compañeros de trabajo que con el tiempo se han hecho colegas, eso es todo.

—¿En serio? ¿Todos adquiridos en el curro? —Corey negó con la cabeza.

—Sí, cuando me cambié de piso perdí a la gente que conocía de crío. Eso fue lo mejor que encontré… no siempre podemos elegir, ya sabes.

—Cambia de amigos.

—No es tan sencillo a partir de cierta edad. La gente se casa y los planes cambian… lo de los amigos debe ser natural, no forzado, y es mucho mejor cuando son los de toda la vida —comentó el chico—. Bueno, no me quejo. No se puede tener todo en esta vida, yo tengo un trabajo decente y a Romy, así que me considero afortunado.

—Yo tengo más amigos de los que puedo gestionar, si quieres te presto a unos cuantos —bromeó Corey, dándole una palmadita en el hombro—. Aunque no sé si serán de tu estilo.

—Yo bebo cerveza como un experto —aclaró Randy.

La voz de la azafata cortó la charla en ese momento.

—Vamos a aterrizar. Abróchense los cinturones, por favor.

Ambos obedecieron, notando cómo el avión se preparaba para el aterrizaje. Eran las once y media de la mañana, aunque para ellos serían las cinco y media, así que el cansancio provocado por la diferencia horaria y el trajín de las escalas, empezaba a hacer efecto en los dos chicos.

Una vez en tierra, decidieron que lo más rápido y efectivo era coger un taxi que los llevara directos al hotel. Si habían salido por la noche, lo más lógico dado en el lugar en el que estaban, seguro que aún dormían… y, en ese caso, podrían verlas.

Randy empezó a sudar en cuanto pusieron un pie en la calle y se aflojó la corbata.

—¡Qué calor!

—Si es que vas forrado…

—Es lo que tiene salir corriendo sin apenas tiempo a revisar el vestuario.

—Qué quieres que te diga, con ese traje pareces un traficante de drogas.

—¿De verdad?

Se deshizo de la chaqueta mientras se aproximaban al primer taxi disponible. Una vez dentro, Corey le dio el nombre del hotel proporcionado por las chicas y se recostó en el asiento, pensando que debían parecer una pareja de lo más extraña: el *yuppie* trajeado y el macarra con tatuajes. Nadie en su sano juicio podía pensar que eran amigos, solo esperaba que no los tomaran por una pareja-pareja.

En quince minutos se encontraban en el hotel, así que Randy utilizó el cristal de fuera para ver si tenía buen aspecto en general. Se volvió a poner la chaqueta, estirándola, y se pasó las manos por el pelo, que estaba bastante revuelto.

Mientras, Corey esperaba de brazos cruzados a que terminara aquel acicalamiento. Comprendía sus nervios, pero a esas alturas dudaba que el hecho de ir peinado y con la chaqueta lisa fueran puntos a su favor respecto a su hermana.

Una vez listo, Randy cogió aire, empujó la puerta y fue directo al mostrador. Corey lo siguió sin decir nada; al parecer, había decidido que sería él quien tomara las riendas de la situación.

—Buenos días —saludó Randy, de manera educada.

—Buenos días —respondió la mujer tras el mostrador.

—Mi novia se aloja aquí y necesito saber en qué habitación se encuentra.

—No podemos facilitar esa información, señor.

—¿Cómo que no?

—Lo siento, son datos confidenciales.

—Puedo dejarle mi documento de identidad, si quiere. —Ella negó—. ¡Pero tengo que verla!

—¿Puedo sugerirle que le mande un mensaje a su novia para que ella le dé esta información?

—Es que me ha bloqueado. —La chica pareció alarmada—. No, no es por nada malo, solo un malentendido.

Corey alzó la ceja. Joder, como siguiera por ese camino se veía arrestado o algo así. Randy estaba tan nervioso que podía pasar por un acosador sin problema.

—Podemos esperarlas —susurró, para que dejara de asustar a la recepcionista.

—Oiga, señorita, tiene que ayudarme —insistió Randy, sin hacerle caso—. Nos casamos el domingo y es muy, muy urgente que hable con ella. Cree que le he puesto los cuernos y nada más alejado de la realidad.

—Repito que no podemos dar esa información, señor.

—¿Y podríamos esperar un rato por aquí? —intervino Corey, tratando de que la joven dejara de observar a Randy con el ceño fruncido.

La chica se relajó un poco al ver que Corey parecía más normal y asintió, indicando una zona próxima a la puerta.

—Sí, en esa zona, donde los sofás.

—No molestaremos, prometido.

Corey puso una de sus mejores sonrisas y la recepcionista terminó por asentir. Por ese lado bien, seguro que no llamaría a seguridad para que los echara. Corey agarró a Randy del brazo antes de que siguiera metiendo la pata y se lo llevó a la zona indicada, que no estaba nada mal: un montón de sofás con pinta de cómodos, periódicos en varios idiomas y máquina de café.

—Nadie quiere ayudarme —refunfuñó el chico.

—¿En serio pensabas que te iban a decir su número de habitación? Podrías ser un loco, un exnovio celoso o un psicópata.

—Vaya, gracias.

—Si nos quedamos aquí, las veremos salir. Asunto arreglado.

—¿Por qué eres tan simple?

—Y tú, ¿por qué eres tan complicado? Un poco más y la recepcionista llama a la policía.

—¿Y si no salen en todo el día? ¿O si ya han salido?

—Entonces las veremos al volver.

—A lo mejor han salido con las maletas y van derechas al aeropuerto más tarde.

—Son las doce y poco, lo dudo mucho. Estarán durmiendo, se levantarán para ir a comer, así que es cuestión de horas.

Nada convencido, Randy se recostó en el mullido sofá, apreciando su comodidad.

—Dios, estoy tan cansado…

—Es el cambio horario, yo también —comentó Corey, imitándole.

—Esto es muy cómodo, aunque hay mucha luz. —Randy cogió uno de los periódicos y se lo puso sobre la frente—. Voy a descansar los ojos un poco.

Corey metió la mano en su bolsa de ropa, donde había lanzado cuatro cosas sin apenas mirar. La suerte le sonrió, porque encontró una gorra negra, lo que haría que el sol no lo dejara frito. Y al menos podría ponérsela y no parecer idiota con un periódico en la cara como Randy.

—Cuidado no nos quedemos dormidos —murmuró Randy.

—Sí, sí, tranquilo. Ya estoy yo alerta.

Skylar despertó con un par de ruidos procedentes de su móvil. Alargó la mano para cogerlo y entrecerró los ojos al notar la persistente luz: tenía pinta de ser bastante tarde. No le sorprendía, al final se habían acostado de madrugada entre pedir *pizza* y ver un par de películas, lo que necesitaba Romy para tolerar mejor el bajón.

Se medio incorporó, frotándose los ojos: Romy dormía a su lado y Rodrigo estaba tumbado en el sofá que tenían en una esquina de la habitación. Tras despedirse de su amigo Daniel, las había llevado de vuelta al hotel, y Romy creyó que era una idea estupenda invitarlo a quedarse. De modo que ahí estaba, durmiendo a pierna suelta en el sofá, porque al acabar las películas era muy tarde para mandarlo a su casa.

Cogió el móvil, que emitió un par de pitidos, esperando que fuera algún mensaje de Corey… y oh, no, que lo había borrado, así que imposible que fuera él. Mierda.

Al ver que era Greg quien le escribía, suspiró. Pobre, lo había dejado tirado el día anterior y sin dar ninguna explicación. No podía portarse así, no era un ligue cualquiera o algún pesado de discoteca, era su compañero de trabajo y también amigo. Le debía algo de deferencia.

Greg: «¿Dónde os metisteis anoche? Menuda bomba de humo…»

Skylar: «Sí, lo siento. Romy estaba empeñada en ir a Pachá.»

Greg: «Podíamos haber ido los cuatro.»

Skylar: «Ya, tienes razón, lo siento. Es que está un poco desmadrada.»

Greg: «¿Y podríamos vernos hoy en algún momento? Ya sabes que nuestro vuelo es sobre las nueve.»

Skylar se mordió el labio, mirando al techo. Casi prefería no verlo más, aparte de en el trabajo… la noche anterior le había quedado claro que no le producía ninguna sensación. ¿A quién pretendía engañar? Pese a sus intentos, no le gustaba. No había nada que hacer.

Skylar: «Pues no sé qué idea tiene Romy, supongo que querrá ir a la playa.»

Greg: «¿Nos vemos para comer?»

La rubia consultó la hora. Por suerte no era tan tarde como pensaba, solo las doce del mediodía, así que sí, suponía que podrían quedar a comer después de ir un rato a la playa.

Skylar: «¿A las tres?»

Greg: «Perfecto, te recojo a esa hora en el hotel.»

Skylar ignoró el uso del singular y dejó el móvil para despertar a Romy. Esta remoloneó en la cama y la miró, aún acurrucada contra la almohada.

—Es muy tarde —informó Skylar—. Las doce. ¿Vamos un rato a tomar el sol?

—Mmmm…

—Greg viene a buscarnos a las tres para comer. Y te recuerdo que el vuelo de regreso sale a las nueve, así que habría que recoger.

—No quiero irme. —Romy se tapó la cara con la sábana.

Vale, las palabras de la noche anterior no eran producto de la borrachera, Romy seguía queriendo estar unos días más allí.

—El lunes vuelvo al trabajo —comentó, como respuesta.

—Podríamos volver el domingo.

—Sí, pero tendremos que cambiar los billetes hoy. No podemos esperar al domingo, no sea que no haya buena combinación y nos quedemos aquí tiradas.

—Hecho.

—Entonces, después de comer lo miramos. Habrá que decírselo a Greg. —Skylar resopló.

—Pobrecito, entonces ese plan para enamorarte de él no funciona, ¿no?

—No. No funciona.

—Somos un desastre. —Romy se incorporó y echó un vistazo a su alrededor—. Anda, si Rodrigo está en el sofá. ¿Le decimos que nos lleve a la playa más próxima?

Skylar asintió, así que entre las dos despertaron a Rodrigo. Este se apresuró a ponerse la camiseta para esperar en la entrada mientras las dos chicas se cambiaban, y una vez estuvieron los tres listos, bajaron con intención de ir a la playa.

—¿Hay alguna que no esté lejos? —preguntó Romy—. Lo digo porque no podemos estar mucho, solo un par de horas.

—Sí, hay una cala muy cerca, unos diez minutos en coche —comentó él.

—Estupendo… mira esos, vaya par. —Romy señaló los sofás que había en la zona de espera del hotel, haciendo una mueca—. ¿Quién viene en traje a Ibiza?

—Serán clientes esperando su taxi o algo así —sugirió Rodrigo.

—¿Clientes, con esa pinta?

—No entiendo por qué les dejan dormir ahí —comentó Skylar.

Peor aún, tenían las caras cubiertas, lo que aún era menos tranquilizador. Podían ser un par de criminales, aunque era raro ver uno que utilizara traje… pero vamos, el otro tenía el pack con tatuajes incluidos.

Se dio cuenta de que ese desconocido llevaba tatuajes en el brazo, igual que Corey, lo que la molestó. Así era complicado resetearse, ¡joder! Si cada cosa que viera por la calle le iba a recordar a él estaba apañada. Pero es que hasta sus botas se parecían…

—Ni te acerques. —Romy tiró de su brazo—. A lo mejor hasta es gente de la calle.

—¿Gente de la calle? —Skylar se dejó llevar, boquiabierta.

—La gente normal no duerme en los sofás de los hoteles, ¿no?

Los dejaron atrás y subieron al coche de Rodrigo. El joven estaba en lo cierto, ya que en diez minutos escasos se encontraban en una cala con muy poca gente, y era realmente perfecta: pocas aguas habían visto tan cristalinas como aquellas, la arena blanca, la calma que se respiraba en el ambiente… ese lugar producía paz, al menos en Skylar.

Rodrigo se sentó junto a ellas, aunque sin desnudarse, ya que no llevaba el bañador.

—Entonces, ¿os marcháis luego? —quiso saber.

—Ni hablar —se apresuró a responder Romy—. Este paraíso necesita un par de días más. Si encontramos conexión, nos quedaremos hasta el domingo. Así, cuando volvamos, mi boda habrá pasado y será como si todo hubiera acabado.

—Empezar de cero —afirmó él, asintiendo.

—Sí, exacto. —La morena se levantó—. Voy a darme un baño, ¿venís?

Skylar negó con la cabeza, así que la chica se encogió de hombros y se encaminó hacia la orilla tratando de mostrar seguridad en sí misma, algo relativamente fácil gracias a lo poco masificado que estaba el sitio.

—Bueno, ¿cómo lo lleva? —preguntó Rodrigo.

—Ya la viste anoche. No lo va a superar en seis días… no sé, es cuestión de tiempo, como todo.

—Qué malos son los desengaños —afirmó Rodrigo.

—Se superan mejor lejos de todo, ¿no? Lo difícil será regresar y tener que ver a la gente que no quieres ver. Más bien, que no deberías ver por tu salud mental.

—Entiendo, ¿tú también estás de ruptura?

—Lo mío es de hace una semana, más o menos.

—No entiendo qué les pasa a vuestros novios. —Rodrigo movió la cabeza—. A mí me parecéis dos chicas muy simpáticas.

—Es algo más complicado que eso, pero gracias. —Ella le dedicó una sonrisa.

—Sé de algo que podría animaros —comentó Rodrigo—. He quedado esta tarde con unos amigos en la playa, a la hora del atardecer, ¿os apetece apuntaros?

Skylar se encogió de hombros, ¿por qué no? Eso las tendría entretenidas y con menos tiempo para darle vueltas al coco. A pesar de que Romy parecía haberse tranquilizado un poco, prefería tenerla distraída para que no volviera a las andadas.

—Si a Romy le parece bien, sin problema —respondió.

—Estupendo, será divertido.

Rodrigo se recostó sobre la arena, con los brazos tras la cabeza. Skylar se tumbó boca abajo y cogió el móvil para enviar un mensaje a sus amigas; intentó calcular la hora que sería en Atlanta, aunque no tuvo éxito. Había un montón de mensajes, pero no los leyó, directamente se puso a escribirles y ya se pondría al día después. Tampoco podían haber pasado muchas cosas allí, en Atlanta.

Skylar: «¡Hola, chicas! ¿Cómo estáis? Perdonadme, pero no sé qué hora es allí, espero no despertaros… Estamos bien, mucha playa y anoche bailamos en Pachá. Os echamos mucho de menos.»

Aguardó unos segundos para ver si alguna lo leía. No llegó confirmación, así que dedujo que la hora no sería apropiada… y entonces vio a River escribir.

Ay, cómo la echaba de menos. Quería a Romy como a una hermana, pero con ella no podía hablar sobre Corey con la libertad que necesitaba. En cambio, con River no tenía ese problema, a pesar de que las cosas que le decía no siempre eran las que deseaba oír.

River: «¡Hola, escapistas! Nadie te va a contestar porque son las seis de la mañana.»

Skylar: «¿Y tú qué haces despierta?»

River: «Resulta que estamos camino a Búfalo, a recoger las entradas de Strigoi que ganó Sun Hee… no se las envían, así que aquí estamos.?»

Skylar: «Vaya por Dios. ¿Es que no se lo explicaron?»

River: «¿No te has leído los mensajes del grupo?»

Skylar: «No, pensaba hacerlo luego, he visto un montón, pero no pensaba que habrían pasado tantas cosas.»

River: «Pues más todavía, que resulta que vamos con Lawson, tiene esa ruta hoy y ya Kat ha aprovechado para, digamos, saludarle.»

Skylar puso los ojos en blanco y sonrió moviendo la cabeza.

Skylar: «Vale, no me cuentes detalles. Entonces, Sun Hee no sabía que tenía que recogerlas allí, ¿no la avisaron?»

River: «No leyó bien los mensajes, ya sabes. La emoción.»

Skylar: «¿Y el trabajo? El tuyo, digo, ella ya me imagino que se habrá buscado alguna excusa rápidamente, jajaja.»

River: «Ah, eso. Me he despedido.»

Skylar lo leyó dos veces, incrédula. Con lo seria que era River para todo lo relacionado con su trabajo, la situación tenía que ser muy grave.

Skylar: «¿Qué ha pasado?»

River: «Ya te contaré mejor, pero la situación estaba insostenible con el Gran Doctor.»

Skylar: «Ese capullo»

River: «Era lo mejor, hay un montón de clínicas donde puedo trabajar. ¿Qué tal lo lleváis vosotras?»

Skylar quería contarle cómo se sentía en realidad, pero no estaba preparada para hacerlo a la vista de todas. Tendía a guardarse las cosas y no dar demasiados detalles porque sentía que eso le restaba fuerza, así que olvidó la idea.

Skylar: «Esto es un paraíso. Seguramente nos quedaremos hasta el domingo.»

River: «Domingo, día clave a tachar en el calendario. Qué lástima.»

Skylar: «¿Randy ha intentado contactar con vosotras o algo?»

River: «Huy, sí, ¡sí! Se presentó ayer en el restaurante para hablar con nosotras. Estarías orgullosa, respetamos el pacto al cien por cien, hasta le dijimos que si no se largaba avisaríamos al dueño.»

La joven se planteó si comentar algo sobre que más tarde había aparecido Corey para preguntar por ellas. Él había comentado lo de su pronto y su interés en hablar con ella, sin embargo, River no estaba segura de que a Skyler le interesara esa información. Al decirles que habían roto su actitud era más bien de frialdad… claro que con ella nunca se sabía, todavía se acordaba de cómo días atrás se hacía la dura y lo que le confesó después al estar solas.

Decidió tantear para ver si comentárselo, de modo que escribió:

River: «Respecto a Corey…»

Skylar: «Mira, no hay nada más que hablar de él. ¿Podemos dejar ese tema ya?»

River dejó de escribir en el acto. Vale, pues no, no quería hablar sobre el chico, al menos no en ese momento. Bueno, cuando regresaran quedaría a solas para tomar un café y se lo diría, entonces estaría más calmada y podría decidir qué hacer.

River: «Está bien, ya me callo.»

Skylar: «Luego os escribo, a ver si os pillamos despiertas.»

La rubia dejó el teléfono con cierto malestar. Sabía que había sido brusca, pero, de nuevo, no le parecía el mejor sitio para hablar de sus problemas de corazón, y que River quisiera darle una charla al respecto no ayudaba demasiado. Además, tampoco le apetecía escuchar la típica retahíla de frases habituales en esos casos, a nadie le hacía sentir mejor oír cosas como «todo irá bien», «es un cabrón» o «necesitas tiempo». Esos clichés los conocía de sobra, los había dicho y escuchado, y ya nadie se los creía… excepto la del tiempo, que era cierta, aunque la gente no te decía cuánto. Porque a veces era mucho.

Guardó el móvil y apoyó la cabeza sobre la toalla, relajándose al sentir el calor sobre su cuerpo. Lo mejor que podía hacer era disfrutar del sol y tratar de no pensar más en algo que no tenía remedio, después se daría un baño y regresarían al hotel para cambiarse antes de comer.

Con la brisa suave y el ronroneo del mar, Skylar cayó en un duermevela agridulce donde no había preocupaciones ni dolor, solo el calor del sol sobre su cuerpo y las risas lejanas de la gente que se bañaba en el mar.

CAPÍTULO 8
JUEVES, TARDE

River agitó a Sun Hee para que despertara y esta miró su alrededor con cara de confusión.

—¿Qué pasa? ¿Un descanso?

—No, hemos llegado.

—¿Ya? —Se incorporó y vio que, efectivamente, Lawson estaba entrando en Búfalo—. Huy, si no le hemos entretenido…

—Le he dado charla un rato, tranquila.

Aunque tampoco mucha, la verdad era que después del primer descanso, se había quedado sopa igual que Sun Hee para despertar poco después, y de ese modo wasapear un rato con Skylar.

—Kat nos va a matar.

—Tranquilas, le diré que no habéis callado en todo el viaje —dijo él, que las estaba oyendo—. Esta parada se sale de la ruta, así que no os entretengáis, ¿vale?

—No te preocupes, nos bajaremos rápido —le aseguró River—. ¿Luego comes con nosotras?

—Ah, no hace falta que…

—Sí, sí, que conozco un sitio genial para comer alitas —le aseguró Sun Hee.

—Tengo que descansar un rato y…

—Pues quedamos a las dos, ¿te parece? En el Holiday Inn, que está en el centro, y de ahí vamos a algún sitio.

—De acuerdo.

Seguro que a Kat también le haría ilusión que comiera con ellas, en plan «estrechar lazos», así que dejó de poner excusas, y eso que tenía de sobra. Aparte del descanso, debía dejar el autobús en Niágara hasta la hora del viaje de regreso por la tarde, por lo que tendría que coger un taxi para ir hasta Búfalo y otro para volver. En fin, así también estaría entretenido, seguro que no le daría tiempo a aburrirse.

Detuvo el autobús y las dos chicas se apresuraron a coger sus mochilas y bajarse a toda prisa para no retrasarlo en su horario y que continuara el camino.

Una vez en tierra, Sun Hee sacó su móvil para buscar la dirección de la radio y localizarla con la aplicación de mapas que tenía.

—Estamos cerca, bien —dijo.

—Genial, cogemos las entradas y desayunamos algo, que tengo hambre.

Siguiendo las indicaciones, llegaron al edificio media hora después. Había un cartel enorme en la fachada con el nombre de la estación de radio y Sun Hee fue directamente a abrir la puerta, aunque no pudo y buscó el timbre para llamar.

—No contestan —resopló—. ¿Por qué no contestan?

Pegó la nariz al cristal para intentar ver el interior, aunque solo logró distinguir una recepción que parecía completamente vacía.

—Hay un cartel que…

—¡Está cerrado! —gritó Sun Hee, mirando lo que River señalaba—. ¡No puedo creerlo! Hemos venido hasta aquí, ¡y está cerrado! ¿Y ahora qué hacemos? ¿Ir al Holiday Inn hasta que abran? ¿Cómo pueden haberme hecho esto? ¡Ellos me dijeron que viniera!

—Sun…

—¡Vale, sé lo que me vas a decir! No pregunté qué día, seguro que hoy es fiesta o algo y…

River se acercó, le cogió la cara con las manos y le giró la cabeza hacia el cartel.

—¡Lee! —le ordenó.

—«Cerrado. Horario laboral, de once a dos y de tres a cinco.» —Suspiró aliviada—. Menos mal, qué susto.

—A ver si aprendes de una vez a leer las cosas, que con tu manía de quedarte en los titulares o leer en diagonal, no te enteras de nada. —Miró el reloj—. Pues nada, tenemos dos horas, tiempo de sobra para desayunar.

—Huy, pues te llevo a un sitio que encontré cuando estuve aquí tirada.

—Pensaba que solo habías comido alitas.

—Sí, este me quedé con las ganas porque el desayuno estaba incluido en el hotel, así que mira, me quito el chincho. A ver si me acuerdo de cómo se llamaba.

River puso los ojos en blanco mientras la veía buscar en su móvil. En fin, tampoco tenían ninguna prisa, así que si daban un par de vueltas de más no pasaba nada.

Sun Hee acertó con el sitio a la tercera y, poco después, estaban degustando unas deliciosas tortitas y sacando fotos para enviar al grupo.

—Parece que Skylar y Romy se lo están pasando bien —comentó Sun Hee, tras revisar de paso los mensajes pendientes.

—Pobre Romy.

—Sí, no digo que lo de la boda no sea una pena, pero mejor pasar el mal trago ahí entre cócteles y playa, ¿no? Lo malo será la vuelta, puf.

—Menudo lío, Skylar no ha dicho nada de si han empezado a avisar a la gente.

—Pues como lo dejen a última hora será peor, ¿no? El restaurante se quedará con parte del pago.

—Seguro que eso no le importa a Romy, creo que la señal la pagó Randy, así que… —Se encogió de hombros—. Que se fastidie. Mira, Kat está escribiendo.

Kat: «¿Qué tal el viaje? ¿Habéis dado chuches a Lawson y lo habéis entretenido?»

Ellas se miraron.

River: «Sí, tranquila, todo ok. Luego comemos con él.»

Kat: «¡Haced videollamada y así nos saludamos todos!»

Sun Hee: «Vale, no sea que se te olvide su cara en veinticuatro horas sin verle.»

Kat envió un emoticono sacando la lengua.

Kat: «Os dejo que tengo clientes. ¿A qué hora habéis quedado?»

River: «A las dos.»

Vieron que les ponía un pulgar hacia arriba y no escribía más, así que continuaron tranquilamente con su desayuno y, después, regresaron a la estación de radio. Cuando llegaron ya pasaba de la hora de apertura y Sun Hee respiró aliviada al ver que las puertas estaban, efectivamente, abiertas.

—Menos mal —suspiró.

Se dirigieron hacia la recepción, tras cuyo mostrador había una chica con unos auriculares y micrófono que las sonrió.

—Hola, ¿venís por el programa? —preguntó.

—No, no, vengo a recoger unas entradas —indicó Sun Hee—. Para Strigoi, las gané en un concurso este fin de semana pasado. Sun Hee Kim.

—Ah, sí, las tengo aquí. —Abrió un cajón y sacó un sobre, mientras sonaba su teléfono—. Un momento, disculpad. —Pulsó un botón—. Hola, Dave. No, no ha llegado nadie ni han avisado. No, ni idea. No sé si… Espera. —Miró a las chicas, cubriendo el micrófono—. Sois fans de Strigoi, ¿verdad?

—Ella, ella —señaló River.

—Es que tenemos el programa de música en directo y tenemos un hueco que rellenan fans de grupos, las entrevistamos. Iba a venir una chica a hablar de Lady Gaga, ¿os veis capaces de hablar de Strigoi?

—Bueno, ¡perdona! —Sun Hee se estiró, con gesto orgulloso—. Esa pregunta me ofende.

—Más bien, sería si es capaz de callar al respecto —comentó River.

—¿Por dónde hay que ir?

La chica sonrió y habló por el micrófono.

—Dave, te mando a un par de chicas fans de Strigoi. Ya sé que no es lo mismo, pero seguro que sabes improvisar. Ajá, sí. Ahora mismo.

Colgó y se incorporó para señalar el ascensor.

—Primera planta, os están esperando.

—¡Genial!

Sun Hee empujó a River, que movía la cabeza.

—Si yo no tengo nada que decir…

—Pues haces bulto. Es la radio, ¿qué más dará? Así nos entretenemos.

River se dejó llevar, esperando que no le preguntaran nada porque con todo lo que Sun Hee hablaba del grupo, la verdad era que las había saturado y por ese mismo motivo, no era capaz de recordar nada. La mayoría de las veces ya desconectaba cuando se hablaba del tema.

Llegaron a una planta donde vieron una salita con cristales transparentes y un chico hablando por un micrófono. Otro se les acercó, indicándoles que estuvieran en silencio, y las guio al interior. Las dejó sentadas delante de un par de micrófonos, con unos auriculares puestos a través de los cuales se escuchaba al presentador, y se marchó.

Tras poner una canción de Strigoi, el presentador las miró con una sonrisa.

—Tranquilas, unas preguntas y ya está, es una sección de solo una hora.

River abrió la boca, asombrada, y él le hizo un gesto.

—No, no, aún no hables, que está la canción. Iré poniendo cada quince minutos, para hacerlo más ameno.

La canción ya acababa y él encendió de nuevo su micrófono.

—¡Bienvenidos a nuestra sección fan! Ayer anunciamos que hablaríamos de Lady Gaga, pero como habéis podido escuchar, los elegidos son Strigoi. Y para ello tenemos con nosotros a dos mega fans, que son…

Las señaló y River carraspeó.

—River… —susurró.

—¡Sun Hee! —exclamó su amiga.

—Bien, River, describe a Strigoi con una palabra.

—Eh… ¿grupo?

—¡Geniales! —replicó Sun Hee.

—Vale, y… ¿Cuál diríais que es su mejor álbum?

Miró de nuevo a River, que no sabía dónde meterse. Tragó saliva y se acercó al micrófono.

—Son tantos que… no puedo elegir —contestó.

Sun Hee, en cambio, cogió aire y durante los siguientes diez minutos, se dedicó a destripar cada uno de los discos por orden de peor a mejor, según su opinión, y sin que el presentador pudiera apenas meter baza. Y así transcurrió casi todo el programa, con River contestando de forma general como podía y Sun Hee dando rienda suelta a todo su conocimiento sobre el grupo y dedicando buena parte del discurso a las bondades de su amor platónico. Para cuando terminó, River tenía la sensación de haber estado en algún tipo de *master class*, mientras que su amiga salió exultante y dando saltos.

—¡Qué mañana tan genial!

—Deja de saltar, que a este paso se te cae el bolso.

Sun Hee lo agarró como Gollum al anillo único.

—Calla, que este bolso contiene mi bien más preciado. Hay que protegerlo, no me dejes perderlo de vista.

River puso los ojos en blanco y se fueron a tomar un café para hacer tiempo antes de ir al Holiday Inn como habían quedado con Lawson. Cuando llegaron a la hora acordada, él ya estaba allí y Sun Hee los llevó hasta su lugar favorito para comer alitas.

Una vez la camarera los hubo sentado y tomado nota, River sacó su móvil.

—Kat quiere que hagamos una llamada conjunta —le explicó.

—Ah, vale.

River colocó el teléfono para que salieran los tres y llamó a Kat. Mientras todos miraban, Sun Hee vio que Danni les estaba escribiendo y le dio unos golpecitos a River.

—Cuando conteste, llama a Danni, que está aburrida.

—Ah, vale.

—¡Hola, chicas! —contestó Kat, y empezó a lanzar besos, aunque quedó claro que iban todos a Lawson—. ¿Qué tal el viaje?

—Todo bien, sin novedad —contestó él.

—Un segundo, que añado a Danni —dijo River.

Procedió a invitarla y pronto la pantalla se dividió mostrando también a su amiga. Durante unos segundos, el móvil de River pareció la *intro* de *La tribu de los Brady*, con todos mirando a todos y saludándose.

—Estoy sola y aburrida, aquí con mi táper —dijo Danni, cuando le preguntaron qué tal—. Todavía no me he hecho ningún grupo de comida ni nada, así que…

—Tranquila, enseguida te harás —dijo Kat, cogiendo su propio táper—. Yo he dicho a las mías que hoy estaba ocupada en la comida.

—¿A qué hora tenéis el autobús de vuelta? —preguntó Danni.

Ellas miraron a Lawson, que estaba estudiando el plato de alitas que acababa de llevar la camarera.

—¿En serio no lo sabéis? —preguntó.

—Como ya lo sabes tú… —respondió Sun Hee.

—A las seis, os cojo aquí a las seis y media. Subís rápido, ya sabéis.

—Sí, tranquilo, no te retrasaremos.

—¿Tienes las entradas, Sun Hee? —preguntó Kat.

Pregunta que dio paso a un entusiasta monólogo contando su experiencia en la radio, mientras River y Lawson comenzaban a comer alitas y Kat y Danni, en la distancia, daban buena cuenta de sus táperes, como si estuvieran siguiendo alguna serie de televisión.

Skylar estaba adormilada en la playa cuando escuchó que su móvil sonaba. Al cogerlo vio que tenía también multitud de mensajes, pero los ignoró y contestó con un bostezo.

—¿Sí?

—Soy yo, Greg. ¿No habíamos quedado para comer?

Ella miró la hora y suspiró. Ni siquiera se había dado cuenta de que pasaba el tiempo, se estaba tan bien ahí tumbada... Buscó a Romy con la mirada y la vio flotando en el agua, como si no tuviera ninguna preocupación en el mundo.

—Perdona, es que estamos en la playa y he perdido la noción del tiempo —se excusó.

—Bueno, pues que Rodrigo me diga dónde estáis y comemos por allí cerca.

—Vale.

No le apetecía nada moverse de allí, pero también tenía hambre y no quería ser descortés, por lo que dejó el móvil y se levantó para llamar a Romy.

—¡Romy, sal! —Rodrigo, que estaba sentado a la sombra cerca, se aproximó y ella le miró—. Te va a escribir Greg.

—Sí, me acaba de enviar un mensaje.

«Qué rápido el tío».

—¿Qué pasa? —Romy gritó desde el agua.

—¡Nos vamos a comer con Greg!

—Ah, vale.

Romy salió del agua y fue a su lado para coger su toalla y secarse.

—Acaba de llamarme, si es que ya son las tres.

—Ya decía yo que me hacía ruido el estómago. ¿Dónde vamos, al hotel?

—No, me ha dicho que os lleve a un restaurante aquí al lado, para que no se haga tarde —contestó Rodrigo—. Y mejor para vosotras, así podéis ir con la ropa de playa y después volvemos.

—Genial.

Se colocaron los vestidos playeros por encima de los bikinis y Rodrigo las llevó en coche a un pequeño restaurante cerca de la cala, con vistas al mar. Greg ya estaba en una de las mesas con Marco, así que el chófer se quedó en la barra mientras ellas se aproximaban.

—Perdón por el despiste —dijo Skylar.

—No pasa nada, mientras no llegues tarde al aeropuerto... —le contestó él, con un guiño.

—Bueno, sobre eso...

—No nos vamos —espetó Romy.

Se sentó y cogió la carta del restaurante, ante la mirada de estupor de los dos chicos. Skylar ocupó la silla a su lado, carraspeando.

—¿Cómo que no os vais? —repitió Greg—. ¡Si el vuelo es en unas horas!

—Lo hemos estado pensando y…

—Como no hay boda, no tenemos prisa —interrumpió Romy, levantando la mano para llamar la atención de la camarera—. Así que nos vamos a quedar unos días más.

Marco sonrió, todo lo contrario que Greg, que no apartaba la vista de Skylar.

—Estupendo —asintió el primero—. Tengo que ocuparme de unos negocios, pero seguro que encontramos algún hueco para cenar.

—Sí, seguro —contestó Romy.

La camarera se acercó y, como la chica ya le estaba diciendo lo que quería, los demás se apresuraron a mirar la carta para escoger y hacer lo mismo.

—Es que yo tengo que volver —dijo Greg, confuso.

—No pasa nada, estaremos bien —lo tranquilizó Skylar—. Cambiaremos los billetes.

—Están a mi nombre.

—Bueno, pues… Mira, cancélalos y ya buscaremos uno cuando lo tengamos decidido y así no pierdes dinero.

—Sí, eso mejor —añadió Romy—. Aún no sabemos qué día volver, y tampoco queremos marearte.

—Ya has hecho bastante por nosotras —le dijo Skylar, con una sonrisa para intentar suavizar el tono de Romy—. Te lo agradecemos mucho, este viaje es justo lo que Romy necesitaba.

—Si estáis seguras…

—Segurísimas.

Greg sacó su móvil para cancelar los billetes, a todas luces disgustado. A Skylar le sabía mal dejarlo tirado después de que fuera gracias a él que estaban allí, aunque ahora que lo habían verbalizado, la verdad era que un par de días más o tres por allí no le vendrían mal.

Marco, por su parte, no hacía más que sonreír a Romy y comenzó a hablarle de restaurantes y discotecas de la zona, en lo que Skylar supuso era un intento de convencerla para quedar en alguno de ellos.

Cuando terminaron de comer, las acompañaron hasta el exterior. Rodrigo se adelantó para abrir la puerta trasera y se quedó esperando mientras se despedían.

—¿Podemos hablar un segundo? —le preguntó Greg a Skylar.

—Claro.

—No, a solas, me refiero.

—Ah, pues… —Miró a Romy, que se encogió de hombros—. Vale.

Se alejaron unos pasos, lo justo para tener algo de privacidad, y, por primera vez desde que le conocía, Skylar vio que Greg se pasaba la mano por el pelo con gesto nervioso. Al momento, el chico se dio cuenta de lo que hacía y rápidamente se apresuró a repetir el movimiento de forma lenta, acomodando cualquier posible mechón que hubiera osado salirse de su sitio.

Ella carraspeó, elevando las cejas de forma interrogativa.

—Perdón —se disculpó él—. El pelo, ya sabes.

—Tranquilo. ¿Qué querías?

Aunque tampoco quería saberlo, ya que lo suponía.

—Es que yo… —empezó él—. bueno, pensaba que este viaje sería algo diferente.

—Si fue algo sin planear…

—Ya, aun así. Cuando te lo propuse, obviamente quería ayudar a Romy.

—Obviamente.

—Sí. —Carraspeó—. Aunque también creí que pasaríamos más tiempo juntos.

—Ella necesita espacio ahora mismo.

—Me refería a nosotros dos solos. Ya sabes, no sé, conocernos un poco fuera del trabajo.

—Ya.

—Es que… bueno, sé que está Corey y eso y lo respeto, pero ¿alguna vez te has planteado si es el adecuado?

—¿El adecuado?

—Sí, porque él no es de tu estilo. Quiero decir, no os movéis en los mismos ambientes, ni nada. Quizá, y es una opinión, deberías pensar si a largo plazo es la persona que te conviene o si estarías mejor con alguien más compatible.

Si él supiera… Era como si estuviera verbalizando todas sus dudas, solo que también veía, a pesar de que Greg estaba intentando ser sutil en sus avances, que esa otra persona no era él.

—Mira, Greg, en realidad ahora mismo no es un buen momento, porque justo hemos tenido una crisis y… Y sé que hay otras personas que seguro serían más de mi perfil, por así decirlo, como tú. —Él sonrió, pero ella negó con la cabeza—. Escucha, tienes que entender que no eres tú, soy yo. —Bien, cliché número uno, ya le veía frunciendo el ceño—. Acabo de romper con él y no estoy preparada para iniciar nada nuevo.

—Vale, eso lo puedo entender, pero…

—Creo que tú y yo estamos en momentos diferentes y… —Joder, cliché número dos. Pero ¿qué le pasaba?—. Seguro que encuentras a otra enseguida.

Por la cara del chico suponía —y no le extrañaba—, que la retahíla de excusas trilladas que acababa de soltarle no lo convencían para nada.

—Seguro que estar aquí te ayudará a despejar la mente —dijo Greg, con tono de esperanza.

—Probablemente. Lo que no quiero es que cambie nada entre nosotros, me gusta trabajar contigo.

—A mí también, hacemos un buen equipo. —Le guiñó un ojo—. En fin, llámame cuando volváis.

—Sí, tranquilo, nos veremos en el trabajo.

—Y comemos juntos para ponernos al día. —Ella ladeó la cabeza—. En plan compañeros que se llevan bien.

—Sí, claro. —Carraspeó—. Que tengas buen viaje.

Él se acercó con los brazos abiertos y Skylar le dio un corto abrazo, de nuevo consciente de que allí no había química ni se la esperaba. Regresaron junto a Marco y Romy, que hablaban de las diferentes discotecas de la zona.

—Podemos irnos —dijo Greg.

—Espero tu llamada —comentó Marco a Romy.

—Vale, pues perfecto —contestó ella.

Se dio la vuelta para dirigirse al coche, así que Skylar la siguió con rapidez.

—¿Todo en orden? —preguntó Rodrigo, mientras regresaban a la playa.

—Genial. Luego vienen tus amigos, ¿no?

—Sí, en un rato estarán por aquí.

Skylar vio que Romy se frotaba las manos como anticipando la diversión y casi le dio miedo.

Cuando llegaron de nuevo a la cala, se colocaron en una zona de sombra para poder echar una siesta, de la cual despertaron un par de horas después cuando escucharon voces. Al levantarse, vieron que llegaba un grupo de gente a los que Rodrigo saludaba.

—Deben ser sus amigos —comentó Skylar.

—¡Tienen pinta de majos!

Rodrigo ya se acercaba con ellos, así que las chicas se levantaron para que las presentara. Eran diez chicos y chicas jóvenes, muy sonrientes, que pronto montaron una fiesta playera colocando toallas, neveras portátiles con cervezas y cosas para picar, todo ello amenizado con música que salía de un móvil al que habían colocado unos altavoces.

Skylar no tenía muchas ganas de bailar, pero sí aceptó una cerveza y sonrió al ver a Romy dando botes con un par de chicas. Al menos ella se lo estaba pasando bien y el bajón por el cuasi-rollo había pasado, aunque suponía que en cualquier momento podría repetirse de nuevo.

Rodrigo se sentó a su lado con un refresco, sonriendo.

—Mi jefe me ha escrito para confirmarme que hoy no acaba mi trabajo con vosotras, sigo hasta que os vayáis.

—Oh. —Lo miró—. Perdona, no habíamos pensado en eso... Debería llamar a Marco y que te deje libre, podemos alquilar un coche.

—No, tranquila, me paga bien y sois más majas que otros de sus invitados. —Le guiñó un ojo y chocó su lata con la de ella—. Así que sigo con los refrescos, qué remedio.

—Tus amigos parecen todos muy simpáticos.

—Sobre todo ahora. Verano, diversión... Así es fácil caer bien. —Le sonrió—. Oye, luego hay una fiesta en un barco de otro amigo, me han dicho que podéis apuntaros si queréis. ¿Qué te parece?

—¿Fiesta en un barco?

—Sí, aquí se hacen mucho. ¿Qué me dices?

—Bueno, tendré que consultarlo con Romy...

—¡Skylar! —llamó ella, con tono entusiasmado—. ¡Nos vamos luego a una fiesta en un barco, nos han invitado! ¿No es genial?

Ella sonrió y movió la cabeza afirmativamente.

—Pues está decidido, parece —rio—. ¿A qué hora es? Porque imagino que no será para ir en bañador.

—Hay de todo, pero salimos a las ocho del puerto, así que podemos ir al hotel para que os cambiéis y luego encontrarnos con los demás.

—Perfecto, pues voy a decirle a Romy.

Su amiga estaba bailando y cantando, y a ella no le apetecía gritar, así que se abrió paso por el grupo para llegar hasta la morena y avisarla.

—¡Qué gran idea! —aprobó Romy—. Así nos damos una ducha y nos ponemos guapas.

—Vale, pero nada de azul eléctrico.

Romy sonrió y la abrazó.

—Prometido.

Se despidieron y fueron a recoger sus cosas para que Rodrigo las llevara al hotel.

Cuando entraron en la recepción, vieron que había un par de hombres con el uniforme de seguridad del hotel junto a los sillones del centro.

—¿Habrá pasado algo? —preguntó Skylar, intentando ver qué ocurría.

—Serán esos dos de la mañana, seguro. —Romy la cogió del brazo, tirando de ella hacia el ascensor—. Vamos, no hay tiempo que perder.

Tenían de sobra, pero Skylar se dejó llevar. Mejor no curiosear demasiado, no fueran a acabar en algún lío sin venir a cuento, cosa que podría ocurrir vista su suerte de los últimos días.

Mientras subían al ascensor, vieron cómo un tercer guarda de seguridad se unía a los demás.

—¿Algún problema? —preguntó este, colocándose entre sus compañeros.

—Por millonésima vez, solo estamos esperando a mi novia —replicó Randy.

—Nos han informado de que llevan cuatro horas durmiendo en los sofás —dijo otro de los hombres.

—Una siesta, ¿es ilegal en este país?

—Ha sido el *jet lag* —contestó Corey, en tono calmado—. Si nos dicen cuál es el problema…

—No está permitida la entrada y permanencia en las instalaciones de gente que no sea huésped del hotel.

—Eso es ridículo —protestó Randy.

—Si es cierto que estáis esperando a tu novia, ¿dónde está? Mira, los recepcionistas os han dejado un rato sin problema, pero cuatro horas es demasiado.

—¿Cuál es el límite legal?

Corey le dio un codazo y se levantó… para darse cuenta al momento de su error, ya que su gesto había hecho que los tres hombres se pusieran a la defensiva.

—No nos obliguéis a usar la fuerza —advirtió el último en llegar.

—O que llamemos a la policía —amenazó otro.

Randy se levantó, mosqueado, y Corey tuvo que poner un brazo delante de él, por si acaso. Solo faltaba que los llevaran a una celda.

—Solo queremos estar un rato más y…

Su móvil empezó a sonar. Por si era Skylar o Romy, lo sacó para contestar, y se encontró con una videollamada de Kee. Quiso colgar, pero justo uno de los guardas se movió para empujarlo ligeramente y le dio a contestar sin querer.

—¿Dónde te metes? —preguntó su amigo.

—Joder, Kee, ahora no es un buen momento.

—¿No habíamos quedado?

Sioux se metió en el plano.

—Hemos ido a tu estudio y estaba cerrado.

—Ah, eso.

—¿Y esa palmera? —preguntó Seneca.

—Es de interior, de la decoración.

—¿Qué decoración? ¿Dónde? No hay palmeras en Atlanta.

—No, es en Ibiza. —Miró a Randy, que seguía discutiendo con los tres tipos de seguridad—. Déjalo, mejor salimos.

—¡Yo de aquí no me muevo!

Uno lo cogió por un brazo, otro por otro y lo elevaron en el aire. El chico empezó a patalear y Corey retrocedió al ver que se le acercaba el tercero.

—¿IBIZA? —exclamó Kee.

—¿Qué pasa? —Sioux estaba dando vueltas al móvil, intentando ver mejor—. ¿Quiénes son esos?

—¿Ese es Randy? —preguntó Seneca, sorprendido.

No lo habían visto más que un par de veces, pero justo la cámara lo enfocaba directamente a la cara. Sin dejar de retroceder, Corey levantó el teléfono de nuevo para mirarlos de reojo y que lo vieran a su vez.

—Sí, es Randy. Escuchad, es largo de contar —dijo—. Os llamo luego, ¿vale?

—No, no, ¡deja encendido y así lo vemos en directo! —exclamó Sioux.

—Joder, que he tenido que venir a toda leche con Randy a Ibiza a buscar a Romy y a Skylar y ahora los de seguridad nos están echando del hotel.

—¿Qué habéis hecho? —preguntó Kee—. ¿Por qué no llamas a la policía?

—Aparentemente, hemos dormido más tiempo del permitido en un sofá de recepción.

—¿Eso es ilegal en Ibiza? —preguntó Seneca.

—¡Yo qué sé!

Tropezó con una silla y soltó el móvil, que tuvo que cazar al vuelo y hacer malabarismos para que no acabara destrozado en el suelo.

—¿Quieres dejar de agitar el móvil? —protestó Kee—. ¡Nos estás mareando!

—¡Acabo de deciros que me están echando!

—Si gritas, la vamos a tener —avisó el hombre—. Hagamos esto fácil, ¿de acuerdo? Sigue retrocediendo hasta la puerta y no pasará nada.

—Joder, parece *Terminator* —dijo Sioux.

—Gracias, me ayudas mucho —replicó Corey.

Miró a su alrededor para no tropezar de nuevo y avanzó hasta la salida. Randy seguía sujeto por los dos hombres, con los pies en el aire.

—¡No vemos bien! —gritó Seneca—. Apunta hacia Randy, anda.

Corey lanzó una mirada al tipo de seguridad, que se había quedado bloqueando la puerta con los brazos cruzados, por si pensaba volver, y movió el móvil hacia Randy para que sus amigos lo pudieran ver bien.

—¿Por qué no lo sueltan? —preguntó Kee.

—Si volvéis a entrar, llamaremos a la policía —advirtió uno de ellos

—Vale, pero soltadme de una vez, que parezco un espantapájaros.

—¿Vas a echar a correr?

—¡Que no!

Dejó de patalear para demostrarlo, sin dejar de pensar que debía parecer un monigote ahí colgado de aquellos dos mastuerzos. Lo soltaron de pronto, por lo que perdió el equilibrio y acabó de culo en el suelo.

—Ay, joder, creo que me han roto algo…

Se frotó la espalda mientras los de seguridad volvían al interior del hotel y miró a Corey.

—¿Qué haces? ¿Un video para internet?

Él ladeó la cabeza, como si sopesara aquello, y miró la pantalla.

—En fin, pues ya veis que nos han echado del hotel.

—Entonces, que yo me entere —dijo Kee—. Skylar y Romy están en Ibiza.

—Sí.

—Y habéis ido a buscarlas.

—Exacto.

—¿Y qué hacen ahí? —preguntó Sioux.

—Aparentemente, Greg las ha traído en el avión privado de un colega.

Sus tres amigos se miraron y empezaron a murmurar entre ellos. Estupendo, ahora empezarían con sus teorías y consejos, para los que no tenía ni tiempo ni ganas.

Con un suspiro, se acercó para ayudar a Randy a levantarse con su otra mano.

—Yo creo que no están aquí —dijo este—. Hemos estado cuatro horas esperando y no las hemos visto.

—Porque hemos estado dormidos. Deberíamos ir al aeropuerto a buscarlas.

—¿Al aeropuerto? —preguntó Seneca, interrumpiendo las murmuraciones—. ¿Cuándo habéis llegado? ¿Ya os vais?

—Es una misión exprés —replicó Randy, asomándose a la pantalla para ver quién hablaba—. ¿Vosotros sois sus amigos?

—Sí, te los regalo si quieres —replicó Corey.

—Oye, eso ha dolido —espetó Sioux.

—¿Tenéis algún plan sólido o algo? —preguntó Kee, intentando encontrar algo de razón en todo aquello.

—Más o menos —contestó Corey—. Luego os cuento, ¿vale? Que los seguratas nos siguen mirando.

—Vale, llámanos.

Corey colgó y se guardó el móvil con un suspiro. El plan de esperar en el hotel no había salido como esperaba, porque lo único que habían hecho era dormir. Las chicas podían haber salido y entrado veinte veces y ni se habrían enterado. Al menos el aeropuerto era pequeño, allí no tendrían problemas en encontrarlas, aunque no sabían fijo la hora de su vuelo, solo que era por la tarde.

—Entonces, ¿al aeropuerto? —preguntó Randy.

—¿Tienes alguna otra idea?

El chico miró al interior del hotel, donde aún rondaban los seguratas, y después a su reloj. Lo más probable es que ni siquiera estuvieran allí las chicas, así que negó con la cabeza.

—Vale, vamos a por un taxi.

Por suerte, había una parada cerca del hotel y no tardaron en subirse a uno para que los llevara al aeropuerto.

A ver si allí tenían más suerte…

CAPÍTULO 9
JUEVES, NOCHE

Pese a que la idea de una fiesta en un barco sonaba muy bien, la verdad era que Skylar no terminaba de sentirse integrada. No podía decirse lo mismo de Romy, quien iba de un lado a otro, charlando con todo el mundo y siempre con una copa en la mano.

Mientras se arreglaban en el hotel, la morena había vuelto a expresar en voz alta sus intenciones de ligar, «por si acaso esta vez ya estoy lista».

Skylar no necesitaba otra demostración para saber que no lo estaba, pero si algo había aprendido esos días junto a la versión alocada de su amiga era que debía descubrirlo ella misma.

De manera que, enfundadas en dos vestidos de lo más brillantes y con unos tacones dignos de cualquier pasarela, ambas subieron al coche de Rodrigo decididas a divertirse en la fiesta.

—Cuánto glamur —comentó el chico, al verlas entrar.

Él también había aprovechado para ir a cambiarse, aunque su atuendo era más informal.

—Una fiesta es una fiesta —comentó Romy, y lo miró, pensativa—. ¿Los tacones serán un problema en el barco?

—Esperemos que no. —Rodrigo arrancó con una sonrisa divertida—. Puede que os los quitéis antes por cansancio, la fiesta seguramente durará toda la noche.

Al oírlo, Skylar suspiró para sí. Toda la noche eran palabras mayores, la verdad… no se había parado a pensar en ello. Por lo general, cuando salían estaban en tierra firme y la oportunidad de marcharse era accesible. En un barco lo veía complicado, a menos que quisiera regresar a nado, algo que no estaba dispuesta a hacer, y menos con los Loubotin que llevaba puestos.

Al llegar al puerto, Rodrigo aparcó y señaló con la cabeza una embarcación bastante grande con un «Betty Rose» escrito en la parte delantera. Su aspecto era más que bueno, la verdad, por lo visto el chofer se codeaba con gente de alto nivel.

—¡Oh, qué preciosidad! —exclamó Romy, cogiendo del brazo al chico mientras atravesaban la pasarela de madera—. ¿Te he contado que mi ex y yo nos planteamos hacer la ceremonia en un barco?

—Qué original —comentó Rodrigo.

Skylar los seguía sin prestar demasiada atención a la cháchara de Romy, más preocupada de que uno de sus tacones no se colara por entre las rendijas de la madera y acabara estampada contra el suelo antes de tiempo.

—Sí, solo que al final lo descartamos. Randy se marea con solo darse la vuelta, así que…

La palabra «boda» penetró en el cerebro de Skylar. De repente, recordó que no habían cancelado ninguna cosa. Llevaban allí un par de días dedicadas a tomar el sol como si se acabara el mundo, obviando lo más importante, ¡cancelar la boda!

—¿Qué hora es? —preguntó, ya que su vestido no admitía reloj.

—Las diez —informó Rodrigo, solícito.

Ella hizo cálculos sobre el cambio horario. Llevaban seis horas de diferencia respecto a Atlanta, de modo que allí serían más o menos las cuatro de la tarde. Por ahí bien.

—¿Por qué? —quiso saber Romy, al ver su cara concentrada.

—Por nada. —Skylar le quitó importancia con un gesto.

Bien, ya tenía algo que hacer: unas cuantas llamadas.

Por suerte, conocía todos los preparativos y tenía hasta la agenda de Romy, ya que su amiga contaba con ella para casi todo. La conocía, estaba segura de que si le pedía que lo hiciera se haría la despistada, bien por falta de ganas o por no querer pensar en cómo se había ido todo al traste… por un motivo u otro, no lo haría y los pagos seguirían adelante, igual que los invitados que, a esas alturas, no habían sido informados de la cancelación del evento.

«Qué desastre», pensó la rubia.

El barco era todavía más bonito una vez dentro, y toda la cubierta estaba decorada como en una película: luces de colores para animar el ambiente, mesas con comida y un par de camareros que paseaban bandejas con copas. La música aún no estaba a pleno rendimiento, aunque Skylar no dudaba que cambiaría según avanzara la noche.

Rodrigo fue a saludar a sus amigos, muchos de los cuales habían estado por la tarde en la playa.

—Vamos a comer algo —sugirió la morena—. Estoy muerta de hambre, y para beber hay que comer antes, ¿no?

Skylar la siguió, sin dejar de estudiar el Betty Rose. Madre mía, que enorme y precioso era aquel barco... podía imaginarse perfectamente saliendo a navegar en él los fines de semana. La idea estaba tan clara en su mente que casi podía verla como una sucesión de fotos: ella tumbada en la cubierta, tomando el sol y con un Martini a su lado. Por supuesto, con un marido de tez morena, gafas de sol caras y que supiera manejar aquel trasto sin necesidad de abrocharse la camisa. Una visión idílica.

Solo que, cuanto más lo pensaba, más veía la cara de Greg en ese supuesto marido. La siguiente imagen era ella, bebiendo un Martini tras otro, para terminar borracha perdida en su cuarto, porque si Greg fuera su marido seguro que dormirían en habitaciones separadas.

Sacudió la cabeza, disgustada. ¿En qué momento se había transformado su lujosa fantasía en un asco de pesadilla?

—Oh, canapés de salmón —comentó Romy, cogiendo un plato para empezar a servirse un poco de todo. La miró—. ¿No tienes hambre?

Skylar agarró un plato de forma autómata y puso encima un par de canapés sin mirar siquiera.

—¿Estás bien? —Romy la miró—. Apenas has hablado desde que fuimos al hotel. Pareces un poco ausente.

—¿Qué?

—No parece que estés disfrutando demasiado de la escapada...

—¿Por qué lo dices?

—Todo el tiempo tienes tu cara de negocios.

—¿Mi cara de qué?

—De negocios, ya sabes, concentrada. Se te pone cuando le das demasiadas vueltas a algún tema, así. —Romy miró hacia otro lado, tratando de imitar a su amiga.

—¿En serio tengo esa cara? Porque es como si estuviera colocada...

Romy sonrió, dándole un golpecito en el brazo. Cogió el plato lleno de canapés y le señaló con la cabeza las copas de champán, de modo que Skylar se hizo con ellas. Después siguió a Romy hacia la popa del barco y se sentaron en un lado junto al mar.

—La verdad que no hemos hablado apenas —comentó la morena—. No ha habido tiempo con todas mis locuras.

—Bueno, era lo que necesitabas.

—Las dos lo necesitamos. La mejor forma de olvidar a un tío es irse de juerga y sacárselo de encima —explicó Romy. Al ver que Skylar no asentía, alzó la ceja—. ¿No opinas igual?

—Puede, aunque creo que primero habría que intentar el diálogo.

—¿En serio?

—A ver, Romy, no digo que no entienda tu disgusto. Pero tampoco creo que salir huyendo sin decir nada a nadie sea la solución, no sé. ¿Qué pasa con la boda? A estas alturas, deberías haber cancelado al pastor, el restaurante, las flores… ni siquiera has llamado a los invitados.

Romy se mordió el labio, mirando en otra dirección.

—¿Y Randy? No has querido hablar con él.

—¡Me está engañando!

—Aun así, desaparecer de ese modo… estará preocupado por ti.

—Pues que se preocupe, le viene bien.

—Espero que luego no sea todo un enorme malentendido, porque entonces habría sido una metida de pata como una catedral.

—¿Cómo va a ser un malentendido el hecho de estar abrazando a su secretaria y diciendo que no quiere que su prometida se entere?

Skylar no tenía respuesta a eso, claro.

—Mira. —Romy se metió un canapé en la boca—. Ya sé que salir pitando quizá no sea la mejor manera de encarar la situación, pero es la única que se me ocurrió para no tener una crisis nerviosa. Con mis antecedentes, tuve que elegir entre depresión o cometer una locura, ¿entiendes?

La rubia asintió.

—Ya sé que me estás apoyando al cien por cien, que me acompañas a todas partes y tratas de que no cometa locuras aún mayores, y te lo agradezco de corazón. —Romy le apretó la mano—. Intento gestionar esto como buenamente puedo, bailar y beber me ayudan a verlo de otro modo.

—Vale, de acuerdo. Pues baila y bebe todo lo que quieras —asintió Skylar.

—¿Y cómo lo llevas tú?

—Necesito estar ocupada para no pensar, ¿qué te parece si empiezo a cancelar cosas y así me distraigo?

Romy la miró, tragando saliva. Por un lado, se daba cuenta de que Skylar estaba peor de lo que le parecía en principio, tener que recurrir a mantener el cerebro activo lo dejaba claro. Por otro, cancelar la boda hacía que todo se volviera real. Llevaba dos días viviendo una especie de irrealidad y aquello sería la confirmación oficial de que su historia de amor se había ido a la mierda.

—Oye, sé que casi te obligué a borrar el teléfono de Corey —murmuró—. Pero si de verdad necesitas hablar con él, hazlo.

Skylar sacudió la cabeza. ¿Para decirle qué? ¿Que volviera con ella? Si ni siquiera la había dejado explicarse. A ella siempre la tachaban de inflexible, pero Corey tampoco iba a recibir el título de tío comprensivo del año, no.

—Esto es mi culpa —dijo Romy de pronto.

—¿El qué?

—Lo vuestro, es culpa mía.

—No lo es —se apresuró a aclarar Skylar.

—De no ser por mi crisis, no habrías faltado a vuestra cita. Prácticamente te agarré del pelo y te obligué a subirte al avión. —Romy parecía a punto de llorar.

—Cálmate. —Skylar le pasó la copa de champán—. Corey y yo ya teníamos problemas de antes, te recuerdo que habíamos roto.

—Estabais en proceso de arreglo.

—Mira, en ese momento me necesitabas y no hay más que hablar. Ya sé que yo soy la que lleva la fama de insoportable y él la de tío guay, pero a veces tu hermano es para matarlo.

—Lo sé de sobra. —Romy soltó una risita—. Y tú no tienes fama de insoportable.

—Me da igual si es así, hago lo que considero que debo hacer. Si me hubiera dejado explicárselo, creo que lo habría entendido, aunque ya no lo sabremos.

—Podéis hablar a la vuelta —sugirió Romy.

—¿Para qué? ¿Para seguir discutiendo toda la vida? Es agotador.

Romy la entendía. Al menos, ella nunca había tenido ese problema con Randy: ellos dos siempre estaban de acuerdo en todo, se complementaban a la perfección y tenían gustos parecidos. Su hermano y Skylar eran la noche y el día, no se trataba de limar una pequeña aspereza, era un esfuerzo mucho mayor. A pesar de todo, deseaba animarla y que no creyera que todas las relaciones eran perfectas menos la suya.

—Eso lo comprendo.

—Tú no puedes entenderlo, nunca discutes con Randy. No sabes lo mucho que frustra que cada pequeña cosa sea motivo de pelea.

—¡Sí que discutimos! Y con la boda más. El efecto Kylie.

Skylar frunció los labios, no muy segura de haberla entendido.

—¿El efecto qué?

—El efecto Kylie. Ya sabes, Kylie Minogue.

—¿Se supone que debo saber de qué hablas?

—Ya sabes que yo quería poner *Hungry eyes* como baile de novios, ¿verdad? —La rubia afirmó, recordando haberla escuchado en la fatídica prueba de vestido—. Pues Randy quería *2 hearts* de Kylie. ¿Te lo puedes creer?

Skylar buscó en su cabeza, intentando encontrar la melodía. Daba igual, fuera la que fuera no parecía que Kylie Minogue pegara demasiado en un baile de novios de ninguna boda.

—Ahora mismo no caigo en qué canción es —murmuró.

—¿Sabes que hasta se ha aprendido una especie de coreografía?

—¿Qué?

—Sí, he tenido que verla varias veces. Durante todos los preparativos hemos estado en plan: «¡*Hungry*!» y «¡No, *Hearts*!». De locos.

—No sé si es exactamente lo mismo, pero…

—¿No te anima ni un poquito?

—Vale, un poco sí. Es terrible que no lleguéis a un acuerdo en la canción de vuestro baile de boda —aceptó la rubia—. Eso os quita puntos como pareja perfecta.

—Sí, y ya la infidelidad ni te cuento. Al menos sabes que Corey jamás haría una cosa así.

Sí, en eso tenía razón, no lo podía negar. Corey era tan sincero que a veces prefería no oírlo hablar, pero en ese aspecto no le preocupaba, no era ese tipo de chico que miraba a cualquier fémina que pasara por delante. Para eso ya estaban sus amigos raros.

—¿Tan grave es lo del traje? ¿No puedes pasarlo por alto?

—Lo hubiera dejado pasar de saber qué iba a acabar sí, la verdad. —Skylar se bebió la copa de champán de un solo trago tras admitir aquello—. Pruébalo, esta bueno.

Romy le frotó el brazo y se bebió su copa de champán también de un trago. Iba a añadir algo más cuando una de las chicas del grupo se les acercó, meneando las caderas.

—¿Qué hacéis ahí? ¡Venga, a bailar! —pidió—. Skylar, Rodrigo nos ha dicho que eres relaciones públicas y se te da de miedo romper el hielo, ¿te vienes?

—Sí, enseguida —asintió ella—. Primero tengo que hacer un par de llamadas.

Miró a Romy, que asintió a su pesar. Su amiga tenía razón y no podía retrasarlo más: era jueves por la noche y no podía seguir ocultando que la boda se cancelaba.

—Te esperamos en la pista —dijo, incorporándose—. No tardes, ¿vale?

Skylar afirmó, observándolas marchar. Cogió su teléfono para buscar la agenda de la boda, donde guardaba todos los teléfonos, y decidió empezar por el restaurante: al fin y al cabo, si uno perdía el dinero de un ramo no era tan grave como la señal del banquete. Que visto lo tarde que iban fijo que lo perdían, pero si no recordaba mal, esa parte la había pagado Randy, de modo que no era tan malo.

Marcó el número y aguardó unos segundos hasta que al fin respondieron al otro lado, pero no tuvo tiempo de hablar porque en ese momento apareció Rodrigo.

—¡Hola! —saludó este—. ¿Qué haces aquí sentada? No, esto es una fiesta, ¡vamos!

—Sí, solo estaba… —empezó ella—. Bueno, tardo un minuto.

—Ni hablar, ya es hora de que animes esa cara. —La agarró del brazo para hacer que se levantara—. No vas a pasar página de lo que sea de este modo, tienes que poner de tu parte.

—De verdad, esto es una cosa de trabajo.

—No se trabaja en las fiestas. Vamos.

Skylar descubrió que no era tan fácil deshacerse de Rodrigo, quien al parecer tenía la misión de sacarla de su estado. Colgó la llamada, pensando que la haría después, y se incorporó para coger la copa de champán que el chico le tendía.

—Te voy a presentar a mis amigos —dijo él, encaminándola hacia un nutrido grupo masculino que charlaba ruidosamente junto a la mesa de bebidas—. Me han preguntado por ti.

De ese modo, Skylar vio acallado el ruido de su cabeza con aquel escandaloso grupo de chicos que al instante comenzaron a darle conversación.

La siguiente vez que se reunió con Romy, ambas llevaban una cantidad de alcohol considerable en el cuerpo y Skylar estaba más relajada.

—¿Has podido hacer alguna llamada? —preguntó Romy, con una risita.

—No. Si consigo estar sola en algún momento lo haré.

—No te preocupes, en breve ya será tarde, así que… —Miró al grupo—. ¿De qué habláis?

—Del glamur en el *camping* —comentó uno, bastante borracho a juzgar por los coloretes de sus mejillas—. Es un sitio muy chulo.

—¿Cuál?

—El tipi que hay aquí, uno por el que suelen pasar las famosas para hacerse sesiones de fotos, una hasta lo compró y todo, ¿quién fue?

—Kylie Minogue —contestó Rodrigo.

Las dos chicas se miraron.

—Esto tiene que ser una señal —dijo Romy.

—O una coincidencia —observó Skylar, terminándose su cóctel de un trago.

—¿Está guay? —preguntó la morena, dirigiéndose al grupo.

—Es un sitio guay —comentó uno de mirada perdida, que combinaba sorbos de champán con un canuto diminuto—. Hay una casa donde viven las dueñas, un estudio y el tipi. Es *camping* glamur, si te gustan los espacios abiertos y bucólicos...

—¿Kylie vive allí? —preguntó Romy, con los ojos como platos.

Los chicos se miraron entre ellos, echándose a reír al momento.

—¡Qué va!

—Ah, como has dicho que era la dueña...

—Vino a una sesión de fotos y se encaprichó del tipi, así que lo compró. Pero después lo vendió, ya se sabe, caprichos de estrella. Ahora tiene unas dueñas más terrenales.

—¿Y lo alquilan? —preguntó Romy, y se giró hacia Skylar—. ¡Podríamos ir!

—¿Qué? —La rubia se giró, con una cara que dejaba bien claro que pensaba que no estaba en sus cabales.

—Venga, suena muy divertido. Seguro que hay una playa preciosa cerca, podríamos ir mañana a pasar la noche.

Hubo un cruce de miradas entre el grupo, la mayoría divertidas, aunque ninguna se percató porque estaban concentradas en discutir entre ellas.

—¿Quieres ir de *camping*? —preguntó Skylar—. ¡Si es lo más incómodo del mundo!

—Esto no es *camping* normal, es *glamping*.

—¿Y qué diferencia hay?

—Ya los has oído, es muy guay. Además, ¿cómo iba a estar mal si la propia Kylie Minogue lo compró?

—Y lo dejó.

—Porque seguro que no supo apreciar la belleza del entorno.

—Wow... es que a mí eso de dormir en una colchoneta no sé si me...

—¡*Glamping*! —repitió Romy con firmeza, y la sacudió por los hombros—. Tendrá camas comodísimas, fijo, ¡con dosel y todo! Como en la peli de Bridget Jones cuando se va al festival ese londinense y se pilla algo similar.

Skylar no recordaba mucho de esa película, solo imágenes difusas de la actriz principal haciendo el ridículo en diversas situaciones. Pero no iba a dudar de Romy, las peripecias de Bridget Jones era su saga preferida y se la sabía entera: si ella decía que había un *glamping*, debía ser cierto. Además, la cabeza le daba tantas vueltas que tampoco se veía capacitada para buscar argumentos en contra, empezaba a ser consciente de que era más fácil seguir la corriente y dejarse llevar.

—Bueno, vale. —Miró a los chicos—. ¿Alguno tiene el número?

—Yo conozco a Belinda —explicó el del canuto—. Si queréis la llamo por vosotras. Es que voy mucho, a meditar.

—A meditar —repitió Skylar—. Vale.

Romy prorrumpió en carcajadas, aunque ninguno lo tomó en cuenta porque ya se sabía, cuando alguien estaba borracho no se hacía caso de sus tonterías. El joven de mirada perdida dio tres caladas más y sacó su móvil para llamar.

—Seguro que no hay problema, estamos en temporada baja —explicó.

—Eres una amiga de diez. —Romy abrazó a la rubia y bajó el tono—. ¿Qué opinas sobre ese chico pelirrojo? Creo que se llama Alejandro, aunque no estoy segura. Menudo lío me hago con los nombres de esta gente.

—¿Qué me parece de qué?

—¿Crees que querrá enrollarse conmigo?

—¿Otra vez? ¿Crees que ya estás preparada?

—¿No me ves mejor?

—No sé. Lo que más te veo es bastante borracha en general…

—¡Tú también has bebido!

—A ver, en esta fiesta no se puede hacer mucho más. ¿Y si llamamos a las chicas y preguntamos al consejo de sabias qué deberías hacer?

—¡Buena idea! —Romy pareció entusiasmada—. Verás cómo sale que sí, Kat fijo que me apoya.

Las dos se alejaron del ruidoso grupo hasta encontrar un sitio más o menos despejado desde donde poder escribir en el grupo. Otra vez se acomodaron junto al mar, aunque ya era totalmente de noche y la brisa mucho más fresca que la vez anterior. Skylar consultó el reloj y se dio cuenta de que habían pasado unas cuantas horas sin apenas enterarse… y al final no había hecho ninguna llamada. Cada vez que hacía el intento de coger el móvil, ahí aparecía Rodrigo para distraerla.

—¿Crees que Rodrigo trata de ligar conmigo? —preguntó, arrastrando las palabras—. Porque no se me despega, literal.

Romy volvió a las risitas, y su cuerpo se sacudía al mismo ritmo que reía.

—Me da a mí que lleva todo el día intentando captar tu atención —dijo, divertida—. En la playa también, lo que pasa que estás muy ausente.

—Es que yo pensaba que era gay.

—¿Por qué?

—¡No sé! Con el bronceado, la pinta de ir al gimnasio y ese grupo de amigos…

—Oye, pues a lo mejor. Puede que sea un gay de esos que adoran a las tías con estilo. —Romy se encogió de hombros, tampoco estaba en las mejores condiciones para analizar la conducta de Rodrigo con lupa—. ¿Qué hora será en Atlanta?

Ambas intentaron hacer cálculos, pero el alcohol comenzaba a hacer de las suyas.

—Ni idea —se rindió Skylar—. ¿La hora de cenar?

—O puede que estén durmiendo ya, si es así nadie me va a contestar —dijo Romy con cara de pena.

Decidieron probar de todos modos, así que Romy cogió su móvil decidida. En ese momento, fueron conscientes de que teclear iba a ser otro problema, porque las letras y emoticonos parecían saltar ante sus ojos.

—¡Maldita mezcla de champán y vodka! —protestó Romy, después de tener que borrar tres veces sus intentos por escribir «hola».

—¿Y si mandamos un audio? —sugirió Skylar.

—Buena idea. —Romy pulsó el botón y, tras dos intentos, logró estabilizar la grabadora—. ¡Hola, chicas! Os mandamos un audio porque estamos demasiado borrachas para escribir.

—Demasiado borrachas —repitió Skylar.

—¿Escucháis la música? No os lo vais a creer, estamos en una fiesta en una pasada de barco, ¡hay hasta camareros con bandejas de canapés y champán! Nos ha traído Rodrigo, que es un amor de tío que hemos conocido aquí.

—Nos lleva a todas partes —intervino la rubia.

—Tiene un grupo de amigos gigante y todos parecen estar solteros, esto es como un campo de nab… —Skylar le tapó la boca para que no terminara la palabra—. Bfffufff.

—Nos estamos divirtiendo, aunque os echamos mucho de menos. ¿Qué tal todo por ahí? Danni, espero que el nuevo trabajo bien, y Kat, ¿cómo va lo de Lawson? ¿Ya habéis quedado para vuestra primera cita oficial? Estoy deseando charlar con vosotras.

—Hasta ahora hemos estado en el hotel de Marco, que nos ha dejado una *suite* gratis. Lo tengo comiendo de mi mano —presumió Romy—. Aunque mañana nos vamos a un tipi muy glamuroso que hay aquí, ¡dicen que fue propiedad de Kylie Minogue! Seguro que a Randy le encantaría este dato… pobre, él no tiene la culpa de su pésimo gusto musical. ¿Os conté que pretendía poner *2 hearts* para abrir el baile, con coreografía incluida?

Soltó un bufido para dejar claro lo absurdo del tema. Skylar, viendo que empezaba a desvariar, decidió volver a intervenir.

—No sé yo qué tal será ese tipi, pero nos lo han recomendado todos los amigos de Rodrigo, y a lo mejor nos viene bien un poco de paz, que nos estamos pasando con tanta juerga. Yo ya no sé ni donde tengo la cabeza la mayor parte del día, la verdad.

—Skylar quiere cancelar mis cosas de la boda. —Romy volvió a reír a carcajadas—. ¿No es desternillante que casi sea viernes y aún no haya llamado a ningún sitio? En fin, como siempre digo, lo que tenga que ser, será.

—Intentaremos hablar con vosotras en algún momento en que la diferencia horaria nos lo permita, que nos hacemos un lío calculando la hora en Atlanta. Espero que estéis todas bien, escribid en el grupo del WhatsApp para que así al menos os leamos.

—Si mañana no estamos operativas, recordad el tipi. Allí fijo que no habrá cobertura —añadió Romy—. ¡Chao, bellas!

Lanzó una serie de besos al móvil y cortó el audio.

—¿Sonábamos más o menos decentes? —preguntó Skylar, dudosa.

—Sí, sí, super sobrias, seguro —afirmó Romy—. Además, la música tampoco está tan alta, fijo que se nos oye a la perfección.

—Vale.

—¿Volvemos con los chicos?

Ambas miraron en dirección al grupo, donde Rodrigo y su amigo pelirrojo les hacían señales para que regresaran junto a ellos.

—Has olvidado la pregunta al consejo —comentó entonces Skylar, al ver al pelirrojo.

—¡Mierda! ¡Si justo he llamado para eso!

—Mira, vamos a charlar otro rato con él y luego vemos cómo va la noche, ¿te parece bien? —sugirió la rubia.

Romy no tenía ganas de volver a sacar el móvil para repetir la operación del audio, aparte de que ninguna de sus amigas parecía estar en línea, lo que significaba que no iban a resolver el problema a tiempo. O se lanzaba o no, la decisión dependía de ella. Y de Skylar, que tan acertada había estado la noche de Pachá… mejor seguir sus consejos, estaba bastante más centrada que ella.

—Tienes razón —aceptó—. Casi mejor paso de chicos esta noche. Me apetece bailar y divertirme, nada más.

—Te lo recordaré dentro de un rato —sonrió Skylar.

—Tu solo no dejes que me caiga por la borda o algo similar, ¿eh? Si ves que me pongo en plan «soy el rey del mundo» en la popa... ¿o es en la proa?

Skylar parpadeó, encogiéndose de hombros.

—No prometo nada, excepto grabar un video para la posteridad —bromeó.

—Cabrona.

Le rodeó los hombros con el brazo y ambas se encaminaron de vuelta hacia sus nuevos mejores amigos por esa noche.

El taxista detuvo el vehículo delante del aeropuerto. Corey le dio unos billetes y bajó a toda prisa al ver que Randy salía disparado en dirección a la puerta de entrada. Al menos no podía negar que tenía iniciativa, aunque eso sí, con poca cabeza, que había cruzado sin mirar y un coche no se lo había llevado por delante por poco.

—¿Quieres calmarte? —le dijo, sin molestarse en correr.

—¡El avión podría estar despegando en este mismo momento!

—Y no podrías hacer nada, así que, ¿para qué correr?

—No sabemos lo que tardaremos en localizar la puerta de embarque, podríamos tardar y...

—Llegaremos en dos minutos.

—¡Ja! —exclamó Randy, dejándolo con la palabra en la boca para entrar.

Corey lo siguió, mirándolo con curiosidad.

—¿A qué viene ese «ja»? —preguntó.

—A tus dos minutos, que todos sabemos que son dos horas.

—¿Cómo?

—No disimules, Romy bromea sobre ello siempre. Ya me contó que es una manía tuya que saca de quicio a Skylar. Mira, a lo mejor por eso ha pasado de ti.

—Genial. Yo vengo aquí para ayudarte con mi hermana, ¿y tú me tocas las pelotas?

—Perdona, estoy nervioso. —Randy miró alrededor, como si esperara encontrar a Romy en cualquier parte—. No me hagas caso. Voy a preguntar en información.

Se fue sin esperar respuesta y Corey recorrió el lugar con la mirada, tratando de encontrar una barra de bar. Con suerte, podría beberse diez cervezas y seguro que de ese modo soportaría a Randy de mejor humor, porque se le empezaba a atascar después de tantas horas a su lado.

Entre la escenita de acosador chiflado del hotel, que lo sacaran en el aire, las prisas que le había metido al taxista, su casi atropello y que en ese mismo momento estuviera gritando a la mujer del mostrador de información… se reafirmaba en su idea de que no hacían migas en absoluto. Con la charla en el avión había visto otra parte de él, pero ahora volvía a ser el maniaco con el que llevaba viajando las últimas veinticuatro horas. Veinticuatro horas que parecían doscientas, y aún no las tenía todas consigo de que no liara otra escenita típica de una película ñoña: ya lo visualizaba aporreando la puerta del avión con la policía detrás mientras chillaba cualquier tontería.

Se reunió con él en el mostrador, donde la mujer de información lo miraba con el ceño fruncido.

—¿No puede darse prisa? —insistía Randy.

—Hago lo que puedo —gruñó ella—. El ordenador va a su ritmo y no es fácil encontrar la combinación que buscan, vuelos a Atlanta directos no hay desde aquí.

—Claro. —Corey le cogió el brazo con una fuerza considerable, para a ver si así se daba por aludido y dejaba de acosarla—. Tranquila, no tenemos prisa.

Ella relajó la expresión ante el tono conciliador de Corey y siguió tecleando. Finalmente alzó la vista.

—Aún es pronto, por eso no ha salido en pantalla. La hora del vuelo es a las nueve y media, hay que embarcar a las nueve. Más o menos, claro.

—Muchas gracias —dijo Corey, mirando a Randy en plan: «¿Lo ves, plasta?».

—¿Cuál es la puerta de embarque? —preguntó Randy—. ¿La puerta de embarque? ¿La…?

La mujer dejó de sonreír al escucharlo y lo fulminó con la mirada.

—La cuatro —dijo, con un resoplido.

Randy le dio la espalda y Corey fue detrás, tras lanzar una mirada de disculpa a aquella persona que sin duda no tenía la culpa de la salud mental de su «cuñado».

—No hace falta correr. Tiene ocho puertas de embarque y solo una entrada de seguridad, no creo que nos perdamos aquí.

El chico se detuvo. Se aflojó la corbata sin dejar de mirar a su alrededor, con una expresión tan angustiada que Corey sintió lástima. No mucha, la justa. La verdad era que llevaba todo el tiempo con esa cara y sabía que no era fingido, de modo que decidió intentar obviar sus comportamientos de loco.

—Calma, las veremos llegar seguro —dijo, dándole una palmadita.

Randy se dejó caer en una fila de asientos que estaban frente a la entrada, desde donde tenían controlado el flujo de pasajeros.

—Estoy agotado —confesó.

—No me digas —murmuró Corey, sentándose a su lado—. Imagina yo, que no hago más que correr detrás de ti. E intentar que no te lleven a la cárcel.

—Ya. —Randy se pasó la mano por el pelo—. Antes he perdido los papeles, lo sé. Normalmente no soy así.

—¿No? —Corey trató de moderar el sarcasmo en su voz.

—Es una pena esto. Siempre pensé que cuando al fin pudiéramos charlar o algo, podrías ver mi mejor cara… y resulta que estás viendo la peor.

—¿Lo dices porque pareces un maniático? Tranquilo.

—Estoy agotado, necesito dormir y comer, pero no puedo concentrarme en nada de eso hasta que no hable con Romy. Es en lo único que pienso.

—No, si ya. Una cosa, intenta no pelearte con todos los organismos oficiales de esta isla, ¿vale? En algún momento tendremos que salir de ella.

El chico afirmó, sin quitar el gesto sombrío. La verdad era que lo de dormir, comer y darse una ducha también a Corey le parecía maravilloso, solo que no podían. Lo primero era lo primero, estar ahí al pie del cañón para por fin localizar a las chicas.

—Deberíamos coger los billetes para ese mismo vuelo, ¿no? —preguntó Corey, de pronto—. No vaya a ser que encima nos quedemos aquí tirados y, además, no podemos pasar seguridad para ir a la puerta del avión sin tarjeta de embarque.

—Sí, tienes razón. Ni lo había pensado, ¿ves a lo que me refería? —Randy sacudió la cabeza de un lado a otro, negando—. ¿Es seguro que volvían hoy?

—Eso me dijeron las chicas, que era un viaje de dos días y que volvían por la tarde.

—Vale, vale. Esto de andar a ciegas…

—A ver, vamos a hacer lo siguiente —dijo Corey, con tono decidido—. Tú vas a sacar los billetes y yo voy a comprar comida. Y cerveza.

Randy se apresuró a asentir. Con lo organizado que era en su día a día, allí se estaba portando como un pato mareado, y que un tío tatuado y poco serio se hubiera convertido en la voz razonable del dúo le daba que pensar.

—Sí, genial, buen plan.

—No, espera, mejor compro yo los billetes. Creo que no le has caído bien a la mujer del mostrador.

—Entendido.

Corey le dio una palmadita de ánimo y se acercó por segunda vez al mostrador. Observó cómo Randy iba a la cafetería más cercana, con un paso más tranquilo, así que decidió no preocuparse más. Le pidió a la mujer dos billetes de regreso a Atlanta y, mientras esta tecleaba, se giró para apoyarse en el mostrador.

Justo en el momento adecuado: Greg acababa de entrar por la puerta principal. Skylar se lo había presentado en una ocasión, después de eso no le sonaba haberlo visto más veces.

Daba igual, lo reconocería en cualquier parte: traje impecable y ni un solo pelo fuera de lugar, que no se explicaba cómo su cuello lograba sujetar el peso de tanto producto de fijación.

—Un minuto —le dijo a la mujer—. Ahora vuelvo.

Abandonó el mostrador y se interpuso en el camino de Greg. Este pegó un respingo y retrocedió de golpe, sorprendido por verse interceptado… entonces se dio cuenta de quién era la persona que se había metido en su camino y se quedó sin habla.

—Hombre, Greg. Te estaba esperando.

—¿A mí? —El chico palideció y dio otro paso hacia atrás—. ¿Por qué? ¿Y qué haces aquí?

Randy se aproximaba en ese momento, con una bolsa entre las manos. Al ver a Greg puso cara de extrañeza y terminó de cubrir la distancia hasta llegar a ellos.

—Hey —saludó, poniéndose junto a Corey—. ¿Es este?

—El mismo, sí.

—¿Yo soy quién? —preguntó Greg, mirando a uno y a otro, pensando si iban a darle una paliza o algo similar.

—Eres Greg, ¿no? —preguntó Randy—. ¿No viniste con mi novia y la suya?

Greg los miró, tragando saliva. Su cara era la viva imagen de la culpabilidad, casi sentía que había hecho algo malo pese a saber que no era así. De cualquier modo, el novio de Skylar le daba respeto desde que lo vio por primera vez, y la verdad, el que iba con él parecía un *yuppie* colocado que se hubiera pasado la noche de *after* en *after*.

—Me acompañaron, sí —admitió, alzando las manos en gesto de paz.

—¿Y ahora están en…? —preguntó Corey.

—Se han quedado un par de días más —respondió Greg—. He comido con ellas y se suponía que volvían conmigo, pero Romy quiere quedarse. Necesita tiempo, ya sabes, por lo del capullo de su novio.

Usaba su mejor tono inocente, cualquier cosa para no irritar al tipo de los tatuajes. Y a pesar de eso, no las tenía todas consigo de que no se marchara con un ojo morado.

—Yo soy el capullo —comentó Randy.

—¡Ah! ¿De veras? —Lo miró con interés, interiorizando entonces lo que le había dicho antes y que no había escuchado bien, preocupado más por Corey—. Lo siento, no quería decir eso. Bueno, ella te llama así, por eso yo…

—No lo estropees más —le cortó Corey.

—Vale. —Greg se calló de golpe—. ¿Me vas a pegar?

—¿Qué?

—Que si me vas a pegar.

—¿Por qué? ¿Has hecho algo para que te pegue?

—No, no —se apresuró a decir Greg en tono pacífico—. En serio, prácticamente no las he visto en estos dos días, solo en la cena del primer día con mi amigo Marco, eso es todo.

—¿Qué amigo? —quiso saber Randy.

—Marco, el dueño del hotel donde están alojadas. Os paso la dirección ahora mismo, tengo aquí una tarjeta. —Greg se palpó los bolsillos del traje hasta encontrarla—. Marco las ha cuidado mucho, la *suite* gratis y hasta tienen un chófer que las lleva a todas partes.

Le tendió la tarjeta a Corey y este se la arrebató de golpe, arqueando la ceja.

—¿Ellas están bien? —preguntó Randy.

—Sí, ya os digo que las he visto poco, han ido por su aire. Hoy estaban en una fiesta en la playa, he pasado a buscarlas y justo me han dicho que no se iban.

—Este dichoso hotel, ya lo conocemos —refunfuñó Randy, al ver la tarjeta—. No han querido decirnos en qué habitación estaban, y nos han echado como si fuéramos delincuentes.

—¿Puedo irme ya? —preguntó Greg.

—¿Seguro que eso es todo lo que tienes que contarnos? —insistió Corey.

Greg no pensaba confesar que había insinuado a Skylar que lo plantara por él, y esperaba que tampoco lo hiciera ella. El rechazo había sido sutil pero claro como el agua; por mucho que le fastidiara, aquel tío con esas pintas le gustaba y él no.

—Sí, seguro. Oye —bajó el tono, aunque en realidad daba igual, porque Randy estaba tan cerca que lo escuchaba de todas formas—,

Skylar y yo solo somos compañeros de trabajo que se llevan bien, eso es todo. Te lo prometo.

Total, los detalles no importaban, solo conservar la integridad de su cara y huesos.

—Tranquilo, que no te voy a pegar —comentó Corey—. No sé por qué piensas eso, la verdad, no voy pegando a la gente…

—Bueno, entonces… me puedo ir, ¿no?

—Gracias por la información —dijo Randy, dándole un empujón que pretendía ser amistoso.

Greg retrocedió sin quitarles ojo, no muy seguro de que no cambiaran de idea y recibiera una paliza de todos modos. Claro que el tal Corey tampoco parecía agresivo, si debía ser sincero.

Los dos observaron al joven ejecutivo ir hasta el mostrador para coger la tarjeta de embarque, y la mujer les hizo una señal.

—¡Eh! ¿Queréis los billetes o no?

Randy se volvió hacia Corey.

—Cambio de planes —dijo—. Alquilamos un coche y volvemos al hotel. Esta noche hablo con Romy aunque tenga que escalar el edificio.

Comenzó a andar con tono decidido y Corey, tras unos segundos, fue detrás. Miró el mostrador con cara de pena, no muy seguro de si prefería volar de regreso con Greg a seguir dando vueltas en aquella isla que parecía haberse tragado a las chicas.

CAPÍTULO 10
VIERNES, MAÑANA

—Estoy pensando una cosa —dijo Randy, de pronto.

Corey, que se había quedado medio adormilado en cuanto habían subido al coche, suspiró fastidiado. Joder, que se caía de sueño…

—¿Coger una habitación en el hotel y que así no nos echen? —murmuró.

—No, no, nada de eso. —Frunció el ceño—. Aunque no es mala idea, se te podía haber ocurrido antes.

—Ya, es que no pensaba tener que dormir aquí, supongo.

—Da igual, porque mi idea es no ir al hotel.

Entonces sí, a Corey no le quedó otro remedio que abrir un ojo. Y el otro, al ver que Randy tenía expresión concentrada como si hablara en serio.

—¿A qué te refieres? —preguntó, incorporándose un poco, a su pesar.

—El de la laca ha dicho que apenas las ha visto y que además hoy andaban en una fiesta en la playa.

—Sí, pero no en cuál, y no pienso pasarme la noche yendo de playa en playa. Es absurdo.

—No, estaba pensando en Romy. —Se tocó la sien para enfatizarlo—. Ella no es de fiestas, no le gusta andar de juerga ni beber a lo loco.

—Ajá. Y tu conclusión es…

—Que estará dándolo todo en alguna discoteca.

Corey elevó una ceja, perdido totalmente. No tenía ni idea de cuál había podido ser su línea de pensamiento para llegar a ese razonamiento.

—¿Me lo vas a explicar? —preguntó.

—Claro, es fácil. Está haciendo todo lo opuesto a lo que haría normalmente, jamás en su sano juicio se habría cogido un vuelo o pensaría en cancelar la boda. Está cabreada conmigo, dolida, y seguro que piensa que yendo de juerga pasará mejor el mal trago.

—Ya.

—Siempre dice que le gusta salir con las chicas, pero que nunca ha hecho lo que se supone que una debe hacer cuando está soltera, así que… —Abrió mucho los ojos—. Joder, joder, joder.

—¿Qué? —Corey se agarró al asiento, mirando por la ventanilla—. ¿Algún animal?

—No, calla. Joder, estoy pensando… Porras, espero que no haya hecho ninguna tontería como enrollarse con otro.

—Creo que mejor dejas de pensar. —Aflojó la presión en el asiento y le dio un par de golpecitos en un hombro, convencido de que su hermana no haría algo así—. Tranquilo, vamos al hotel, descansamos y seguro que las vemos en el desayuno.

—No. —Movió la cabeza con energía y le señaló—. Saca tu móvil y busca cómo llegar a Pachá.

—¿A dónde?

—Pachá, por Dios, ¿no has oído hablar de esa discoteca?

—Claro, pero dudo que vayan allí.

—Ya está anocheciendo, así que estará abierta. Busca cómo ir, no perdemos nada por echar un ojo.

«Nada, solo unas horas de sueño más», pensó Corey.

Tenía tanto cansancio y *jet lag* que comenzaba a pensar que, si las encontraban, no las reconocerían. La siesta en el hotel solo había conseguido destrozarle el cuello y despistar aún más a su reloj interno. Y algo debía haberle afectado al cerebro, porque se sorprendió sacando su móvil y buscando la dirección de la conocida discoteca.

—Estamos a media hora —le informó.

—Perfecto.

Giró según le indicaba el móvil y, por el rabillo del ojo, vio que Corey se había puesto muy serio.

—¿Qué pasa? —preguntó.

—¿De qué?

—No sé, tienes cara rara.

Corey pensó en contestarle cualquier burrada, aunque se calló a tiempo. Las circunstancias hacían que tuviera que aguantarlo unas cuantas horas más y mejor si no acababa alguno de los dos abandonado en una cuneta en medio de la nada.

Se pasó la mano por la cara, como si así pudiera relajar un poco su expresión, aunque no lo consiguió del todo. Lo que le había dicho Randy podía sonar absurdo, lo malo era que tenía todo el sentido del mundo y no podía estar más de acuerdo con él, porque esos mismos comentarios sobre ir de fiesta se los había hecho a él. El problema era que ese mismo razonamiento lo estaba aplicando a Skylar, y claro, como la chica siempre era tan imprevisible y cabezota, no sabía qué esperar. Por la cara de Greg mientras hablaban de ellas, estaba prácticamente seguro de que no había mentido. Claro que, entonces, tampoco el señor laca tenía idea de qué habían estado haciendo las dos chicas, ya que apenas las había visto.

Otro problema era qué pasaría cuando las encontraran. Porque claro, ¿qué les dirían? ¡Ni siquiera se habían parado a pensar cómo iban a reaccionar! Empezaba a imaginarse una escena involucrando copas volando a su cabeza, o al menos a la de Randy, y carraspeó.

—¿Has pensado en el «después»? —preguntó.

—Nos volvemos a Atlanta y nos casamos.

—Vale, no en ese «después», me refiero al más inmediato. Cuando las encontremos.

«Si las encontramos».

—Le explicaré todo, volvemos a Atlanta y nos casamos.

—Qué fácil lo ves.

—Estamos hechos el uno para el otro. Te lo dije, ella es una entre un millón, así que haré todo lo que haga falta. ¿Y tú? ¿Ya lo has pensado?

Corey negó con la cabeza. No la tenía tampoco como para pensar demasiado, por lo que su plan seguía basándose totalmente en la improvisación.

Si alguien le hubiera dicho que por una tontería de nada como un traje iban a acabar así, probablemente hubiera pensado que estaba chalado. Y, también, que no tenía mucho sentido y quizá debía comenzar con eso la conversación y decirle a Skylar que no se pondría vaqueros en la boda. Eso no era un cambio duradero, solo un compromiso temporal para una ocasión puntual y no sería como ceder del todo, ¿no?

Claro que tampoco estaba seguro de que fuera suficiente. La duda seguía ahí, ¿y si ella después volvía a pedirle otro cambio? Podía haber mil ocasiones, una fiesta en su empresa, un cumpleaños, otra boda… Y de un día para otro, se veía tatuando con corbata.

—No, eso jamás.

—¿El qué?

Corey se dio cuenta de que había estado hablando en voz alta y sacudió la cabeza.

—Nada, solo… pienso en las líneas rojas.

—¿El traje de la boda?

—Pensaba ahora en una corbata, más bien.

—A mí me gustan.

—¿No sientes como si te fueras a ahogar con ella?

—No, supongo que me he acostumbrado. Es como si yo te pregunto por tus tatuajes.

—No es lo mismo, no son incómodos.

—No, pero son siempre los mismos.

—Obvio, son tatuajes.

—¿Y no te aburres de ellos? Yo llevo traje, vale, pero los voy cambiando y no sé, no me parece que vaya igual siempre. Tus tatuajes son como tu uniforme, solo que siempre es el mismo, ¿nunca te has parado a pensarlo?

—Pues no.

Corey frunció el ceño. Aquello que Randy estaba diciendo era una tontería y una absurdez, ¿cómo podía comparar sus tatuajes con ir de traje al curro?

—A mí me gusta mi trabajo y mis tatuajes, tengo libertad total.

—Si tú lo dices…

—Soy mi propio jefe, Randy. No se puede tener más libertad que esa.

—No podrías ir con traje a hacer un tatuaje.

—Tampoco quiero.

—Pero si quisieras, no podrías. No me imagino a ningún tatuador con un traje de Armani haciendo una calavera en la espalda de un tío, ¿a que tú tampoco?

Corey abrió la boca para rebatirlo… y la cerró. Vale, eso que decía tenía su punto de razón, a él jamás se le ocurriría ir a un estudio donde el tatuador no llevara encima alguna de sus creaciones y mucho menos si no vestía informal… Claro que nunca lo había considerado un uniforme o un «traje», aunque en cierto sentido, como Randy había expuesto sí lo era.

—¿A dónde quieres llegar? —preguntó.

—Nada, no sé, pensaba en voz alta. Yo suelo ir así porque es mi estilo de vida, pero si voy a un concierto de rock, no se me ocurriría ponerme un traje.

—¿Es una forma extraña de convencerme para que me ponga uno en tu boda?

—Quizá, solo trataba de ayudarte con Skylar.

Vale, era una forma muy retorcida de hacerlo y Randy no estaba muy seguro de haberse explicado bien. Notaba que su cerebro trabajaba más despacio gracias al trajín del avión, hotel y coche, así que ni siquiera estaba seguro de que estuviera tomando las decisiones correctas. Lo que tenía claro era que quería y debía recuperar a Romy y que Corey, por mucho que no fuera su amigo del alma, estaba ahí con él… Qué menos que intentar ayudarlo con su tema de Skylar si podía. Algo había logrado, porque por la cara que tenía el chico, debía estar dándole vueltas a sus palabras.

Fuera como fuera, el navegador le indicó que girara y vio que estaban a un par de calles, así que, en cuanto vio un hueco entre dos coches, se apresuró a aparcar porque estaba seguro de que no tendrían sitio cerca de la discoteca.

Antes de bajarse del coche, se miró en el espejo retrovisor y se pasó las manos por el pelo revuelto.

—Madre mías, qué pintas… —Miró a Corey, que no parecía preocupado en absoluto—. ¿Cómo me ves?

—Ojeroso.

—Ya, gracias, tú también. Solo quiero causar una buena impresión en Romy.

—Sinceramente, Randy, llevamos no sé cuántas horas sin ducharnos ni cambiarnos de ropa, creo que tu pelo es el menor de nuestros problemas.

—No importa, en cuanto las encontremos nos podremos ir a un hotel.

Se bajó del coche y, mientras esperaba a Corey, se alisó un poco la ropa sin mucho éxito. Al menos estaba oscuro, así que no importaba mucho.

Siguieron las indicaciones del móvil para llegar hasta la discoteca, en cuyo exterior había gente esperando o charlando en pequeños grupos.

Randy se dirigió resuelto hacia la puerta, ignorando la cola, y Corey lo detuvo en seco cogiéndole de la manga y echándole hacia atrás.

—¿Qué haces? Tenemos que ponernos al final.

—Seguro que si untamos al de la puerta nos deja pasar.

—O se cabrea y nos veta, así que estate quieto y no la líes. Tampoco hay tanta gente.

A él tampoco le apetecía un pimiento estar ahí de pie como un pasmarote, pero después de las últimas experiencias, no confiaba nada en el talento del chico para tratar con la gente.

Se colocaron al final de una cola llena de gente joven, bien vestida y, sobre todo las chicas, con un montón de lentejuelas y accesorios brillantes que le hicieron pensar que pegaban tanto allí como un *emo* en una fiesta de unicornios.

Pronto tenían tanta gente detrás como delante, y, para su desesperación, la entrada se hacía muy escalonada y, media hora después, solo habían avanzado cinco metros.

Para empeorar las cosas, salieron unas azafatas ofreciendo unos chupitos gratis para hacer la espera más agradable. Randy se tomó tres en el tiempo en que Corey tragaba el suyo y se daba cuenta de que era noventa por ciento de alguna bebida energética con un diez por ciento de alcohol… justo lo que su futuro cuñado —o no, a ese paso—, necesitaba.

—Bien, bien, ¡ya estamos cerca! —exclamó Randy, tragándose un cuarto antes de que Corey pudiera evitarlo—. ¡Esto está buenísimo! ¡Dile a la chica que vuelva!

—Deja, creo que ya has tenido suficiente.

—Que no, que no. Mira, mira. —Le cogió la mano y se la puso en el pecho—. Pumba, pumba. Me va a mil, estoy en sintonía con la música.

—Si aquí no hay…

—Para cuando entremos. —Dio un par de saltitos—. Tengo buenas vibraciones, Corey, vamos a encontrarlas, verás.

A ese paso se encontrarían en una ambulancia con una taquicardia, más bien. Corey le distrajo como pudo para que no volviera a coger más vasitos infernales de aquellos hasta que, por fin, llegaron a la entrada.

El tipo de seguridad los miró de arriba abajo varias veces, como si no terminara de cuadrarle aquellas dos personas juntas en ese sitio.

—Taquilla —les dijo, señalando a su izquierda.

Corey sacó su cartera y se acercó a la ventanilla, donde una chica le sonrió con amabilidad.

—Cincuenta euros —le dijo.

El chico le entregó su tarjeta y entonces reparó en la presencia saltarina de Randy a su lado.

—Ah, que sois dos. —Sonrió—. Cien.

—¿Perdona? ¿Qué dais ahí dentro, caviar?

—Calla, calla —replicó Randy—, paga, paga.

Corey deslizó la tarjeta y lo empujó ligeramente, a ver si así se le pasaba el repetir todo como si fuera un disco rayado.

—Cóbrame las dos aquí —le dijo a la chica.

Hasta allí llegaban sonidos de música del interior, más bien solo golpes que Randy empezaba a seguir con su cabeza. Justo salía otra chica con una bandeja, y en el tiempo en que Corey tardaba en coger las entradas y guardar la tarjeta, Randy ya se había tomado otros dos.

—¿Quieres dejar de beber eso? —pidió Corey, empujándole para alejarlo de allí.

—¡Está bueno, está…!

—Calla, como te repitas te…

—¿Vais a entrar o no? —espetó el guarda, volviendo a mirarlos de arriba abajo.

—Sí, sí —dijo Randy.

Corey puso los ojos en blanco y le enseñó las entradas, aunque estaba claro que los había visto comprarlas. El tipo las registró con un lector de código de barras y se apartó para dejarles entrar.

En cuanto atravesaron las puertas, la atronadora música les taladró los oídos y Corey se dio cuenta de que iba a ser imposible toda comunicación oral.

—¡Por allí, por allí! —gritó Randy, señalando la barra.

Bueno, al menos con su manía de repetir lo entendía, aunque fuera a la segunda. El lugar estaba a tope, les costó varios minutos abrirse paso entre la gente para poder llegar a la barra y ambos se apoyaron, volviéndose hacia la marabunta a ver si podían distinguir algo. Había luces estroboscópicas, focos, niebla de hielo seco… Corey tuvo que frotarse los ojos un par de veces para aclarar la vista. Aquello iba a ser imposible.

—¡Allí, allí! —Randy le dio un golpe en el hombro que casi lo tiró al suelo—. ¡ROMY!

Se apartó de la barra mientras Corey alargaba la mano para retenerlo, sin éxito, y lo vio desaparecer entre un grupo de chicas.

—Joder, joder.

Se dio un golpe en la frente para no empezar a repetirse él también y, cual buzo lanzándose a las profundidades desconocidas del mar, cogió aire y se metió entre las chicas. Tenía una idea vaga de dónde había señalado Randy, así que su objetivo era intentar localizarlo a él y después a quien fuera que hubiera visto y que ojalá fuera Romy.

Le pareció ver al chico unos metros más adelante, justo cuando la música cambiaba y las luces se apagaban y encendían al ritmo, dificultándole el avance puesto que veía como si estuviera en una película a la que le faltaban fotogramas. Eso, y que de pronto se sintió viejo o más fuera de lugar aún, puesto que no entendía la diversión en no ver más allá de dos pasos y tener los tímpanos al borde de la explosión.

Agarró un brazo que, estaba seguro, era de Randy, para encontrarse con un tipo moreno que lo miraba con cara de pocos amigos.

—¿De qué vas, tío?

—No, perdón, nada.

—¿Qué?

—¡NADA!

—¿Bailar? ¿Estás tonto? ¡Está conmigo!

Corey ni siquiera había visto a la chica con unos tacones de infarto y un vestido de flecos brillantes que estaba a su lado. Intentó retroceder, pero tenía otro grupo detrás que debió sentirse molesto porque lo empujaron, haciendo que trastabillara hacia un par de chicas. Ellas emitieron un par de grititos, que llamaron la atención de un tipo musculoso. El chico acudió cual caballero al rescate para dedicarle a Corey otro empujón que lo lanzó en otra dirección y en unos segundos, ya no sabía si avanzaba, retrocedía o estaba dando vueltas en el sitio. Aquello era como las tazas locas de un parque de atracciones, algo que nunca le había gustado de por sí.

Ya no sabía ni dónde estaba, cuando notó un fuerte tirón y se vio fuera del agobio de la gente, como si le hubieran succionado al exterior.

Al levantar la vista vio que era Randy, y tuvo que reprimir el impulso de abrazarle por el rescate.

—¿DÓNDE ESTABAS? —preguntó Randy.

—¡YO QUÉ SÉ!

El primero señaló hacia un arco que parecía llevar al exterior, y, tras unos cuantos empujones más, consiguieron atravesarlo y llegar a una zona donde la música era mucho más tranquila, estaban al aire libre y había menos gente.

Los dos se quedaron unos segundos de pie en un lado, cogiendo aire como si acabaran de salir de algún incendio.

—¿Has visto a alguna? —preguntó Corey, cuando recuperó la voz.

—He seguido a una morena pensando que era Romy, y resultó ser un tipo a lo Jason Momoa. —Corey levantó una ceja—. Vale, no dice mucho a favor de tu hermana, pero ¡yo qué culpa tengo si los tíos se ponen el pelo suelto como ella! ¿Y tú?

—Yo no he visto nada, ni nadie. Solo gente empujando. Es una puta locura ahí dentro.

—Pues hay que volver.

—No creo que estén aquí, Randy.

—Ya, pero la salida está por ahí, no nos queda otra.

—Al menos ya no repites las cosas. Con tanta bebida energética pensaba que saldrías por el techo.

—Creo que lo he sudado todo ahí dentro. —Se tocó la ropa—. Estoy fatal, necesito una ducha pero ya.

—Entonces, ¿te das por rendido?

—Solo por esta noche.

—¿Vamos a su hotel?

—O a cualquiera que pillemos ahora por el camino, me da igual. A lo mejor tenemos suerte y las vemos por la calle.

«Sigue soñando», pensó Corey.

Solo de pensar en volver al interior le estaba agobiando de antemano, así que localizó la barra de aquella zona y la señaló.

—Vamos a hidratarnos un poco antes de salir —dijo—. Tú agua y nada más.

—Lo sé, lo sé, tengo que conducir…

Y se acordaba ahora, después de no sabía cuántos chupitos. Bueno, al menos había pasado un rato y parecía sobrio, así que además del agua, Corey pidió algo para picar y así al menos no tener también el estómago vacío. Por si acaso, no quitaron ojo a la gente que entraba y salía de la zona, aunque sin rastro de Romy o Skylar.

Media hora después, se aventuraron de nuevo al interior. El problema fue que la música que sonaba indicaba algún tipo de baile circular porque, cuando casi podían ver la salida, de pronto se vieron arrastrados al otro lado y de nuevo al arco.

—¿Cómo demonios hemos llegado aquí? —preguntó Randy, frunciendo el ceño—. No soy yo, ¿verdad? No estoy borracho.

—No, estamos otra vez en el arco. —Lo miró—. Tenemos que ir agarrados, o veo que nos perderemos otra vez.

—Vale.

Puso un brazo en jarras y, a su pesar, Corey le cogió con el suyo haciendo fuerza. De ese modo, no se separarían y podrían avanzar más rápido entre la gente… O, al menos, avanzar, no ir en dirección contraria.

La estrategia funcionó, aunque de forma lenta y agotadora, y para cuando consiguieron salir por fin de aquella trampa mortal con forma de discoteca famosa, habían pasado tres horas desde que entraran.

—Eso era un agujero negro —murmuró Corey, sin poder creer la hora al mirar su móvil.

—Han sido los cien dólares peor gastados de la historia. —Corey lo miró—. Vale, perdón, TUS cien.

—Eran euros y no quiero pensar en el cambio, así que déjalo. Vámonos al coche y al hotel, a ver si conseguimos dormir.

Randy afirmó y, tras un par de vueltas para encontrar el coche, por fin se encontraron en una carretera en dirección al hotel de las chicas según las indicaciones del móvil de Corey. Este, una vez encaminados, miró la web por si acaso, a ver si podía ir reservando.

—¡Mierda! —exclamó.

—¿Qué? ¿Qué pasa? ¿Me he equivocado de giro?

—No. —Miró por la ventanilla—. Creo. No hay sitio en el hotel, tenemos que buscar otro.

—Mira alguno cercano. O si no, pues lo que te digo, en cuanto veamos una señal de alguno, nos metemos.

—Esto no es Estados Unidos y los hoteles no tienen cartelitos fuera a lo Bates Motel, Randy, no podemos ir mirando edificios para ver si son hoteles.

—Te veo muy negativo.

—A lo mejor es el hecho de llevar siglos dando tumbos, no encontrar a las chicas y haber sido casi ahogado por una marabunta en una discoteca al ritmo del chunta-chunta.

—Pues no sé qué quieres que haga yo, aparte de conducir.

—Sigue haciéndolo, ya busco algo.

Se metió en una web de reservas para localizar el hotel en el mapa y buscar alguno disponible cerca. La cobertura iba y venía, por lo que tardó en conseguir encontrar uno y reservar una habitación.

—Ya está, voy a poner la nueva dirección —dijo.

—¿Has encontrado algo?

—Sí, está a diez minutos andando del de ellas, no había nada más.

—¿Dos habitaciones?

—Una.

—¿Con dos camas?

—Yo qué sé, Randy, no te me pongas ahora tiquismiquis que son las cuatro de la mañana. No he preguntado si tienen sábanas de satén, tampoco.

—Vale, vale, solo era una pregunta.

Con la mala leche que llevaba el chico, miedo le daba tener que compartir colchón y que le sacudiera algún puñetazo por la noche soñando que se abría paso en la discoteca o que zurraba al tío de la laca, que tampoco entendía muy bien por qué ese tipo pensaba que iba a pegarle así de primeras.

En fin, aunque el día y la noche había sido un fracaso en lo que búsqueda femenina se refería, al menos podrían descansar, ducharse y continuar al día siguiente. La isla no era tan grande, por Dios, seguro que aparecerían.

El hotel que había conseguido Corey no tenía muy mala pinta, era uno de tres estrellas con aparcamiento propio donde metieron el coche, y la recepcionista ni siquiera los miró de forma extraña al verlos entrar. Allí debía ir gente de todo tipo, por lo visto.

Les entregó la llave explicándoles los horarios de desayuno y subieron a la habitación. Tenía un cuarto de baño completo, televisión y dos camas.

Randy se tiró bocabajo sobre la que tenía más cerca y no tardó ni un minuto en empezar a roncar. Corey, por su parte, decidió darse una ducha primero para poder quitarse la ropa. No había metido prácticamente nada en la mochila que había preparado a todo correr, no había pensado que tendrían que pasar tanto tiempo fuera de casa, pero al menos podía cambiarse al día siguiente.

Se metió en la ducha y suspiró con alivio al notar el agua caliente sobre su espalda y cuello dolorido.

Vaya día. O días, con el cambio horario le parecía una eternidad lo que llevaban fuera de casa. Ojalá las encontraran al día siguiente, Greg no había sido de mucha ayuda y no estaba muy seguro de que en el hotel los fueran a ayudar… Probablemente acabarían en la calle, escondidos dentro del coche y asándose bajo el sol insular como si fueran un par de acosadores.

Preciosa imagen para irse a dormir, sí, señor.

Amanecía cuando, por fin, el barco regresó al puerto. Hacía horas que tanto Romy como Skylar se habían desprendido de sus zapatos de tacón, ya convertidos en instrumentos de tortura.

Habían salido con unos cuantos números de teléfono que no tenían ninguna intención de utilizar y una reserva para aquella noche en el *glamping* de marras. Skylar no tenía ninguna intención de ponerse a meditar ni nada por el estilo, pero después de tanto baile y alcohol, seguro que el cambio les venía bien. Romy iba agarrada a su brazo con los ojos semicerrados, y suspiró al mirarla.

Pobre. La había visto haciéndole ojitos a un par de chicos aquella noche, y en cuanto el nivel de acercamiento subió, la morena se había alejado a toda velocidad. No estaba preparada ni mucho menos para dejar a Randy atrás, eso estaba claro.

Lo que le recordaba que debía hacer unas cuantas llamadas. Más tarde, claro, ahí apenas era de día, por lo que en Atlanta sería la mitad de la noche. Ya encontraría tiempo aquella tarde, en algún momento, fijo.

Al lado del puerto había una pequeña cala que Rodrigo señaló.

—Vamos a atravesarla, llegaremos antes al coche —indicó.

—Vale.

Total, ya estaban descalzas, así que les daba igual andar por la arena. Incluso mejor, comparado con el asfalto.

En cuanto la pisaron, notó el frescor en sus pies y suspiró de placer.

—Qué gusto —escuchó que decía Romy—. ¿Nos sentamos un poco?

—El coche está cerca —le dijo.

—Solo un poco.

Skylar miró a Rodrigo, que se encogió de hombros.

—Yo soy un mandado —respondió, con una sonrisa—. Lo que me digáis.

—Venga, solo un momento.

Localizó una zona bajo unos árboles y llevó a Romy hasta allí. Según se sentaban, notó que su amiga se apoyaba cada vez más en ella, y cuando ya estaban en la arena, se dio cuenta de por qué: Romy se había quedado dormida en su hombro.

La movió un poco a ver si se despertaba, sin éxito.

—Está frita —dijo—. No sé si podremos llevarla al coche entre los dos…

—Mejor esperamos hasta que se despierte.

Obviamente, estaba pensando en la salud de sus riñones, y Skylar no tenía nada que objetar a eso. Tampoco ella se veía con fuerzas, así que se acomodó, esperando que Romy despertara pronto. En cambio, notó que se le cerraban los ojos… y en unos segundos estaba tan dormida como ella.

No fue hasta cuatro horas más tarde que Romy notó una luz molesta en la cara y entreabrió los ojos, fastidiada. ¿Por qué no habían cerrado las cortinas al irse a la cama? Bueno, se levantaría, las cerraría y volvería a dormir.

Solo que, al mirar a su alrededor, se dio cuenta de que no estaba en la habitación del hotel sino en una playa —preciosa, eso sí—, casi encima de Skylar y con Rodrigo dormido junto a su amiga.

La agitó un poco, después más, hasta que Skylar se despertó de pronto.

—¿Qué pasa? ¿Un terremoto? —exclamó, mirando a todas partes asustada.

—No, soy yo.

—No hay terremotos en Ibiza —bostezó Rodrigo, a su lado.

—Es un alivio —comentó Romy, que notaba la boca pastosa—. Nos hemos quedado dormidos en la calle.

—Me preguntó por culpa de quién… —murmuró Skylar.

—¿Os llevo al hotel?

—Sí, será lo mejor. Tenemos que cambiarnos y coger las cosas para ir al tipi ese.

—¡Es verdad! —exclamó Romy, sonriendo—. ¿No tienes ganas?

—Sí, un montón.

Su tono indicaba lo contrario, pero la morena estaba tan contenta que ni se dio cuenta. Se sacudieron la arena y fueron hasta el coche, que Rodrigo condujo hasta el hotel.

Según entraron por la puerta, la recepcionista les hizo señas mientras cogía el teléfono, y se acercaron extrañadas.

—¿Pasa algo? —preguntó Romy.

—No, nada, es solo que el señor Ríos quería que lo avisara cuando llegaran. Será solo un momento.

—A ver si nos va a echar ahora que se ha ido Greg —susurró Romy.

—Nos da igual, si nos vamos al tipi luego. ¿No pensabas avisarle de que nos marchamos?

—No, ¿para qué?

—Pues para que libere la habitación.

—Y entonces querrá saber dónde vamos, y volverá a decirme para cenar, y… —Sonrió—. Hola, Marco.

El susodicho acababa de aparecer por detrás de ellas y se acercaba con una sonrisa.

—Hola, chicas, ¿qué tal?

—Bien, veníamos a… —empezó Skylar.

—Cambiarnos y marcharnos a la playa —terminó Romy.

—Vaya, vais a coger un moreno estupendo en tiempo récord —sonrió él, guiñándole un ojo a Romy—. ¿Os veré más tarde?

—Bueno…

—Creo que no os he dicho que podéis hacer uso de los extras del hotel. —Miró a Skylar—. ¿Quieres que te encargue algún masaje esta noche?

—Ah, qué amable, gracias.

—Y tú y yo podemos esperarla cenando —continuó él, mirando a Romy.

Ella sonrió, apenada en el fondo; aunque le parecía un poco pesado, tampoco había hecho nada malo aparte de ayudarlas y ella ni siquiera se veía capaz ni con ganas de una cena a solas con él.

—Quizá mañana —le dijo, ignorando el resoplido de Skylar a su lado—. Hoy tenemos… ejem, planes. ¿Hablamos mañana y ya acordamos algo?

—Ningún problema, yo no me voy a ir a ninguna parte, al menos hasta el lunes. Y vosotras no habéis cogido billetes nuevos, ¿no?

—Qué va. —Romy negó enérgicamente con la cabeza, al menos en eso no mentía—. Así que tranquilo que no nos escapamos.

Se rio y Skylar movió la cabeza, pensando en que tanto darle largas no iba a funcionar, solo que Romy no razonaba de forma normal esos días y no quería discutir con ella delante de Marco.

—Bien, pues entonces ya hablamos mañana.

Dio un abrazo a cada una, el de Romy un poco demasiado largo para su gusto, y regresó por donde había venido.

—Mañana quizá esté con más ánimo —murmuró Romy, mientras se dirigían al ascensor.

—No sé yo…

—Que sí, seguro que estar en el tipi ese nos abre la mente o algo. Si no, ¿para qué sirve meditar?

—Ni tú ni yo hemos hecho meditación en la vida.

—Por eso, seguro que nos vendrá bien.

Skylar no las tenía todas consigo. Por un lado, alejarse de tanta fiesta y gente desconocida podía venirles bien para que Romy se calmara un poco. Pero por el otro, quizá esa calma llevara a un nuevo bajón… Porque allí no habría distracciones y, además, ella pensaba aprovechar para llamar a todos las empresas involucradas en la boda para las anulaciones. Así que el viaje al tipi, más que uno de esos típicos de autodescubrimiento, más bien lo veía como el momento clave de aquel viaje y con final de todo menos feliz.

—También a ti —continuó diciendo Romy—. Esto no es solo por mí, seguro que las buenas vibraciones y la calma esa que dicen que hay te ayudará a olvidarte de Corey.

Justo en lo que quería pensar ella tampoco, aunque era algo que no podía evitar, por desgracia. Tras la conversación con Romy en el barco, había sacado el móvil un par de veces pensando en si debía desbloquearle o no, sin llegar a ninguna conclusión. La música, el alcohol y la fiesta en general habían conseguido que no llegara a hacer nada.

Palpó su bolso, notando la forma del teléfono en su interior y preguntándose si no le ocurriría a ella en aquel sitio lo mismo que pensaba que podía ocurrirle a Romy.

Pues sí que iba a ir con la mente abierta al *glamping*, porras. Así no iba a disfrutar ninguna de las dos, aquello no podía ser. Tenía que cambiar el chip.

—¿Estás mosqueada? —escuchó que le preguntaba Romy.

—¿Qué? —La miró—. No, no.

—No volveré a mencionar a Corey, si no quieres.

—No es eso… —Ladeó la cabeza—. O quizá sí. No sé. Mira, vamos al sitio de marras y lo de meditar ya veremos, con relajarnos un poco me vale.

—Seguro que eso es fácil. Un tipi, en medio de la naturaleza, ¿qué puede salir mal?

Skylar no contestó, porque en teoría, la respuesta era que nada… aunque la experiencia de la última semana en general le indicaba que ya eso no podía asegurarlo nunca.

CAPÍTULO 11
VIERNES, TARDE

Skylar no estaba muy segura de qué esperaba con exactitud del sitio al que iban. Tenía claro que era un tipi, solo que quizá la palabra *glamping* había contribuido al despiste. Una oía glamur y pensaba en cosas lujosas, obviamente, solo que aquello no tenía pinta de serlo.

La cosa empezó regular durante el camino hacia allí. La rubia miró por la ventana, inquieta por lo mucho que se estaban alejando de la civilización en aquella carretera asfaltada a medias. Comprendía que la gente que buscaba meditación quisiera tranquilidad, pero Dios, qué menos que poder salir a comprar una coca cola si a alguna se le antojaba, ¿no?

El coche de Rodrigo iba saltando de cuando en cuando si pillaba piedras o baches, algo que a Romy no parecía preocuparle, más bien todo lo contrario. Skylar sentía que su amiga había retrocedido a su niñez, porque no hacía más que mirar por la ventana y exclamar: «¡Mira, una cala!» o «¡Mira, pájaros!».

Tenía ganas de arrojarle el bolso a la cabeza cada vez que soltaba una de aquellas frases, pero luego recordaba que debía apoyarla pasara lo que pasaba y se mordía la lengua. Ni que no hubiera visto un puñetero pájaro en su vida, por Dios.

—¿Llegaremos algún siglo? —murmuró, cuando le pareció que llevaban horas y horas pegando botes con el coche. Era imposible, dado el tamaño de la isla, obviamente, pero se le estaba haciendo una tortura de viaje—. ¿Seguro que vamos bien?

—Sí, estamos a cinco minutos, tranquila —comentó Rodrigo—. La paz hay que buscarla, ya sabéis.

Romy, que iba sentada a su lado, le dio unas palmaditas en el muslo y ambos asintieron, como si compartieran una filosofía oriental o una epifanía similar. Skylar soltó un bufido y se acomodó otra vez en el asiento trasero, donde iba tumbada y con las piernas estiradas.

Lo peor de todo era que podía adivinar el futuro: Romy solo aguantaría media hora en silencio, y después empezaría a protestar porque se aburría, tenía hambre, sed, frío o cualquier cosa que se le ocurriera. Y le tocaría a ella soportarlo, que no tenía todas consigo de que no acabaran haciendo ese horrible camino de vuelta antes de anochecer.

Dios, ¿qué le pasaba? ¿Por qué el viaje se le hacía cuesta arriba? Estaba en un sitio de ensueño y no hacía más que refunfuñar y pensar en volver a Atlanta. Lo único que le servía de consuelo era pensar que podría dedicar la tarde a cancelar la boda, luego recuperarían sueño y al día siguiente… a saber qué harían.

Tras lo que resultó una eternidad, Rodrigo aparcó el coche frente a un terreno y ambas chicas se bajaron, estirándose.

—¡Esto es precioso! —exclamó Romy—. ¡Mirad el tipi!

Este era blanco y sencillo, aunque tenía un par de ristras de lucecitas a ambos lados de la entrada, lo que seguro le daría un aspecto mágico por la noche. Por lo demás, allí no parecía haber nada demasiado interesante: era un secarral en medio de ninguna parte, y lo de las vistas al mar nada.

Próximo al tipi había una casa, así que los tres se encaminaron hacia allí. No habían llegado hasta la puerta cuando una mujer salió, sonriendo. Llevaba el pelo largo y ropas de colores vistosos, todo muy acorde al ambiente.

—¡Hola! Soy Belinda, la dueña —se presentó—. Bienvenidos.

Les estrechó la mano de forma amistosa y señaló el tipi.

—¿Qué os parece? ¿Os gusta?

—Sí, es muy bonito. Estamos deseando verlo por dentro.

—Vamos y os explico el resto.

Los adelantó para regresar a la tienda, mientras las chicas la seguían. Skylar no hacía más que mirar a su alrededor, ¿dónde estaban los lavabos? ¿Es que allí no había ni una triste cafetería? O algún otro edificio, ya puestos.

—Mirad. —Belinda recogió ambos lados de la puerta y los sujetó, mostrando el interior—. La cama es bastante grande, muy cómoda. Las luces quedan preciosas por la noche.

—Oh, sí —asintió Romy.

Sorprendentemente, el interior del tipi no daba la impresión de estar al aire libre o ser parte de algo parecido a una tienda de campaña. La cama era de dos por dos metros, con edredón blanco impoluto, y tenía por el suelo varios cojines y alguna que otra lámpara.

Skylar ya iba casi pensando en sacos de dormir, por lo que al menos eso era un punto a favor, aunque no lo suficiente.

—¿Una cama nada más? —preguntó Skylar.

—Sí. Tranquila, cabéis de sobra. —Belinda los englobó a los tres con un solo gesto.

—Será una broma, ¿no? —preguntó la rubia, y lanzó una mirada de disculpa a Rodrigo—. No es por nada, eres muy majo, pero…

—Hay sitio —la cortó Romy.

—¿Y el baño? —insistió Skylar.

Belinda las miró sin dejar de sonreír y señaló hacia una estructura de madera algo alejada de todo, entre los árboles.

—¿Cómo de naturalistas sois?

—Más bien cero —replicó Skylar.

—Nos encanta la naturaleza —se apresuró a decir Romy—. Por eso estamos aquí, ¿no?

—Bueno, es que el baño puede ser de compost, que está allí y…

—No, no, no tan naturalistas —interrumpió Romy, mirando de reojo a Skylar, que no daba crédito a lo que acababa de oír.

—Por aquí, entonces.

Belinda hizo un gesto para que la siguieran a una zona junto a la casa. Y allí, al aire libre, con un techo de madera, se encontraba una bañera de loza blanca antigua junto a un biombo rosa fucsia todavía más antiguo.

—La bañera, y ahí detrás está el baño. Es el nuestro, pero lo compartimos con los invitados sin ningún problema, tenéis total libertad.

Skylar observó todo y se cruzó de brazos.

—¿El baño está en la calle?

Belinda asintió, con los ojos como platos al ver su expresión.

—¿Y no hay ducha?

La mujer negó.

—¡Esto no es aceptable! —protestó Skylar, y se giró hacia Romy—. Yo me largo de aquí.

—No, si es precioso, esto solo es un detalle insignificante… Es mejor que el compost, piénsalo. Es como estar en medio de la naturaleza y…

—Y una mierda, ¡la bañera está en la calle! Lo siento, es demasiado para mí, me niego.

—Tendréis intimidad, tranquila —aseguró Belinda, para tranquilizarla—. No te preocupes, estamos acostumbrados a compartir con los clientes exigentes y ni os daréis cuenta de que estamos aquí.

—Vaya, ¿de manera que soy un cliente exigente por querer puertas, paredes y un poco de intimidad?

—Te lo enseñaré más de cerca. —Belinda la cogió por el brazo con una sonrisa dulce, por lo visto ya acostumbrada a escenas por el estilo—. Verás que te encanta.

Se la llevó mientras la rubia refunfuñaba y Romy y Rodrigo observaban la escena con una sonrisa divertida.

Ver el lugar de cerca no mejoraba mucho el tema. Skylar iba predispuesta en el mal sentido, aunque debía admitir que no olía mal, más bien al contrario. Había un par de incensarios encendidos y, bajo su ojo examinador, pudo comprobar que estaba todo muy limpio.

—¿Agua caliente? —preguntó.

—Sí, hay un termo que se calienta con energía solar —explicó Belinda—. De todas formas, no sale muy fría, aquí hace mucho calor.

—Ya. —Volvió a recorrer todo con la vista y palpó las cortinas, suaves y limpias—. Bueno, no sé, quizá no esté tan mal.

—Seguro que cuando pruebes la ducha, desearás repetir.

Skylar no las tenía todas consigo, pero la mujer estaba siendo muy amable y el lugar, a pesar de su aspecto hippy setentero, estaba más limpio y ordenado de lo que se podía esperar. Por probar una noche tampoco pasaba nada, con irse al día siguiente, arreglado. Como no habían dicho nada en el hotel la habitación seguiría disponible si la necesitaban, así que…

Más calmada, regresó con Belinda junto a los demás.

—¿Hay alguna playa por aquí? —preguntó Romy.

—Playa grande no, hay un montón de calas o playas muy pequeñas. Tenéis una cala a menos de diez minutos en coche y de noche es muy bonita —informó Belinda, solícita.

—¿Vives aquí tu sola? —quiso saber Rodrigo—. Está muy apartado.

—Qué va, vivo con mi novio y mi hija, Fifi Lola. —Todos la miraron, aunque sin decir nada ante aquel nombre—. Tenemos un estudio ahí al lado y también lo alquilamos.

—¿Y es verdad que Kylie Minogue fue propietaria? —inquirió Romy, con los ojos brillantes de emoción.

—¡Por supuesto! Vino a una sesión de fotos y se enamoró del tipi que habían traído los de la revista para las fotos, así que lo compró y estuvo unos días, hasta que se marchó.

—¿Demasiada meditación? —intervino Skylar con sarcasmo.

Belinda se encogió de hombros.

—Es un lugar perfecto para la paz. Viene mucha gente a meditar, y las revistas siguen llamándonos para hacer sesiones. Mónica Belluci se hizo una sesión de fotos aquí, tiene una muy sensual encima de esa lavadora.

Señaló a un rincón, donde, efectivamente, se encontraba una lavadora que en opinión de Skylar poco tenía de sensual. Sobre ella, había una revista que Romy se apresuró a coger para ojear.

—¡Mira, Skylar! — Romy dio unas palmaditas, entusiasmada—. ¡Tienes que hacerme una foto ahí!

Le mostró la página donde estaba la susodicha actriz sobre la lavadora. Obviamente, estaba espectacular.

—Mónica Belluci está sexy hasta en un secarral —comentó.

—¡Sácame, sácame!

Romy miró de nuevo la foto, la apoyó en un mueble y se acomodó sobre el electrodoméstico. A su pesar, Skylar sacó el móvil y le sacó un par de fotos. Cualquier parecido con la foto original era pura coincidencia, aunque no dijo nada.

—Has salido muy bien —le dijo Belinda a Romy, que miraba la foto y a la revista alternativamente.

—Bueno, algo es algo —aceptó ella.

—Este es el lugar perfecto para ser quien se quiere ser, relajarse y estar en armonía con la naturaleza —añadió Belinda.

—Eso está claro —comentó la rubia—. ¿Y hay algo perfecto para el hambre por aquí?

—Yo tengo de todo.

—¿Tienes *pretzels*?

—Bueno, vale, eso no. Casi todo. —Alzó una ceja—. Os espero para la cena, dentro del tipi tenéis una guía con los horarios. Divertíos.

Y con un guiño de ojo, regresó al interior de su casa. Skylar permaneció de brazos cruzados, pensando en ese «divertíos» que hasta le parecía que lo había dicho con mala leche. ¿Cómo se divertía uno en un lugar donde literalmente no había nada?

—¿Qué tal si damos un paseo? —propuso Rodrigo—. Seguro que por esta zona hay paisajes increíbles, y no la conozco.

—Buena idea —afirmó Romy.

—Yo paso —replicó Skylar, visualizando un paseo entre rocas y piedras sueltas bajo el sol abrasador—. Voy a dedicar la tarde a algo mucho más productivo y que ya deberíamos haber hecho: ocuparme de tu no-boda.

—¿No puedes hacer eso después? —Romy puso cara de pena.

—Pues no, porque te recuerdo que es viernes. Si no lo hacemos ya, pasado mañana un montón de gente con plumas en la cabeza se desplazará hasta la iglesia y sufrirán una serie de micro infartos al ver que la novia no se presenta.

La morena asimiló sus palabras y afirmó, mordiéndose el labio.

—Vale, de acuerdo. ¿Quieres que lo hagamos entre las dos?

—Si quieres ir a pasear no me importa hacerlo yo, así estaré entretenida. No me apetece mucho meditar, la verdad.

—Lo que quieras. Tienes todas mis claves por si te piden algún dato.

—Cuidado no os perdáis.

Skylar fue al coche para coger su equipaje. Romy y Rodrigo echaron a andar, y no tardó en perderlos de vista, de forma que depositó la bolsa sobre la cama para buscar algo cómodo que ponerse. Después se tumbó boca abajo y estiró las piernas, sacando el móvil y la agenda, lista para comenzar a hacer llamadas.

Entonces se percató de que la línea de la cobertura no estaba. Todas las barritas habían desaparecido, así que probó a dar unas cuantas vueltas por el tipi con el móvil en alto a ver si conseguía alguna, sin éxito. Por si acaso era un fallo del móvil —la esperanza es lo último que se pierde—, probó a llamar a un número al azar, encontrándose con que estaban tan lejos de la civilización que directamente se encontraban incomunicados, sí.

—¡Joder! —exclamó, rabiosa, lanzando el móvil a la cama.

Abandonó el tipi y fue derecha a la casa anexa, donde llamó a la puerta con energía.

—¿Todo bien? —preguntó Belinda, al abrir la puerta y ver su expresión.

—¿Aquí no hay cobertura?

—Huy, no. Hay que retroceder unos cuantos kilómetros.

—¿No tenéis teléfono fijo?

—No. Vinimos aquí a desconectar de los problemas del mundo. —La miró—. ¿Te apetece entrar a meditar con nosotros?

—No, gracias.

Skylar se dio la vuelta y regresó al tipi, pensando en qué hacer a continuación. ¡Joder con la meditación! ¿Qué diantres iban a hacer ahí hasta el día siguiente, morirse de asco y aburrimiento? Sin televisión, ni teléfono, ¡ni baño! Poco se podía hacer allí, excepto pensar y dar vueltas a la cabeza, precisamente lo que no quería.

Volvió a tumbarse en la cama, controlando las ganas de patalear. Se cruzó de brazos sin dejar de mirar el techo, o como se llamara la parte superior del tipi de marras, consciente de cada segundo que pasaba en su reloj.

No podía cancelar nada, no esa noche. Como mucho, si tenía suerte y convencía a Romy de largarse de ese maldito lugar a primera hora del día siguiente, aún podría hacer algo. El dinero del restaurante lo daba por perdido, pero quizá aún pudiera salvar el ramo, la señal de la luna de miel… y poco más. Porque, de forma previsora, los detalles para los invitados llevaban en casa de Romy semanas, ahí nada podían hacer. Quizás el grupo de música no les cobrara el cien por cien si avisaban al menos veinticuatro horas antes.

Puf, y ahora que se ponía a pensarlo… Estaban los regalos que ya habían enviado algunos invitados. Eso no quedaba otra que hacerlo al regresar, ¡menudo trabajo que iba a ser enviarlos de vuelta!

Después de hacer la lista varias veces, meneó la cabeza, agotada. Estaba harta de pensar en la boda, ¡ni siquiera era la suya! ¿Por qué se mataba a pensar en cómo recuperar los adelantos si a la propia novia le importaba un pepino?

Tal vez debería dedicarse a pensar en sus propios problemas. Aún le quedaba una semana de vacaciones antes de regresar al trabajo, y tendría que ver cómo se desarrollaba a partir de ese momento su relación con Greg. El chico no lo había tomado del todo mal, pero nunca se sabía, y ella no quería malos rollos en el hotel.

A lo mejor se iba de concierto con Sun Hee. A partir de ahora iba a tener tiempo libre, dado que volvía a estar soltera. Se acabó lo de compaginar amigas y novio, una vez sacado Corey fuera de la ecuación.

Todo eran ventajas, ¿no? Fin de tener que pasar veladas con los estúpidos de sus amigos, de esperarlo mientras torturaba a gente mediante agujas y tinta, de pedirle que bajara la música en el coche. Ah, y de que se metiera con ella por estar tan pendiente de la ropa.

No tendría que preocuparse más de sus contracturas, ni de tener que llevarle comida porque cuando se ponía a dibujar perdía la noción del tiempo.

Aunque le gustaba verlo dibujar, eso tenía que reconocerlo. Y lo de los masajes nunca le había importado.

«Se acabó, para ya», se dijo a sí misma.

¡No quería meditar! Lo mejor sería levantarse y retroceder los kilómetros necesarios hasta encontrar cobertura. Total, la carretera solo tenía una dirección y no veía posible perderse, le iría bien estar ocupada o se volvería loca.

De modo que volvió a cambiarse, agarró la agenda y el móvil, y salió dispuesta a encontrar una señal que la conectara con el mundo.

Corey y Randy despertaron tarde tras la noche tan agitada que habían compartido, ambos sorprendidos al ver que se habían saltado el desayuno y la comida.

—No puedo creer que hayamos dormido tanto —comentó Randy, frotándose los ojos para comprobar de nuevo la hora en su móvil.

—Esto no va a ayudar con el *jet lag* —suspiró Corey, cuyo cerebro ya no sabía ni en qué hora vivía—. Estoy famélico, ¿y tú?

—También. Habrá que ver qué hacemos.

—Lo primero, meterte en el baño, que anoche te quedaste seco sin quitarte siquiera la ropa y si encontramos a mi hermana, lo mismo huye despavorida.

Randy pareció avergonzado y se tocó la ropa, dándose cuenta de que a Corey no le faltaba razón. Cogió su bolsa y buscó con qué cambiarse, dejando lo que llevaba en una de la lavandería del hotel, para que la metieran en la colada.

Tras darse una ducha, decidieron salir a comer algo para recuperar fuerzas antes de volver a la carga, los dos conscientes de que no tenían la menor pista de por dónde seguir buscando.

No hablaron mucho durante la casi cena, ambos dando vueltas a por dónde tirar. La idea de seguir recorriendo la isla sin ton ni son, sin una pequeña pista, se les antojaba absurda y agotadora. El día anterior, los intentos se habían saldado con un fracaso tras otro, y volver a montar guardia en el hotel donde en teoría se alojaban ellas tampoco era la mejor idea del mundo. Además, habían perdido la mayor parte del día durmiendo y casi era la hora de cenar real.

Otro lugar descartado era Pachá, por descontado: ni locos volverían a meterse en aquel lugar, sería imposible encontrarlas aunque estuvieran y, además, podían quedarse atrapados para siempre, visto lo que les había costado salir la noche anterior. Necesitaban otro plan, solo que estaban sin ideas.

Se habían quedado en la terraza del restaurante tomando café para espabilarse, a ver si así se les encendía alguna bombilla.

—¿Se te ocurre algo? —preguntó Randy, tras un rato cavilando.

—Si te digo la verdad, no. Estamos atrapados en un bucle, no hacemos otra cosa que conducir de un lado a otro a ciegas.

Randy permaneció pensativo unos segundos, y al fin carraspeó.

—¿Y las chicas?

Corey no tenía muchas esperanzas, pero estaba tan harto y aburrido de la poca productividad del viaje que no le pareció mala idea, aunque con una pega.

—Si les escribes tú, seguro que no sueltan prenda —dijo.

—Lo tengo claro, visto cómo abandonaron el grupo que creé. Me refería a ti, claro, que les caes bien y te contaron todo.

Ni corto ni perezoso, Corey agarró el teléfono y lo desbloqueó. Acto seguido, abrió el WhatsApp y creó un grupo provisional con las amigas de Romy y Skylar. No había problema, las tenía a todas en sus contactos: Kat llevaba un par de tatuajes con su firma, Sun Hee lo había arrastrado a varios conciertos a los que las chicas se negaban a ir, Danni le debía algún curro en el pasado y River sentía debilidad por él, así que estaba dispuesto a utilizar cualquier baza necesaria. Se negaba a seguir dando vueltas como un idiota, había que solucionar el problema ya.

Corey: «Hola, chicas, ¿alguna conectada?»

Durante un par de minutos, nadie contestó. Finalmente, Kat puso un emoticono de saludo.

Kat: «Estaba a punto de salir a comer.»

Danni: «Lo mismo iba a decir yo, qué raro que escribas a esta hora. Nunca haces pausas para comer.»

Kat: «¿Pasa algo?»

Corey: «Que necesito ayuda, eso pasa.»

Sun Hee: «¡Hola, Corey! ¿Te he contado ya que tengo entradas para el concierto de Strigoi dentro de dos semanas?»

Corey: «Anda, me alegro. Espero que no te detengan por acosar al guitarra o algo parecido.»

Sun Hee puso un montón de caritas sonrientes como respuesta a su broma, aunque Corey lo había escrito en serio.

Sun Hee: «Ojalá esté tan cerca como para poder acosarle, también te digo.»

Danni: «¿Quieres venir a comer con nosotras? Hemos quedado donde siempre.»

Corey: «No, ya he comido, aquí son más bien las ocho de la tarde.»

Kat: «Un momento, espera. ¿Cómo que son las ocho? Estoy aquí y te aseguro que es la una, a menos que mi móvil esté estropeado.»

Corey: «Estoy en Ibiza.»

Un montón de emoticonos con la boca abierta aparecieron por parte de las tres chicas.

Kat: «¿En Ibiza?»

Sun Hee: «¿Qué pasa con Ibiza, que todos os marcháis allí? ¿Está de oferta?»

Danni: «¿Cuándo te has ido? ¡Si te vimos el otro día!»

Kat: «¿Has ido a buscar a Skylar? ¡Qué romántico!»

Corey: «No exactamente, pero llevamos horas dando vueltas y no sabemos ya qué hacer.»

Danni: «¿Quiénes?»

Kat: «¿Por qué hablas en plural? ¿Con quién estás?»

Corey: «Hey, parad el carro un segundo. Randy vino a pedirme ayuda, así que hemos venido hasta aquí para ver si conseguimos que Romy entre en razón.»

Se dio cuenta de que la información no había gustado entre las féminas porque durante un minuto, ninguna escribió nada. Sujetó el móvil con fuerza, rezando porque no le dieran el mismo tratamiento que a Randy y salieran todas del grupo sin decir nada.

—¿Qué pasa? —preguntó Randy—. ¿Te han dicho algo?

—Aún no, espera.

Veía que Danni estaba escribiendo, así que cruzó los dedos mentalmente. Sin embargo, el mensaje no era muy esperanzador.

Danni: «Pero él la engañó, no es ella la que debe entrar en razón.»

Corey: «Os aseguro que hay una explicación para lo que Romy vio, solo que no me corresponde a mí contarlo. La cosa es que he venido con él por si acaso Romy no quiere verle, y llevamos horas dando vueltas sin encontrarlas. O días, que ya ni sé el tiempo que llevamos aquí. ¿Vosotras sabéis dónde están?»

Sun Hee: «Es que hemos hecho un pacto de silencio, y ya sabes que eso es sagrado y no se puede romper.»

Corey buscó entre todos los emoticonos al que tenía la cara más triste, y a falta de uno, puso tres para ver si alguna se ablandaba.

Corey: «Chicas, por favor. Nos han echado de un hotel, casi morimos aplastados en Pachá… ¡decidme algo que sirva!»

Danni: «No podemos… y me sabe fatal, que conste. Ya sabes que te apreciamos mucho.»

El chico se fijó en que Kat aparecía escribiendo, aunque después no viera nada en el chat. Se frotó la frente, desesperado, ¿de verdad iban a respetar el pacto a pesar de lo que había explicado sobre Randy?

Corey: «¿Ni una pista pequeña?»

Randy dio un sorbo al café, sin dejar de mirarlo. Aunque no podían oírle, se había quedado callado, como si por decir algo presintieran su presencia y se mosquearían con él.

Kat: «¿Y solo estás ahí por ayudar a Randy con Romy? ¿O es porque te arrepientes de haber sido tan borde con Skylar?»

Corey: «¿Borde, yo? ¡Si fue ella la que me dejó plantado!»

Kat: «Es que Romy prácticamente la arrastró de viaje, y créeme, si hubieras visto el estado en que estaba tu hermana lo entenderías…»

Danni: «¡Kat! Pacto de silencio, ¿recuerdas?»

Kat: «Pero esto es otro tema. Puede que no podamos ayudar a Randy, pero a Corey sí.»

Danni: «A ver, es que, si ayudas a uno, indirectamente ayudas a otro.»

Sun Hee: «Corey, no te enfades, por favor, pero nunca hemos roto un pacto de silencio.»

Corey se pasó la mano por el pelo, resoplando.

Danni: «Por mucho que me pese, tengo que dar la razón a Sun. Sabes que a ti te ayudaríamos encantadas, pero no podemos hacer lo mismo por Randy…»

Corey dejó el teléfono sobre la mesa, controlando las ganas de lanzarlo por el aire. Encima River, la que más papeletas tenía para echarle una mano, ni siquiera estaba *online*.

Randy no le quitaba ojo, aunque con el buen tino de no abrir la boca por si se cabreaba más.

—No hay manera. Joder, si es que son más fieles que un puto San Bernardo —explicó.

Randy asintió, con cara de pesar.

—Encima hoy se nos ha hecho tarde con tanto dormir —murmuró—. Ya sé que en algún momento había que hacerlo, es que… me agobia no encontrarla.

—Lo entiendo.

—No, no lo entiendes. Cada hora que pasa, se acerca el día de la boda sin que haya podido arreglar las cosas y si la boda no se celebra, será algo difícil de olvidar.

—A ver, Randy. —Corey suspiró—. Sé que esperas solucionarlo todo, pero creo que debes prepararte para el hecho de que igual se ha liado… se han liado con otros tíos.

—No quiero pensar eso.

Corey tampoco, solo que ya no sabía que creer. No daba la sensación de que las chicas se estuvieran aburriendo precisamente, con tanta playa y juerga, que ni siquiera Greg había encontrado el momento de meter sus propias fichas.

—Espera lo mejor y prepárate para lo peor —comentó, abriendo su cartera para dejar unos billetes sobre la cuenta—. No se me ocurre dónde ir, tengo la sensación de que llevamos siglos aquí dando vueltas.

—Estamos en bucle —asintió Randy.

Entonces, el móvil de Corey empezó a vibrar sobre la mesa. Los dos intercambiaron una mirada, así que él se apresuró a cogerlo: era un mensaje de Kat.

Lo abrió mientras Randy movía la silla para poder verlo también.

Kat: «Te mando la única pista que tengo. Estoy tan positiva que quiero que a todo el mundo le vaya igual de bien que a mí, así que no desaproveches la oportunidad. No digas nada a las demás, te exijo pacto de silencio o lo borro todo.»

El chico observó que le había reenviado un audio, de modo que, tras darle las gracias y asegurarle que mantendría el secreto, puso el volumen para que Randy también pudiera escuchar y pulsó encima.

El audio comenzaba con una música bastante ruidosa, para seguir con una entusiasta Romy saludando y diciendo que estaban demasiado borrachas para escribir, dato que corroboraba Skylar. Los dos chicos se miraron, estupefactos.

Acto seguido, Romy empezaba a hablar de un «amor de tío» llamado Rodrigo que las llevaba a todas partes.

—¿Quién cojones es Rodrigo? —saltó Randy, indignado.

Corey le pegó en el brazo para que se callara, aunque la cosa no mejoró en absoluto con la siguiente frase de su —irreconocible— hermana, que hablaba de un grupo de amigos gigante, tanto que parecía un campo de nab... la palabra no llegaba a ser pronunciada porque alguien, seguramente Skylar, le había tapado la boca.

Randy se quedó pálido, algo normal a ojos de Corey, porque el asunto no pintaba nada bien. Se confirmaban las peores sospechosas de ambos: las chicas llevaban tres días de fiesta ininterrumpida y no estaban perdiendo el tiempo, no, para empezar con un «amor de tío» que no las dejaba ni a sol ni a sombra, seguido de sus muchos amigos dispuestos a arroparlas.

Lo único bueno que sacaba Corey era que Skylar se escuchaba menos entusiasmada que su hermana, claro que eso no podía decirlo en voz alta por Randy. El pobre parecía que acababa de ser arrollado por un tren.

Skylar intervenía para mantener las formas y preguntar a sus amigas qué tal estaban, y entonces llegó la pista: Romy comentaba que abandonaban el hotel de Marcos al día siguiente para marcharse a un tipi, según ella todo glamur, y cuya antigua dueña resultaba ser nada menos que Kylie Minogue. La guinda del pastel fue la puya hacia Randy y su pésimo gusto musical, lo que aún torció más el morro del chico.

—¿Lo de poner a Kylie Minogue en tu boda va en serio? —preguntó Corey.

—¡Ssssshhhh!

Ceñudo, Randy le hizo un gesto para que se callara y así terminar de escuchar el audio. Skylar comentaba algo sobre un exceso de juerga, y después volvía a hablar Romy, comentando que le parecía desternillante que su boda siguiera sin cancelar a pesar de los intentos de Skylar.

El audio terminó sin mucha más información, de modo que Corey lo volvió a poner desde el principio por si se habían perdido algo.

—Bien —comentó, una vez lo escucharon de nuevo—. Pues ya sabemos dónde están, en un tipi.

—Eso es una especie de tienda de campaña, ¿no? —quiso saber Randy.

—Sí. Y vamos, no me imagino a Skylar en uno para nada, fijo que está gruñendo porque el baño no se ajusta a sus parámetros. —Corey cogió el móvil para buscar por internet con los datos obtenidos—. Ya lo tengo.

Le mostró la pantalla a Randy, que entrecerró los ojos.

—No parece que ahí haya nada, es solo una tienda de lona en medio de ninguna parte. ¿Qué interés tiene un sitio así?

—A mí no me preguntes, no tengo la menor idea de lo que se les pasa por la cabeza.

—¿Has oído cómo Romy se echa a reír cuando dice que no ha cancelado nada de la boda? —preguntó Randy, y Corey asintió—. ¿No crees que es buena señal?

—¿Buena señal en qué, exactamente?

—Es como si de manera indirecta no quisiera cancelarlo.

El argumento era rebuscado, pero oye, quizás tuviera razón. Apenas reconocía a su hermana en la persona del audio, ni en nada de lo que estaba haciendo… estaba claro que se encontraba afectada, así que todo era posible. Si así el hombre mantenía la esperanza…. Aunque al momento lo vio fruncir el ceño.

—¿Qué pasa?

—¿Y si le preguntas a Kat quién es Rodrigo?

—No quiero forzar la suerte. Será algún tío que habrán conocido o… ¿No dijo Greg algo de un chófer?

—Los chóferes no suelen ser muy amistosos, ¿no?

—Mira, no te agobies. Tenemos una dirección, así que vamos allí y salimos de dudas.

Randy afirmó, aunque estaba nervioso —algo que se había convertido en su estado natural— ante la perspectiva de encontrarlas unas horas después de aquel audio. Sí, lo de no haber cancelado nada aún le daba esperanza, pero en el otro lado de la balanza estaba Rodrigo y los otros tipos esos.

—Aquí pone que es un *glamping* —dijo Corey, mirando la información en detalle—. Bueno, quizá si tiene algún lujo no hayan salido corriendo. Aunque lo de ser un lugar perfecto para meditar… no lo veo para ellas.

—Quizá sí, piensa que han dicho algo de «demasiada juerga». Puede que estén buscando lo contrario ahora.

Fuera como fuera, era una pista sólida, así que se levantaron. Corey se dirigió hacia el coche, pero vio que Randy iba en dirección contraria y le cogió del brazo.

—¿Dónde vas?

—A pedir un café para el viaje.

—Estamos a media hora, que esto es una isla enana, no vamos a tardar tanto.

—Necesito…

—No, ya has tomado uno. Acuérdate de ayer con los chupitos, si llegamos y las encontramos y tú estás con un subidón, no creo que consigas nada, así que olvídate.

Solo le faltaba que se pusiera a repetir las cosas como el día anterior y dar botes, vamos, menuda imagen para que Romy le perdonara.

Al menos, Randy no discutió y le siguió al coche, donde Corey puso el GPS en el móvil para que les guiara.

Claro que no había contado con que el sitio estaba en una zona más alejada de lo que había pensado, la carretera parecía desaparecer según avanzaban, al igual que la cobertura y, con ella, la única forma que tenían de llegar al sitio de forma segura. En un par de cruces no pudo darle a Randy bien la información y tuvieron que retroceder para volver a coger el giro correcto, lo cual alargó el trayecto.

Solo esperaba no acabar perdido en medio del monte, no podía ser tan difícil encontrar el único puñetero tipi de toda la isla, aunque ya nada le extrañaría.

CAPÍTULO 12
VIERNES, NOCHE

Cómo no, tras caminar durante casi una hora sin fijarse por dónde iba, Skylar se encontró en el medio del monte cuando comenzaba a anochecer. Seguía sin cobertura y, en un momento que una raya hizo el amago de aparecer, se había salido del camino. Lo cual, en retrospectiva, no fue la mejor idea del mundo.

Movió el móvil arriba y abajo y giró sobre sí misma, sin éxito, así que decidió que la cobertura era algo imposible y que debía buscar el camino para regresar al tipi. Pensaba que quizá se encontraría con Rodrigo y Romy, pero nada, debían haber ido en otra dirección porque no había ni rastro de ellos. Ni de ellos, ni de nadie, ya puestos.

Ella no había sido una niña amante del monte y las *girl scouts*, por lo que la idea que tenía de guiarse en la naturaleza y seguir un rastro se reducía a lo que había visto en alguna película. Es decir, nada.

Se quedó quieta a ver si escuchaba algún coche o algo que le indicara por dónde se encontraba el camino de cabras al que llamaban carretera, sin éxito. Genial, y el sol seguía ocultándose…

Le sonaba haber pasado junto a un par de piedras que había más adelante, así que se dirigió a ellas y se subió encima de la más alta, a ver si así tenía mejor visión. Matorrales, árboles bajos, piedras… y el mar muy a lo lejos. Bueno, si se paraba a pensar, al subir lo habían dejado a la espalda, así que quizá si hacía lo mismo, acabara llegando a alguna parte. Según avanzaba, se iba quedando sin luz, y no le quedó más remedio que encender la linterna del móvil, maldiciendo para sí.

Si supiera que había gente cerca se habría puesto a gritar para pedir ayuda, solo que en aquel sitio no lo veía muy útil: solo lograría quedarse ronca, fijo.

Maldiciendo el secarral, el tipi y, por qué no, a Randy, que al final era el culpable de que estuvieran ellas allí, siguió caminando y esquivando piedras como podía. Esperaba que, si veían que no aparecía, fueran a buscarla y siguieran la luz, porque se estaba quedando sin ideas sobre cómo salir de aquello.

Entonces, de pronto, el viento cambió de dirección y notó un conocido olor a incienso proveniente de su derecha. Aquello era lo más parecido a una pista que podía tener. Nunca se había guiado por el olfato, pero no era tarde para aprender algo nuevo, por lo visto. Olfateando como un perro en busca de la pista de un crimen, continuó moviéndose por la oscuridad hasta que por fin vio unas luces y suspiró aliviada al reconocer las guirnaldas que rodeaban al tipi.

Lo malo fue que no iba por el camino, sino por un monte salvaje, por lo que más de una y dos zarzas se interpusieron en su camino y, cuando por fin llegó al *glampling*, tenía arañazos en las piernas y restos de hojas por el pelo.

Rodrigo y Romy estaban sentados en una mesa junto a la casa, de donde salía un olor a comida que hizo que el estómago de Skylar reaccionara. Estaban sonrientes, charlando sin más, como si ella no hubiera estado a punto de desaparecer en medio del monte.

—¡Hola! —saludó Romy, al verla—. Huy, ¿estás bien?

—¿A ti qué te parece?

Se sentó a su lado, con el ceño fruncido.

—¿Dónde has ido? —preguntó su amiga—. Pensábamos que estabas paseando, como nosotros.

—Algo así. He ido a buscar cobertura y me he perdido, pero ya veo que ni os habéis dado cuenta, vamos.

—Ay, pobre. —Romy le frotó un brazo—. En serio, creíamos que estarías disfrutando de la naturaleza.

—Esa no es la palabra exacta.

—Aquí arriba no debe haber cobertura por ninguna parte —añadió Rodrigo.

—No, si ya.

—Seguro que con la cena te recuperas —le dijo Romy, quitándole un par de hojas del cabello—. Belinda está haciendo crepes veganas.

La susodicha salió en aquel momento con una botella y unos vasitos y se acercó con una sonrisa.

—Hacemos este licor de café nosotros mismos, para abrir el apetito. —Les guiñó un ojo—. Enseguida os traigo la cena.

Rodrigo abrió la botella, la acercó a su nariz y la alejó con rapidez.

—Madre mía, esto es alcohol puro —comentó.

Skylar le arrebató la botella, se sirvió un chupito y se lo tragó con rapidez. Al momento, notó su garganta arder y tosió.

—Está bueno —consiguió decir.

Tanto Romy como Rodrigo la miraron, nada convencidos, pero la rubia ya estaba llenando los tres vasitos, así que ambos los cogieron con temor.

—Ya que vamos a pasar la noche en este maravilloso lugar —dijo Skylar—, esto seguro que nos ayuda a dormir.

Chocó su vasito con el de ellos y se los bebieron de un trago. La experiencia no fue mucho mejor aquella vez, y la chica cogió la botella para olisquearla. Algo de aroma a café se distinguía, si uno se concentraba mucho, aunque el sabor, lo que era a café, ni por asomo.

Belinda salió con los platos de la cena y les sonrió al ver que el líquido de la botella había descendido.

—Os ha gustado, ¿eh? Tengo de avellana, también, ¿queréis probar?

—No, estamos servidos —dijo Romy.

Skylar la miró, refunfuñando. Vaya, para un día que le quería dar ella al alcohol, su amiga no estaba por la labor.

—Quiero estar serena —explicó Romy, mirando a Skylar—. Creo que este lugar necesita de toda mi atención para poder pensar y meditar.

—Seguro que encuentras lo que buscas —le aseguró Belinda.

Skylar estaba a punto de probar su crepe cuando una figura oscura apareció de un salto sobre la mesa y ella se echó hacia atrás, sobresaltada.

—Tranquila, es uno de los gatos que tenemos por aquí —le explicó Belinda, acercándose para acariciarle las orejas.

—¿Cómo que uno? —replicó Skylar, mirando al animal con desconfianza—. ¿Cuántos hay?

—Oh, unos cuantos. Son muy amigables, ya veréis. Os dejo cenar tranquilos, en un rato os traigo los postres.

—Es monísimo —dijo Romy.

—Lo sería más si se alejara de mi plato, pero bueno.

—Estás un poco gruñona.

—¿Tú crees?

Romy siseó para atraer al gato, que se acercó entonces a ella, y le dio un trocito de su pan. Satisfecha al ver que se quedaba allí, Skylar volvió a intentar comer su crepe… justo cuando se levantó un poco de aire y le cayeron un par de hojas de un árbol cercano.

—Bueno, ¡esto es el colmo! —exclamó—. ¡La naturaleza contra mí!

—Tranquila, las quitas y ya está.

Romy las apartó con cuidado, comenzando a preocuparse por su amiga. El ambiente relajado parecía que no le estaba sentando nada bien, sino todo lo contrario.

Belinda salió con un plato en el que había una tarta de manzana y la dejó en un lado de la mesa.

—Vaya, ¿no te gusta? —preguntó, mirando a Skylar—. No has comido nada.

—Lo intento, gracias.

Para cuando consiguió dar el primer bocado, ya estaban fríos, aunque le dio igual: tenía tanta hambre que se comería cualquier cosa.

—Mañana podemos bajar a alguna de las calas que hay por aquí cerca —comentó Romy.

—Deberíamos plantearnos también buscar el vuelo de vuelta, Romy.

—Tú todavía tienes vacaciones y yo también, porque debería… bueno, se supone que estaría en mi viaje de novios. Así que podemos alargar los días aquí lo que haga falta.

—Sí, supongo, pero también sigue pendiente todo lo de tu boda.

Vio que los ojos de su amiga se humedecían y alargó la mano para cogérsela.

—Cariño, lo siento, pero nos quedamos sin tiempo y…

—Lo sé, lo sé. —Romy suspiró—. Vale, por la mañana a la cala, y nos quedamos por ahí en algún sitio con cobertura para poder hacer las llamadas que hagan falta y cancelar todo.

Le tembló la voz en las últimas palabras, porque verbalizar que su historia se había acabado definitivamente le dolía. Mientras había estado esquivando el tema o delegando en ella, no lo había interiorizado del todo. Con la boda a la vuelta de la esquina, no podía posponerlo ni evitar el tema más: su sueño de la boda perfecta con el hombre de su vida se había acabado, igual que las excusas. La vuelta a la realidad y a Atlanta sería dura, por eso no quería pensar en el tema, a pesar de que Skylar tenía razón y debían buscar un vuelo. Sus vidas seguían allí y aquello solo era un paréntesis extraño en una isla lejana.

Rodrigo le dio unas palmaditas en un hombro, mirándola con comprensión.

—Lo siento mucho, seguro que es para mejor —la animó—. Con el tiempo lo verás.

—Seguro —contestó. Miró a Skylar—. Venga, un chupito de esos para acompañar la tarta y nos vamos a descansar.

Cada uno se sirvió un trozo mientras Skylar rellenaba los vasitos y, tras despedirse de Belinda, se fueron al tipi.

Los tres se quedaron en la entrada, mirando la enorme cama.

—Puedo dormir en el suelo —aseguró Rodrigo, mirando los pufs y cojines disponibles.

—No, nada de eso —dijo Romy—. Te vas a fastidiar la espalda y bastante esclavizado te tenemos. Es una cama gigante, cabemos los tres sin problemas.

Miró a Skylar, que se encogió de hombros. ¿Dormir los tres en la misma cama? En otras circunstancias le habría parecido una locura, pero después de todo lo vivido… ni siquiera le parecía extraño.

Hicieron turnos para ir a la ducha, experiencia que no fue tan desagradable como Skylar esperaba, y un rato después estaban los tres en la cama. Tras dar vueltas y poner cojines de forma estratégica para hacer divisiones, acabaron con Rodrigo en el medio y en unos minutos tanto él como Romy estaban durmiendo a pierna suelta.

Skylar, en cambio, dio más de una vuelta sin conseguir conciliar el sueño. Pensaba en Romy, claro, pero también en su caso. Joder, ¿qué iba a hacer cuando volvieran? Tener a Corey bloqueado ahí era fácil, les separaban miles de kilómetros y todo parecía lejano. Una vez de regreso, no era como si se lo fuera a encontrar a la vuelta de la esquina, pero había múltiples ocasiones en las que sí podía, como hasta entonces: cumpleaños, fiestas, alguno de los bares o restaurantes que gustaban a ambos…

Abrazando la almohada, pensó en lo mucho que lo echaba de menos, a pesar de intentar convencerse de lo contrario, y le dio un par de golpes para acomodarla. Una esquina debía estar rota, porque salieron un montón de plumas que la hicieron estornudar y, cuando estaba intentando soplar para quitárselas de la cara, algo pesado y suave le cayó en toda la cara.

Pegó un grito dando manotazos al aire mientras Rodrigo y Romy se despertaban sobresaltados.

—¿Qué pasa? —exclamó el chico, mirando a todos lados.

Romy se apresuró a alargar la mano para encender la lámpara y se frotó los ojos al mirar a Skylar, sin entender muy bien qué ocurría:

había plumas por todas partes, un gato dando botes por la cama y Skylar sacudiendo las manos como si la estuviera atacando algo, a lo que Rodrigo se apartó a la velocidad del rayo para no recibir un tortazo.

—¡Me han atacado un cojín y un gato! —gritó Skylar—. ¡Llévatelo de aquí!

Romy no sabía a quién le hablaba, pero vio que el gato era el mismo que había estado rondándoles en la cena y le siseó, hablándole en voz baja, a ver si así se tranquilizaba. Le costó unos minutos que le hiciera caso y un rato más cogerlo en brazos.

—Si no hace nada… —murmuró—. Mírale cómo ronronea.

—Pues para ti para siempre.

Tiró el cojín roto al suelo y se tumbó dándoles la espalda, enfurruñada. Romy y Rodrigo se miraron, y se encogieron de hombros. El primero volvió a su lugar en el medio y la chica se quedó con el gato en brazos. Apagó la luz y se acomodó con él contra su pecho y su mejilla. Era tan suave y abrazable… Como Randy, pensó, con dolor en el corazón. Dios, cómo le echaba de menos…

A solo unos centenares de metros de allí, Randy y Corey daban saltos en los asientos del coche a cada bache, subiendo por esa carretera que parecía no tener fin y que no tenía ni una luz para hacer el trayecto más fácil.

—A este paso vamos a llegar al final y bajar por el otro lado —refunfuñó Randy—. ¿Seguro que vamos bien?

—Y yo qué sé, ya te he dicho que el GPS va y viene. —Señaló hacia un punto de luz suave delante—. Creo que será eso.

—¿Y por qué no hay ni una puñetera señal?

—Pues luego pones una queja al ayuntamiento, ¿a mí qué me cuentas?

Vale, estaba siendo borde, pero Randy tampoco se quedaba atrás. No sabía si era por los nervios de encontrar a Romy por fin o por las vueltas que habían dado, notaba que ambos estaban al límite de su paciencia.

El punto de luz se transformó en unas guirnaldas alrededor de un tipi junto a una casa, donde había un par de coches aparcados. Obviamente, debían estar en el lugar indicado porque dudaba mucho que hubiera más tipis por allí.

Ambos respiraron aliviados al mismo tiempo y se miraron.

—Bien, pues ya estamos aquí —dijo Corey.

—Ya.

—¿No vas a bajarte del coche?

—Sí, sí. —Cogió aire—. Vamos, estarán dentro.

Salió y Corey suspiró, moviendo la cabeza. Se había dejado las llaves puestas después de parar el motor, así que las cogió y cerró tras salir. Le alcanzó y echaron un ojo hacia la casa, donde no había nadie a la vista. Tampoco se oía ruido al acercarse, ni allí ni en el tipi, así que supusieron que estarían dormidas. No había ningún timbre ni campanilla donde poder avisar que estaban allí, así que Corey sacó su móvil y encendió la linterna.

—¿Entramos? —preguntó.

Randy afirmó y apartó las telas de la entrada para poder pasar… y los dos se quedaron quietos con la boca abierta ante la visión que se les presentó: una cama, Romy en un lado abrazada a un gato, Skylar llena de plumas en el otro, y un tipo desconocido en el medio.

—Pero… ¿qué…? —exclamó Randy.

Al oírle, los tres durmientes despertaron y se incorporaron, mirándolos como si vieran un par de fantasmas.

—¿Qué está pasando aquí? —preguntó Randy.

—¿Randy? —dijo Romy, asombrada.

—¿Corey? —replicó Skylar, con la misma cara que su amiga.

—Repito, ¿qué está pasando aquí?

Y entonces, vio volar un cojín hacia su cara, que esquivó a duras penas.

—¡Imbécil! —gritó Romy—. ¿Que qué pasa aquí? ¿Tú me preguntas eso, después de lo que me has hecho? ¿Y a ti qué te importa lo que hago aquí?

—Oye, tranquila, que yo venía a hablar contigo y…

—¡Lárgate de aquí!

Lanzó una lámpara y Corey pasó la luz de la linterna de uno a otro, sin dar crédito a lo que veía. Su hermana jamás había sido violenta, nunca la había visto con esa cara de furia ni…

—¡Cuidado! —exclamó, al ver un cojín que lo rozaba y señaló a Randy—. ¡Que tu objetivo está ahí!

—¡El gato! —gritó Randy, al ver que Romy elevaba los brazos.

La chica se detuvo en el acto al darse cuenta de que había estado a punto de arrojarle al gato. Este se revolvió para liberarse de sus brazos y salió disparado en dirección a Randy. El pobre animal aulló, enseñando los dientes y sacando sus uñas, hasta caer sobre un pobre Randy que acabó en el suelo con él encima.

Corey intentó acercarse para ayudarlo, aunque el gato no lo puso fácil y tuvo que coger un cojín para protegerse de aquellas uñas. Aun así, acabaron los dos con varios arañazos y, al levantar la vista, vieron que las dos chicas y el desconocido habían salido de la cama.

—¿Qué hacéis aquí? —preguntó Skylar.

El gato salió disparado por la puerta, siseando, mientras ellos se incorporaban y sacudían su ropa.

—Tengo que hablar con Romy —dijo Randy, con tono suplicante.

—¡No tengo nada que hablar contigo! —gritó ella, agarrando la lámpara que quedaba.

—Espera, espera. —Skylar le cogió el brazo—. Vamos a ver qué ocurre, ¿no te parece?

—Si es que ya lo sé, no hay nada que decir. No te dejes engañar por sus ojitos inocentes, sabes lo que me ha hecho.

—Romy, sé lo que parecía, pero no tengo un lío con mi secretaria. Si hubiera sabido que estabas detrás del ficus…

La morena entrecerró los ojos, mosqueada.

—¿Cómo sabes lo del ficus?

Corey se adelantó, elevando las manos en son de paz. La cara de su hermana no auguraba nada bueno, y tampoco quería que culpara a las chicas por no respetar del todo el pacto de silencio.

—Escucha, Randy me pidió ayuda cuando desapareciste —explicó—. Así que vine con él para echarle una mano.

—¡Si ni siquiera te cae bien!

—Bueno, eso es otro tema. —Miró de reojo al chico—. No es tan malo como pensaba.

—Hombre, gracias —espetó Randy, no muy convencido de aquella defensa.

—Lo que quiero decir es que deberíais hablar, que para eso nos hemos comido no sé cuántas horas de vuelo y llevamos otras tantas dando vueltas por esta isla.

Romy se cruzó de brazos, mirando a ambos de arriba abajo.

—Ese no es mi problema.

—Escucha, cariño —dijo Skylar, quitándole la lámpara—. Quizá deberías concederle cinco minutos.

—¿Estás loca?

—No, solo digo que le escuches. Y si dentro de un rato sigues pensando igual, que se vaya y punto.

—No pienso perdonarle ni loca.

—Es que no hay nada que perdonar —dijo Randy.

—Por ahí vas mal —le susurró Corey, al ver cómo las chicas lo miraban.

—Quiero decir, que todo tiene una explicación —aclaró él.

Romy bufó y se sentó en la cama, mirando a una pared.

—Habla —ordenó.

—Bueno, yo creo que mejor espero fuera —dijo Rodrigo, carraspeando.

Hasta entonces se había quedado en un segundo plano, detrás de las chicas, eso sí, para evitar proyectiles. Al llegar a la altura de Corey y Randy, ambos lo miraron con el ceño fruncido, y tuvo que girarse para poder salir de lado del tipi, ya que ninguno se movió.

Skylar le apretó un hombro a Romy para darle ánimos y se acercó a ellos.

—Vamos fuera nosotros también —le dijo a Corey.

Él afirmó, aunque temía dejarlos solos. No por Romy, a la que había esperado encontrar hecha un mar de lágrimas, sino por Randy y su integridad física. En el tipi solo quedaba una lámpara para poder utilizar como objeto contundente, así que salió tras Skylar y se quedó con ella y el tipo de la cama junto a la puerta.

Randy se pasó las manos por el pelo y anduvo de un lado al otro del tipi, nervioso. Lo último que había esperado era ver a su amor del alma en la cama con un desconocido y que lo atacara con diversos proyectiles, gato incluido, así que estaba bastante confuso y no sabía ni por dónde empezar.

—No creas que un gran gesto romántico te va a salvar —espetó Romy.

—¿Cómo? —La miró, deteniéndose.

—Esto de aparecerte a buscarme para llevarme al altar como si fuera una película. No va a funcionar, Randy. Esto es la vida real y no pienso ser una cornuda. —Frunció el ceño—. O sea, ya lo soy, así que quiero decir que no pienso casarme con un cabrón infiel.

—¡Que no soy infiel! —Elevó las manos en el aire, impaciente—. Es lo que trato de decirte. No te estoy engañando.

—¿No? ¿No hay nada que me ocultas y deba saber?

—Vale, sí lo hay. Pero antes de que me tires nada, escúchame. Poppy es lesbiana.

—Y yo uso la talla cuarenta, no te jode.

—Que sí, no es una broma. Ella y su novia quieren un hijo y me pidió que les donara semen.

Romy parpadeó, mirándolo por fin al oír aquello. No podía ser cierto, era tan… surrealista.

—¿Qué?

—Me lo pidió hace unos meses, le dije que no y me lo ha vuelto a pedir. No te lo conté porque no quería alterarte tan cerca de la boda.

—¿Y por qué debo creerte?

—Pues llámala. —Sacó su móvil y se mordió el labio—. Bueno, ahora no, que no hay cobertura. Podemos ir a algún sitio donde haya y la llamas.

Romy tragó saliva, con un nudo en la garganta. Quería creerle… sería tan fácil creerle, que le daba miedo. Podía pensar que todo era una mentira elaborada y que, si llamaba a Poppy, ella mentiría también. Solo que sería estúpido por parte de Randy continuar con la boda así, con una amante, y no tendría sentido que hubiera ido hasta Ibiza para explicarle la verdad. Se hubiera sentido liberado, ¿no?

Sacudió la cabeza, frotándose los ojos para evitar llorar.

—Es que yo no quiero ni puedo ser una chica tanga.

Randy se quedó sin habla. ¿Una qué? ¿Y ahora qué pasaba? Pensaba que todo el lío era por Poppy, ¿y había más cosas? Para eso no estaba preparado.

—Si tú no tienes tangas… —empezó, inseguro.

—¡Por eso mismo!

—Romy, te quiero, pero no te entiendo.

—Todas esas chicas con tanga de tu despedida, tus amigos me dejaron claro que las preferías, y yo lo he intentado, que lo sepas. Compré tangas, fui a un local de *striptease*, me emborraché con unos barbudos, y comí mucho helado y ahora no me vale el vestido, y…

Estaba hipando entre frase y frase, haciendo el discurso aún más confuso. Randy comprobó la distancia entre la chica y la lámpara y se acercó, despacio, mientras ella seguía hablando sobre chupitos, Pachá y barcos. Bueno, al menos habían estado en Pachá, no se habían equivocado al buscar allí.

Se sentó con cuidado a su lado y sacó un pañuelo de su bolsillo para secarle las lágrimas.

—Y ahora estás aquí —terminó ella.

—Sí, estoy aquí. —Le cogió las manos—. No podía dejar que cancelaras la boda por una equivocación. Quiero casarme contigo, Romy, si tú aún quieres.

—¿No te importa que no use tanga?

—Los tangas me importan tres pepinos. —Le cogió la cara entre las manos para que lo mirara a los ojos—. Sé que te da igual el gran gesto, como tú lo has llamado, pero ¿crees que hubiera cruzado el océano para buscarte si no te quisiera y encima con tu hermano?

Teniendo en cuenta que no eran el uno la persona favorita del otro, aquello era aún más significativo que el viaje en sí. Entonces, Romy cayó en la cuenta de que Corey estaba de su lado en eso… lo cual era una señal más que clara de que Randy no mentía y todo había sido un terrible malentendido.

—Siento no haberte contado antes la propuesta de Poppy —continuó él—. Ni siquiera le di importancia, a partir de ahora te lo contaré todo, te lo prometo. Y también perdona por los imbéciles de la despedida… ya hablaré con ellos al volver, desde luego están fuera de la boda, son unos liantes. Me buscaré mejores amigos, tu hermano ya me ha dicho que iba a ayudarme.

Aquello era un poco lejano a la realidad, aunque esperaba que el acercamiento a Corey no desapareciera cuando volvieran y que pudieran llevarse mejor e incluso quedar de vez en cuando a tomar algo como colegas. Y así, de paso, seguro que conocía gente nueva, como esos amigos que decía en broma que podía prestarle si quería.

Ya no sabía qué más podía decir a Romy para convencerla, y de pronto ella se le echó al cuello y le hizo perder el equilibrio, tirándole sobre la cama.

—Oh, Randy, ¡lo siento tanto! Me he portado como una histérica, tenía que haber hablado contigo y no salir corriendo.

—No pasa nada.

—Sí pasa, casi estropeo todo por mis inseguridades.

Sollozó contra su cuello y él volvió a coger su cara, pasando los pulgares por sus mejillas antes de besarla en los labios, húmedos y temblorosos por la congoja.

—Romy, te quiero. Te lo diré una y mil veces, tú eres mi chica, mi una entre un millón. A partir de ahora, solo tenemos que hablar más y reaccionar menos, ¿te parece?

—A mi terapeuta le va a encantar esto.

—Seguro. —Le acarició el pelo, recorriendo su rostro con los ojos—. ¿Sabes cuánto te he echado de menos?

—Y yo a ti.

—Pensaba que te había perdido… No sabía si conseguiría encontrarte y hablar contigo.

—Siento haber salido huyendo. —Le besó—. ¿Me perdonas?

—No hay nada que perdonar, ya está arreglado.

Romy sonrió y le besó de nuevo. Vaya, Belinda tenía razón, aquel lugar obraba milagros. Sin dejar de besarle, bajó las manos para tirar de su camiseta y sacarla del pantalón. Él se movió para facilitarle la tarea y, cuando se estaba sacando la prenda por la cabeza, recordó algo.

—Un segundo —dijo—, ¿y el tipo de la cama?

—El chófer.

Como explicación no era mucha, aunque realmente le daba igual: había encontrado a Romy, la tenía en sus brazos y eso era lo que importaba. Tendrían que hablar de nuevo sobre el tema de los tangas, seguro, porque conociéndola, le había dado también más importancia de la debida, pero al menos lo de Poppy ya no era un problema. Por el momento, tenía que demostrarle cuánto la quería y deseaba, sabía que eso era lo que la chica necesitaba y muchas veces las palabras no bastaban, hacían falta hechos.

Así que la besó profundamente y la tumbó para desnudarla despacio, buscando los puntos que sabía que la harían temblar de placer y suspirar bajo sus dedos y labios. Total, tenían toda la noche, así que no pensaba darse ninguna prisa.

Romy gimió entre beso y beso y le acarició el pelo, con ninguna neurona activa que pudiera hilar algún pensamiento coherente. Le parecía increíble estar ahí, con Randy de nuevo, perdida en sus brazos. Le rodeó con sus brazos y piernas cuando se puso sobre ella y lo miró.

—Yo también te quiero —murmuró, al darse cuenta de que no se lo había dicho.

Él sonrió, besándola, y rodaron sobre la enorme cama haciendo que unas cuantas plumas flotaran por el aire.

En el exterior, Skylar miró a Corey y se alejó un par de pasos de la tienda. Al dejar de oír gritos, se habían quedado sin saber qué hacer; no querían entrar por si estaban discutiendo en voz baja, pero el silencio les mosqueaba… hasta que escucharon los gemidos.

—Ejem, yo… —dijo Rodrigo, señalando hacia el coche—. Creo que voy a ir a dar una vuelta y descansar, y ya mañana vuelvo, si eso.

—Claro, claro —se apresuró a contestar Skylar.

Solo cuando lo vio alejarse en el coche, se dio cuenta de que estaba sola con Corey. No habían cruzado palabra al salir del tipi y ahora, ahí estaban, solos en la semioscuridad exterior y con unos estupendos gemidos de fondo animando el ambiente.

—Quizá… bueno, ¿y si nos vamos también? —sugirió ella.

—Sí, ellos parecen estar bien. —Señaló con la cabeza las luces del coche de Rodrigo, alejándose—. ¿Ese era el chófer?

—Sí, ¿cómo lo sabes?

—Es una larga historia. ¿En este país es normal que duerma con sus clientes o qué?

—¿Detecto un tono celoso?

Él frunció el ceño y se metió las manos en los bolsillos para sacar la llave del coche de alquiler. No estaba en los papeles para conducirlo, pero entre quedarse a escuchar a su hermana dándolo todo con su futuro marido y conducir por la carretera de cabras, optaba por lo segundo.

—Supongo que bajando el monte encontraremos algún sitio —comentó.

—Hay una cala cerca, tampoco está tan mal dormir en la playa.

Corey, que había dado un paso hacia el coche, se detuvo y la miró elevando una ceja. ¿Skylar, su Skylar, no ponía pegas a dormir sobre la arena? ¿Qué estaba pasando ahí?

—No me mires así —replicó ella, encogiéndose de hombros—. Han sido unos días muy surrealistas, qué quieres que te diga.

—No, ya me imagino. A poco que se parezcan a los míos…

Fueron hasta el coche evitando tocarse, ambos sintiendo como si el aire tuviera electricidad estática entre ellos.

El viaje en coche no fue mucho más cómodo, entre el espacio cerrado, los saltos en los baches y las veces que Corey metió mal la marcha, acostumbrado a coches automáticos. A ese paso se cargaría el embrague, lo cual sería un colofón estupendo para aquel maravilloso viaje. Al menos Randy y Romy estaban bien, reconciliándose, cosa que no podía decir de sí mismo y Skylar. El ambiente se podía cortar con un cuchillo, la verdad. La chica no parecía contenta en absoluto de verlo por ahí.

Siguió la carretera hasta tomar un desvío hacia el mar, así esperaba llegar a alguna playa. Las señales no ayudaban, puesto que no había, pero en cuanto llegaron a una carretera decente, Skylar sacó el móvil y revisó el mapa.

—Aquí hay cobertura —dijo—. Veo un camino cerca, para ahí delante. Creo que podremos bajar andando.

A oscuras y sin conocer el sitio, quiso replicar él, aunque no lo hizo. No quería discutir, seguro que llegarían a eso más tarde.

Siguió sus indicaciones y aparcó bajo un árbol. El camino que ella señalaba no era más que un sendero que descendía hasta el mar, a una pequeña cala oculta entre árboles y rocas. La luna se reflejaba en el agua, dando cierta luz al ambiente, y cuando se sentaron en la arena, no estaba fría, aún conservaba algo del calor del día.

Sí, el sitio no estaba nada mal.

—Así que… —empezó Skylar—. Las chicas os han ayudado.

—Más o menos. —No tenía sentido mentir—. Aunque no han roto el pacto de silencio con Randy.

—No se nos ocurrió incluirte.

—No, ya tuviste suficiente con bloquearme. —Ella lo miró—. Bueno, es la verdad, ¿no?

—Perdona, tú rompiste conmigo.

—Tú no apareciste en la cita.

—Tú… —Movió la cabeza—. ¿Quieres seguir? Porque podemos remontarnos a la edad de piedra, con el «y tú más».

—Vale, dejémoslo.

Se quedaron mirando el mar, tranquilo y sin olas, hasta que Skylar habló de nuevo.

—¿Por qué has venido?

—Randy creyó que necesitaría mi ayuda. —La miró de reojo—. En cuanto me contó lo sucedido, supe que Romy se había equivocado.

—Ajá.

—Y también quería verte.

Ella resopló, porque se había mosqueado ante su primera frase. Si había ido hasta ahí solo por Randy, vamos, le hubiera dado una bofetada de buena gana. No porque fuera violenta, sino porque así la hacía sentir: con tantas ganas de besarle como de agitarle, a ver si le decía algo que arreglara lo suyo. Claro que tampoco sabía qué necesitaba oír, lo del traje era una estupidez y ahora lo sabía, quizá debía empezar ella…

Lo malo fue que, al mirarlo, se le olvidó todo lo que iba a decir. ¿Cómo podía estar tan guapo con el pelo revuelto, cara de necesitar dormir y la ropa arrugada? ¡Así era imposible pensar con claridad!

—Mira —él la sacó de sus pensamientos—, ya sé que preferirías que me pareciera a ese Greg…

Skylar le cogió del cuello y tiró de él para interrumpir su frase con un beso en los labios. Corey, tras corresponderle unos segundos, la apartó para mirarla.

La rubia quería decirle muchas cosas, pero su cuerpo hacía de las suyas y estaba en estado de alarma: era como si lo detectara y activara un sensor que no la dejaba pensar en otra cosa. Y él se dio cuenta al momento. Cuando Skylar lo miraba de ese modo… en fin, era como si el resto del mundo dejara de existir. Solo ella le hacía sentir eso, podía percibir su deseo de un modo tan puro y limpio que neutralizaba todo lo demás.

—Escucha… —empezó.

—Luego.

—No sé si esto es una buena idea.

—¿Acaso importa?

Pues no, para qué engañarse. Ni que fuera la primera vez que hacían algo que era una mala idea… y estar con ella en esa playa, bajo la luz de la luna, no era la peor ni mucho menos. Así que Corey decidió dejar la conversación pendiente para más tarde y besarla como llevaba días deseando. ¿Cómo había podido pensar alguna vez que no echaría de menos eso? Solo de recordar la llamada de teléfono rompiendo con ella le daban ganas de golpearse a sí mismo.

No tardó ni un minuto en quitarle el pijama de verano que llevaba puesto y ella en desnudarlo a él, pasando las manos por sus tatuajes como si así se asegurara de que seguían allí y era el mismo de siempre.

Le encantaba cómo la tocaba, cómo la besaba, cómo… todo él. El sexo siempre era increíble, pero en ese momento le parecía que aún más. Quizá era porque se había convencido de que no pasaría de nuevo, pero si ya de normal sus besos la volvían loca, aquella noche su piel parecía estar aún más receptiva de lo normal. Tenía el vello erizado, le temblaban los dedos al tocarlo y su cuerpo se sacudió con un intenso orgasmo cuando, tras unas cuantas caricias, Corey entró en ella.

No, aquello no podía ser una mala idea. Nunca.

CAPÍTULO 13
SÁBADO, MAÑANA

Kat: «Ya veo que a ninguna le interesa mi cita con Lawson, ¡envidiosas! Pues para que lo sepáis, fue muy bien. Estuvimos cenando en un restaurante muy chulo que escogió él y no sé, todo es tan perfecto que casi me da miedo hacerme ilusiones porque, ¿dónde está el fallo?»

River: «Chica, no seas así. ¿Por qué tiene que haber un fallo?»

Kat: «Será que he salido con demasiados capullos. Aún espero encontrarme con algo malo, no sé, como… un armario en su casa lleno de cuero y látigos, por ejemplo.»

Danni: «Esa es tu fantasía, no un fallo.»

Sun Hee: «A mí no me importaría jugar a eso, si fuera con Dennis.»

River: «¿Hay algo que no harías con ese?»

Sun Hee: «No.»

Danni: «Jamie sigue sin llamarme.»

River: «¿Aún con eso? ¡No tiene tu teléfono!»

Kat: «Chicas, por favor, centraos, estábamos hablando de Lawson. Yo siempre os ayudo con vuestros ligues, para un día que reclamo atención…»

Danni: «No entiendo cuál es el problema, todo va genial entre vosotros. Lo acabas de conocer, disfruta de los primeros meses antes de que te aburras y lo dejes.»

Kat: «Vaya, eso no era precisamente lo que quería oír.»

Sun Hee: «Las de Ibiza, ¿cuándo volvéis? Os echamos de menos… y tengo dos entradas para el concierto de Strigoi, ¿quién va a ser la afortunada que venga conmigo?»

Kat: «La conversación fue natural, y el sexo… ay, chicas, no sé ni cómo definirlo. Es una maravilla, me encanta de arriba abajo.»

Danni: «Si quisiera llamarme, podría conseguir mi móvil, creo yo.»

River: «Bueno, os dejo un rato, que sigo a la búsqueda de trabajo.»

Kat: «Una pena que no haya boda, y no miro a nadie, ejem, Romy. Lawson podría haber sido Kat más uno, como viene en la invitación…»

Sun Hee: «Strigoi a la una, a las dos…»

Danni: «Es un gilipollas.»

Skylar salió de su sueño ligero y estiró un brazo para coger el móvil, que no sabía ni qué hora era. No parecía tarde porque el sol no brillaba aún, pero era de día. No le sorprendía: después de la noche tan agitada que habían tenido, unas horas de sueño eran muy necesarias.

Se frotó los ojos mirando a su alrededor, aliviada al ver que no había ni un alma. Tenía encima la cazadora de Corey y debajo estaba medio desnuda, que esa era otra… Leyó por encima los mensajes que sus amigas habían dejado antes de acostarse.

¡La boda!

Pegó un bote en la arena y se giró hacia Corey, que seguía dormido.

—¡La boda! —exclamó.

El chico entreabrió los ojos y parpadeó, confuso.

—¿Qué?

—La boda. ¡La boda! —repitió la rubia, incorporándose de golpe.

La cazadora salió volando para caer sobre Corey, que empezó a pelearse con ella mientras trataba de despejarse del todo. Cuando por fin logró salir de debajo, Skylar ya estaba de pie, corriendo de un lado a otro para buscar las llaves del coche, que habían terminado tiradas sobre la arena.

—Pero ¿qué pasa? —preguntó él, frotándose la cara.

—¿No te das cuenta? Se han reconciliado, eso significa que hay boda.

—Vale, ¿y?

—Estamos en Ibiza, Corey, ¡en Ibiza! ¡Y la boda es mañana a la una!

Lo miró hasta que Corey cayó en la problemática que tenían encima. Obvio, sería casi imposible que llegaran a tiempo, incluso aunque cogieran un vuelo inmediato, cosa que tampoco iba a suceder. Con las escalas que hacían, suerte si llegaban el lunes.

Empezando a pillar la gravedad del asunto, se levantó de un salto y se puso los vaqueros. Ella rescató su ropa del suelo y se vistió, revisando el móvil por si Romy había escrito algo.

—¿Tú tienes algún mensaje de Romy? —le preguntó.

—No, nada. Me da que han estado ocupados toda la noche, ¿dónde está mi…? —Él le lanzó el sostén—. Vale, luego me lo pongo que hay que darse prisa.

Salió corriendo y Corey se dio cuenta de que, si no espabilaba, era capaz de dejarlo ahí tirado. Cogió su cazadora, la sacudió y echó a andar tras ella de manera mecánica, ya que aún seguía medio adormilado. Por lo visto, tampoco iban a tener la conversación pendiente esa mañana, vista la gravedad del asunto.

La cuesta no tenía la misma gracia de día, claro que el hecho de subirla tampoco era igual que bajarla. Cuando llegó al coche, Skylar estaba ya en el asiento del conductor, así que entró por el otro lado poniéndose la camiseta al mismo tiempo.

—Escríbele —le pidió—. O llámala, lo que sea, pero que se despierten.

—Vale.

Corey sacó su teléfono y llamó a Romy. Tras diez tonos sin éxito, probó con el de Randy y obtuvo un resultado similar.

—Nada, no coge nadie. Espero que no sigan dale que te pego.

—Dios, no. —Skylar se estremeció ante la idea de regresar al tipi y que su amiga continuara con la reconciliación—. ¿Puedes ir consultando los vuelos disponibles?

Él afirmó y se dedicó a buscar, aunque por las caras que iba poniendo, que también podían por ser los baches que cogía el coche todo el tiempo, el tema no tenía buena pinta.

—Tres escalas —murmuró Corey.

Skylar negó con la cabeza. Y encima no habían cancelado nada, que eso estaba bien si lograban regresar a tiempo, aunque visto lo visto, la posibilidad de que ocurriera eso se desvanecía igual que el encanto de una noche en la playa.

Tras unos cuantos botes más, Skylar aparcó de mala manera en la entrada a la propiedad de Belinda y los dos bajaron del vehículo a toda prisa. Ni rastro de Rodrigo: no se veía su coche por la zona.

Skylar apartó las cortinas del tipi y, en efecto, allí estaba la pareja: bien dormidos y acurrucados, con los teléfonos guardados a saber dónde.

—¡Romy!

La morena pegó un salto en la cama al escuchar su nombre y miró en dirección a la puerta, donde encontró a su amiga vestida con el pijama, el pelo revuelto y un sujetador en la mano. La cosa no mejoró al mirar a su derecha y ver a Corey, que llevaba la camiseta del revés, aunque al menos tenía los pantalones puestos y abrochados.

—¿Qué se quema? —dijo, tratando de espabilarse.

—Tu boda, joder.

—¿Se quema?

—¡No, que no llegamos a ella! ¡Randy! —Skylar le arrojó un cojín a la cabeza al ver que el chico no se inmutaba ante la charla—. ¡Despertaos! ¡Os casáis en poco más de veinticuatro horas y estamos atrapados en una isla!

Al fin, las palabras de Skylar atravesaron la mente aletargada de Romy, que sacudió a su novio con energía.

—Joder, ¡¡joder! ¡Despierta, Randy!

—¿Qué pasa? ¿Quieres otro asalto? —Este la rodeó con el brazo.

Skylar y Corey pusieron idéntica cara de susto ante la idea de presenciar una muestra de amor matutino y retrocedieron hacia la salida a la vez.

—¡No, que te levantes! Tenemos un problema. —Romy apartó su brazo y lo sacudió.

El chico al fin abrió los ojos, con un bostezo.

—Lo siento, me hacía falta dormir.

—Necesitamos regresar a casa —dijo Romy, y miró el reloj—. ¡Son las nueve!

—¿Y qué?

—Randy, nos casamos dentro de veintiocho horas.

—Bueno, con la diferencia horaria ganamos algo de tiempo —comentó Corey—. Pero vaya, que habría que salir en el vuelo más inmediato.

—¿Que es…?

Skylar miró su móvil.

—Hay uno sobre las siete, lo que pasa que hace tres escalas y no llegaríamos hasta la tarde.

Romy puso cara de pánico al ser consciente del problema que se avecinaba. ¿Por qué no había hecho caso a Skylar y habían comprado billetes antes? ¿Por qué tanto insistir en no querer marcharse? ¡Ahora estaban atrapados en esa maldita isla y se perdería su propia boda gracias a su desequilibrio mental!

—Dios mío —murmuró, tapándose la cara con las manos—. Joder, no vamos a llegar.

Y se echó a llorar. ¿Cómo era posible que llevara días tratando de olvidarse de la boda y en ese instante, perdérsela fuera un trago por el que no quería pasar?

Randy le rodeó los hombros con el brazo.

—Calma, calma, vamos a pensar un poco qué opciones tenemos.

—¿Opciones? —preguntó Corey—. Vamos, que yo sepa solo hay una, que es coger un avión. Así que no, no vamos a llegar.

—¿Quieres que empiece a hacer llamadas para cancelar cosas? —Skylar se sentó sobre la cama para cogerle la mano, preocupada.

—¿Cómo he podido ser tan idiota?

—Es que todo ha sido muy inesperado…

—Lo he estropeado todo —siguió ella, sin dejar de llorar—. ¡He estropeado mi boda! Si no hubiera salido huyendo como una loca, no estaría en esta situación.

—Tampoco fue idea tuya, ya sabes, Greg lo soltó y en ese momento encajaba —dijo Skylar, y se quedó pensativa—. Espera un momento, ¿y Marco?

Randy y Corey cruzaron una mirada interrogante, preguntándose quién diantres sería ese tal Marco. Como si ya de por si escuchar el nombre de Greg otra vez no fuera desagradable, ¿ahora se añadía un Marco a la ecuación, aparte del tal Rodrigo? ¿Cuántos tíos habían conocido en su breve estancia allí?

—¡Marco! —repitió Romy, dejando de llorar en el acto y con mirada esperanzada—. ¡Sí, Marco!

—¿El amigo del tío de la laca? —preguntó Corey, alzando una ceja.

—Exacto —aclaró Skylar—. No es nadie importnate, pero tiene pasta y anda tras Romy.

—¿Qué? —exclamó Randy.

—No, no, calma. —Romy le puso la mano sobre la suya, fulminando a Skylar con la mirada—. De verdad que no ha habido nada con él, solo me ha invitado a cenar varias veces. Pero no he aceptado, ¿verdad, Skylar?

—No —dijo esta—. Bueno, solo la primera noche.

Randy miró de nuevo a Romy, que se encogió de hombros.

—Mira, nos había hecho el favor de traernos en su avión privado, y hasta nos cedió una de sus mejores *suites* gratis, lo menos que podíamos hacer era cenar con ellos.

Skylar afirmó, aunque dejó de hacerlo al ver que Corey fruncía el ceño.

—¿Ese «ellos» incluye al chico de la laca?

—Sí, pero en serio que fue todo inocente. Es más, después de la cena nos fuimos al baño y de ahí escapamos a Pachá —explicó Romy.

Ninguno de los chicos parecía muy contento con aquella información, aunque en realidad no podían hacer nada al respecto. Corey no tenía claro que hubiera ganado la partida contra el chico de la laca, y ella tampoco lo sacaba de la duda, pero no era el momento para tener esa conversación. Y ya dudaba de cuándo podrían tenerla, visto que siempre se quedaban anclados en el mismo punto.

—¿Y cuál es la idea? —preguntó Randy, sin ver claro cómo los podía ayudar el tal Marco.

—Preguntarle si nos llevaría de vuelta a casa —comentó Skylar, sin dudar.

Los chicos se miraron entre ellos, confusos.

—¿Así sin más?

—No sé, a lo mejor tiene que volver a Atlanta por trabajo —sugirió Romy—. No perdemos nada por intentarlo, ¿no? Solo hay que ir a su hotel y pedimos hablar con él.

Por la expresión en la cara de ambos, estaba claro que a ninguno les hacía gracia esa opción; sin embargo, como era la única que tenían, terminaron por encogerse de hombros.

—Pues vamos ya, cada minuto que pasa juega en nuestra contra.

Randy se apresuró a ponerse su ropa, y después abandonó la tienda con Corey para que las chicas pudieran vestirse y recoger sus cosas. Los dos se apoyaron en el coche de alquiler justo a tiempo de ver aparecer a Rodrigo, que estacionó justo al lado.

—Hola —saludó este—. Ah, aún seguís aquí.

—Sí, aquí seguimos —comentó Randy, carraspeando.

—Vale, solo venía por si acaso las chicas necesitaban que las llevara a alguna parte, de vuelta a la civilización o algo así. No sabía si os quedaríais a pasar la noche, pero prefería asegurarme de que estaban bien.

Los dos relajaron su expresión al escucharlo.

—Gracias por preocuparte por ellas —dijo Randy—. Te habrán vuelto loco estos días.

—No, ha sido divertido. En fin, llamaré a mi jefe para comentarle que acaba mi servicio.

Romy salió del tipi en el preciso instante en que Rodrigo telefoneaba, de modo que se acercó a toda prisa haciendo una serie de gestos que el chofer no entendió.

—Trae, trae. —Romy le arrebató el móvil—. ¿Marco? ¡Hola, soy Romy! ¿Qué tal estás?

Randy se cruzó de brazos, molesto, mientras veía a su chica charlar como si nada con un tipo al que conocía desde hacía unos días. Vale que la conversación era banal y sin trascendencia, aun así, le molestaba.

—¿Estás en el hotel? Sí, Skylar y yo queríamos pasar a hacerte una visita, si te parece bien. —Romy se encogió de hombros al pillar a Randy con el ceño fruncido—. ¿A desayunar? Sí, estupendo, vamos hacia allá.

Le devolvió el teléfono a Rodrigo.

—¿De qué va esto? —preguntó él, guardándoselo.

—Necesitamos volver *ipso facto* a casa —explicó la morena—. La boda es mañana a la una, hora de Atlanta. Y los vuelos comerciales no nos llevan a tiempo.

—Ah, ¿vais a pedirle su avión privado?

—Sí, ¿crees que nos lo prestará?

—Bueno, el señor Ríos es impredecible, quién sabe. —Rodrigo meneó la cabeza.

El comentario no tranquilizó demasiado a Romy, aunque como no existían más opciones, no tendrían más remedio que intentarlo o resignarse a perder el dinero y el día.

Skylar salió con las maletas y las dejó ante el tipi.

—Voy a avisar a Belinda de que nos marchamos —informó.

Fue hacia la casa mientras el resto cargaba el equipaje en el coche de alquiler de los chicos. La rubia reapareció poco después acompañada de la anfitriona, que quería despedirse personalmente de Romy y Rodrigo, y que pareció sorprendida al ver que habían aparecido otros dos chicos de la nada. Igualmente les estrechó la mano con una sonrisa, además de ofrecerles un café de comercio justo.

—Tenemos un poco de prisa —se apresuró a interrumpirla Skylar.

—Oh, entendido. Bueno, ha sido un placer teneros aquí —dijo la mujer—. No olvidéis puntuarme en la web.

Skylar desistió, mejor que Romy se ocupara de eso: ella no tenía nada bueno que decir sobre el tipi y las experiencias vividas en su interior.

—Nosotras iremos con Rodrigo y nos encontramos en el hotel —indicó Romy.

Y antes de que ninguno pudiera protestar, arrastró a Skylar con ella al interior del coche. Pensaba, no sin cierta razón que, si tenía que pedir un favor a Marco, las posibilidades de conseguir que aceptara serían mayores si no había novios a la vista.

—No puedes ocultar que están aquí, ni que vas a casarte —objetó Skylar, una vez se pusieron en marcha.

—Lo sé, solo tengo que pensar cómo hacerlo.

Pensativa, la morena cogió el móvil y empezó a leer la charla de las chicas. Emocionada, se apresuró a escribir:

Romy: «¡Chicas, buenas noticias! Me he reconciliado con Randy. Sé que estáis dormidas, pero así lo leéis según os levantéis. Estamos intentando encontrar el modo de regresar a Atlanta a tiempo para la boda, os vamos contando.»

Volvió a guardar el teléfono, con un suspiro.

—No sé si lo vamos a conseguir —comentó—. Y será todo culpa mía, vamos. Menudo lío he montado yo solita.

—Déjalo, ya no tiene remedio. Vamos a centrarnos en ver si hay forma de regresar.

—Supongo que podríamos casarnos en otra fecha, pero… sería una pena, no solo por el dinero, ¿sabes? Nos gustaba la fecha, era especial.

—Habrá que usar toda la artillería posible con Marco.

—¿Qué tal vosotros? ¿A dónde fuisteis anoche?

—A una playa que había cerca. La banda sonora de mi amiga y su novio en plena acción no era muy cómoda, ¿sabes?

Romy enrojeció, mirando hacia delante para ver si Rodrigo estaba escuchando. Bueno, si no le había dado importancia por la noche, no tenía sentido mostrarse remilgada en ese momento.

—Fue el calor del momento, ya sabes. La fiebre del sábado noche. —La pegó en el brazo—. No te hagas la recatada, que no fui la única.

—¿Cómo lo sabes?

—Porque cuando has aparecido llevabas el sujetador en la mano, y mi hermano la camiseta del revés. Estaba empanada, pero de eso me he dado cuenta. ¿Volvéis a estar juntos?

—No lo hemos hablado.

—¿Se puede saber qué demonios pasa, que cada vez que quedáis para hablar nunca llegáis a hacerlo?

—Pues eso, la fiebre del sábado noche…

Romy la dio otra vez en el brazo, tratando de controlar la risa.

—Podéis hablar en el vuelo.

—Sí, sí, no te preocupes. Si conseguimos que nos lleve, hablaremos ahí.

—Promételo, que no quiero que tengas a mi hermano dando vueltas sin saber.

Skylar afirmó para que se callara y, por suerte, Rodrigo ayudó decidiéndose a poner música a una altura suficiente para acallar los pensamientos de ambas.

Un rato después, el joven chófer aparcaba el coche frente al hotel. Los tres bajaron, y Romy abrazó al chico de forma impulsiva.

—Gracias por todos los viajes, Rodrigo —dijo, con una sonrisa.

—Y por cuidarnos —añadió Skylar, abrazándole también.

—Ha sido un placer, chicas —sonrió él—. Yo me voy ya, espero que podáis volver a tiempo para la boda y que seáis muy felices.

Rodrigo hizo una inclinación y regresó al coche para marcharse. Un minuto después, llegaba el vehículo de alquiler de los chicos, que dejaron justo frente al hotel. Hotel que recorrieron de arriba abajo con cierta suspicacia, los dos con la experiencia vivida allí muy reciente.

—¿Nos dejarán entrar? —susurró Randy a Corey.

—No tengo ni idea. Imagino que, si vamos con ellas, sí.

Ninguno estaba convencido, pero ellas ya les estaban haciendo gestos para que se acercaran, de modo que obedecieron. Romy se acercó al mostrador con una sonrisa.

—Hola, hemos quedado con el señor Ríos para desayunar.

—Sí, por supuesto, lo aviso enseguida. —Ella descolgó el teléfono, mirando al resto como si sus caras le sonaran—. ¿Señor Ríos? Su cita para el desayuno ha llegado. Sí, claro. —Colgó—. Pasen al comedor, baja en cinco minutos. ¿Ellos las acompañan?

—Sí, sí. —Romy agarró a Randy del brazo y tiró de él.

—De acuerdo —aceptó la recepcionista, sin dejar de mirarlos con desconfianza.

Una vez en el comedor, Romy pidió a los chicos que esperaran en la barra con un café mientras ellas hablaban con Marco, así que Randy y Corey se acomodaron relativamente cerca para no perder detalle.

Marcos apareció casi al momento, impoluto con su traje blanco y la sonrisa amplia. Fue al encuentro de las chicas, a las que saludó con un par de besos.

—¡Hola a las dos! Skylar, tan bella como siempre —saludó—. Y Romy, mi preciosa Romy, siempre es un placer verte.

—Esto… sí, gracias. —Ella se deshizo como pudo de su abrazo y regresó a su sitio en la mesa.

Marco hizo un gesto al camarero, que se apresuró a traer el desayuno a la mesa. Skylar miró con pena la comida; estaba muerta de hambre, pero no parecía procedente ponerse a comer sin haber arreglado antes el tema principal.

—¿Lo estáis pasando bien, chicas? —preguntó él, una vez acomodados y con las tazas de café listas—. Seguro, por lo poco que os veo.

—La isla es preciosa —asintió Skylar, intercambiando una mirada con Romy.

—¿Tendré el placer de vuestra compañía esta noche para la cena? Porque mañana salgo de viaje otra vez, o sea que será imposible.

Romy se puso derecha en la silla.

—Verás, es que… no podemos —balbuceó—. Tenemos que regresar inmediatamente a Atlanta.

—Vaya, ¿una emergencia?

—Sí, exacto. —La joven carraspeó, toda inocencia—. Verás, mi amiga *Wedding* está en estado crítico, a punto de morir.

Skylar y Marco la miraron, los dos con los ojos dilatados por la sorpresa.

—¿Tu amiga Wendy? —repitió él, confuso, pensando que quizás había entendido mal la pronunciación de la chica.

—Pobrecita, está en fase de peligro. Si no volvemos a tiempo… —Sacudió la cabeza, con aspecto consternado—. Bueno, imagínate.

—Pero ¿qué tiene? ¿Cáncer?

—Solo sé que es grave y urgente, que seguro no pasa de mañana al mediodía. Fíjate, sus hermanos han venido hasta aquí para avisarnos.

Señaló a la barra, donde Corey y Randy bebían café tratando de enterarse de la charla.

—¿Esos son sus hermanos? —Marco frunció el ceño—. ¿Por qué me suenan sus caras? Creo que los he visto en algún video de seguridad…

Romy le cogió la cara para que dejara de mirarlos y frunció los labios.

—Hemos mirado billetes de avión, pero con ninguno llegamos a tiempo. Y temo que si no encontramos una solución… bueno, *Wedding* desaparecerá de nuestras vidas antes de despedirnos de ella.

Skylar apretó los labios para no soltar una carcajada ante la historieta de Romy. Marco se veía confundido, como si de pronto no comprendiera bien el idioma… justo lo que la morena pretendía sin excederse en sus mentiras.

—Tenéis que volver a Atlanta —comentó, acariciándose la barbilla.

—Eso es —confirmó Skylar—. No hay nada con menos de tres escalas, no llegaríamos hasta la noche, muy… tarde para la pobre *Wedding*.

—Oh —Marco asintió—. Pues claro que os llevaré, chicas. Todo sea por una buena causa, y qué mejor que poder despedirse de una amiga.

Romy se llevó la mano al pecho, conmocionada. Skylar tuvo ganas de darle una patada para que no exagerara demasiado, aunque se contuvo, claro, ya que su estrategia funcionaba, a pesar de ser un completo disparate.

—¿En serio? ¡Muchísimas gracias, Marco!

—No me pilla de camino, pero no puedo permitir que lleguéis tarde —corroboró él—. Voy a avisar para que preparen el avión y salimos en cuanto esté listo, enseguida vuelvo.

Se incorporó para sacar el teléfono y, al pasar junto a la barra, puso la mano sobre el hombro de Corey con expresión apenada.

—Chicos, lamento mucho lo de vuestra hermana —dijo, antes de alejarse para hablar.

Los dos se miraron con cara de pasmo, cara que fue a más al ver a Romy correr hacia ellos una vez Marco estuvo fuera del comedor.

—Sois hermanos —explicó—. Y tenéis otra llamada *Wedding* que está en el hospital y no pasará de mañana al mediodía.

—¿Cómo dices? —preguntó Randy.

—Bueno, ¿qué iba a decirle? El tío lleva queriendo acostarse conmigo desde la primera noche, no creo que hubiera aceptado si le cuento que el viaje es para casarme con el hombre de mi vida.

Randy se relajó al oír aquello. Corey, sin embargo, tenía muchas dudas.

—¿Es nuestra hermana mayor o la pequeña? ¿Qué enfermedad tiene?

—Cualquier cosa, no le he dado muchos detalles.

—¿Y qué clase de nombre es *Wedding*?

—Es una metáfora con nuestra boda. *Wedding* corre peligro de no celebrarse y ninguno queremos que muera, ¿verdad? —Les dio una palmadita a cada uno—. Me vuelvo a la mesa, que tengo hambre y Marco debe estar a punto de volver. Vosotros hablad lo menos posible y todo irá bien.

Romy los abandonó para volver junto a Skylar, que estaba aprovechando para comer antes de que apareciera Marcos y los arrastrara al avión.

—Seguro que nos pilla —comentó la rubia, al verla de regreso.

—Eso da igual, una vez en el avión no me importa nada —respondió Romy.

Diez minutos después, Marco reapareció para informarles de que estaban preparando el avión y se sentó con ellas para terminar su desayuno. La gente como él no tenía que preocuparse de preparar equipaje, tenía personal que lo hacía por él, así que se podía permitir comer tostadas sin quitar su sonrisa. Hasta invitó a los chicos con un gesto para que se sentaran en la mesa.

—Oh, no, mejor se quedan allí. —Romy le dio un toque en el brazo—. Están tan tristes…

—Tendrán que comer algo —Marco insistió, mientras rodeaba a Romy con un brazo—. Hay que recuperar fuerzas para sobrellevar la situación.

Randy miró con fiereza esa mano sobre los hombros de su chica y la familiaridad con la que lo hacía… y se mordió la lengua. Se dijo que así eran los españoles, muy dados al contacto físico, y que pronto acabaría aquel viaje y estaría en su boda. Si era el precio que había que pagar, se haría el tonto.

—Sigo diciendo que vuestras caras me suenan mucho —comentó Marco, acariciándose la barbilla con cierta suspicacia.

—Tienen caras normativas —comentó Skylar, ganándose una mirada indignada de los chicos.

—Hace un par de días, el personal de seguridad echó a dos hombres de mi hotel. —Las dos lo miraron, interesadas—. Primero se quedaron dormidos cuatro horas en el *hall*, después se metieron con mi personal…

—¡Eso no…! —soltó Randy, y carraspeó—. Bueno, seguro que no fue para tanto.

—A uno hasta lo sacaron en el aire —terminó Marco—. En fin, son cosas que pasan. Cuando tienes un hotel con tanto lujo, los vagabundos quieren entrar en él.

Randy apretó los labios y Corey le dio una patada por debajo de la mesa para que se callara. Ya veían que soportar a aquel tipo era algo por lo que tendrían que pasar si querían regresar lo antes posible, de modo que lo mejor era hacerse los tontos.

Después del desayuno, Marco pidió un coche para que los llevara a todos al aeropuerto. Tuvieron que esperar un rato a que el avión estuviera listo, pero para el mediodía ya estaban todos en el interior y a punto de despegar.

—Podéis sentaros aquí —ofreció Marco a los dos chicos.

Ambos miraron en la dirección indicada, encontrando dos asientos juntos y próximos a la cabina del piloto. Allí había hasta un par de sofás y varios sitios individuales de aspecto muy cómodo, así que ninguno entendía por qué ponerlos juntos, aparte de alejados del resto.

—Seguro que os apetece estar solos, ¿no? Y tranquilos. —Marco les palmeó los hombros, con una sonrisa comprensiva—. En momentos como este, cuando vas a perder a un ser querido… en fin, quizás hasta os iría bien descansar. Nosotros estaremos allí, así no os molestaremos.

Corey entrecerró los ojos y lo vio alejarse hacia la zona de los sofás. Desde esa distancia podrían verlas, aunque no hablar, a menos que lo hicieran a gritos.

Marco no se tomó más tiempo en darles más explicaciones, sino que se reunió con las dos chicas y se sentó en el medio del sofá, con una cada lado, mientras hacía un gesto a la azafata para pedir algo.

Randy se dejó caer en su asiento con expresión furiosa.

—¡El muy cerdo…! —exclamó en voz baja.

—Aguanta un poco, piensa en que vas a llegar a tu boda —recomendó Corey, abrochándose el cinturón.

Corey veía con claridad que tampoco podría aprovechar el viaje en avión para tener la charla pendiente con Skylar, después vendría el lío de la boda y la cosa se complicaba otra vez. A lo mejor era el destino, que se molestaba en enviar una complicación tras otra para avisarle de que esa relación no debía continuar.

Randy frunció el ceño al contemplar cómo la azafata reaparecía con una botella de champán y tres bandejas con comida.

—Seguro que a nosotros nos mata de hambre —masculló—. «No creo que tengáis hambre, en estas circunstancias».

—Mira, como vayas así todo el tiempo va a ser un viaje muy largo. ¿Por qué no te duermes, a ver si así consigues tener buena cara para tu boda?

Randy refunfuñó, cruzándose de brazos. El jefazo del hotel ahí bebiendo champán con su futura mujer, y él en un asiento diminuto y con el estómago vacío.

Marco no los olvidó del todo: un rato después, la azafata apareció con unas bandejas que tenían comida, aunque se veía que aquella no tenía la misma calidad que lo que se servía en la zona VIP. Al igual que el champán, por lo visto destinado solo a las chicas.

Romy no hacía más que lanzarle miradas tranquilizadoras al mismo tiempo que le reía las gracias a Marco, se hacía la compungida y se las apañaba para que no la tocara demasiado.

Por suerte, Randy y Corey se dejaron vencer por el cansancio y poco a poco, se quedaron dormidos en sus incómodos asientos de avión.

CAPÍTULO 14
DOMINGO, MAÑANA

—¡Mi madre! —exclamó Romy.

Acababan de bajar del avión y se dirigían a la terminal cuando Romy gritó y todos se giraron en su dirección, alarmados.

—¿Estás bien? —le preguntó Marco, acercándose a ella solícito.

—Sí, yo… Uf, ¡madre mía, qué frío hace aquí comparado con Ibiza!

—¿Os pido unos coches? —preguntó él.

—No, deja, hay taxis al salir —replicó Randy.

Romy trotó hasta Skylar, la cogió del brazo y le enseñó su móvil con cuidado de que no la viera Marco.

—Mi madre, tía —susurró—. Me ha llamado como diez veces y mira, que va al hotel a ver si me pasa algo. Como vea que no estoy, le da un algo.

—Contéstale rápido que no hace falta, que estamos todas contigo y que estamos esperando a la peluquera.

—¡La peluquera! —Se tapó la boca—. Y la maquilladora, llegaban a las diez.

—Por eso, es una mentira a medias. Tenemos media hora para llegar, tranquila. Por cierto, le voy a enviar mensaje para que traiga ampollas *flash* a tope, que nos harán falta.

Marco se acercó a ellas, así que se apartaron y pusieron expresiones inocentes.

—Tengo que irme en cuanto repostemos —explicó—. Estaré unos días fuera, ¿te llamo a la vuelta?

—Claro, llama.

Otra cosa sería contestar, porque estaría de viaje de novios, eso para empezar. Y para continuar, no tenía ninguna intención de quedar con él, obviamente. Ya le enviaría un mensaje con alguna excusa.

Antes de que se dieran cuenta, el chico las estaba abrazando ante las miradas nada amigables de Corey y Randy.

—En fin, chicos, pues… ánimo.

Alargó la mano para que se le estrecharan, cosa que ninguno hizo, por lo que la cerró en un puño y le dio un golpecito a Corey en el hombro, que siguió el gesto con su mirada como si le hubiera atacado un mosquito.

—Ánimo —repitió Marco.

Guiñó un ojo a Romy y se quedó al otro lado de las puertas de salida mientras ellos las atravesaban.

—Menudo elemento —refunfuñó Randy.

—Ya está, ya pasó. —Romy se acercó y le cogió de la mano para darle un beso—. Piensa que no queda nada para la boda y que hemos llegado gracias a él. Skylar y yo nos vamos al hotel y…

—No, yo no —interrumpió ella, dándose un golpe en la frente—. Tengo que pasar por casa.

—¿Por qué?

—Mi vestido, lo habrán enviado ahí.

—Pues que lo traiga Danni.

—Ah, buena idea.

Llegaron a la zona de taxis y Skylar y Romy, sacando sus móviles, se subieron a uno. Randy y Corey se miraron al encontrarse de nuevo solos.

—Yo tengo mi ropa en casa —dijo Randy.

—Pues yo sigo dudando sobre qué ponerme.

El tema del traje seguía ahí, la conversación aún pendiente… Joder, tanto viaje, vuelo y vueltas para nada.

—¿No tienes ningún traje de emergencia? —Por su cara, Randy no concebía que alguien no tuviera un traje para una ocasión importante.

—Y tú, ¿no tienes a nadie que te acompañe?

—No, nadie. Tú eres uno de los padrinos y aquí estás.

—Eso porque Romy se empeñó. ¿Y los demás? ¿Tus colegas del curro?

—Pues eso, no son mucho más, recuerda lo que te conté. He quedado con todo el mundo directamente en la boda. Porras, además le dije a Romy que ellos quedaban desinvitados de la boda y no les he avisado.

—Déjalo, ya da igual, no hay que perder tiempo.

—Vale, ¿vienes conmigo o no?

Corey le observó unos segundos, pensativo. Bueno, lo cierto era que en su armario había un traje. No comprado por él, por descontado, aquello era cosa de su madre… en cuanto Romy anunció la boda, se había ocupado de comprarle uno. Y como era su madre, por desgracia conocía su talla a la perfección, así que tampoco podía alegar que no le estaba bien. La cuestión era que aún no tenía claro que quisiera ponérselo, y menos si Skylar no le daba la menor pista de si valía la pena empezar a hacer cambios sutiles por ella. Obviamente, nadie sabía que disponía de él aparte de su madre o entonces se habría quedado sin excusas para no aparecer con uno en la boda.

Bueno, como al parecer Randy necesitaba compañía, y ya era un día muy importante como para pasarlo solo, lo acompañaría a vestirse y por el camino se pensaría lo que hacer.

—Venga, voy contigo.

Ignoró la sonrisa feliz de su futuro cuñado al pasar a su lado y subió con él al coche.

Romy, tras unos cuantos mensajes y una llamada tranquilizadora, consiguió que su madre se quedara en su casa preparándose ella sola y no fuera al hotel.

—Ya está —suspiró, aliviada—. Menos mal. ¿Qué dice Danni?

—Aún nada, espera que estaba escribiendo a la maquilladora. Ahora le escribo.

Skylar: «Romy y yo vamos al hotel, nos vemos allí. Danni, lleva mi vestido. ¡Daos prisa!»

River: «¡Desayunando!»

Kat: «Lo tengo en la caja metido, enseguida voy.»

—Sun Hee tampoco contesta —comentó Romy, mirando los mensajes.

—Esa necesita una bomba para despertar.

Skylar: «¿Podéis pasar alguna por casa de Sun Hee y despertarla?».

Kat: «¡Yo me encargo!»

Danni: «Huy, voy a mirar que no sé dónde he dejado la caja.»

—Habrán llevado mi vestido al hotel, ¿no? —preguntó Romy, súbitamente preocupada—. Ay, Dios, Skylar, que no me va a valer, verás.

—Tranquila, algo solucionaremos.

Danni: «Oye, que en la caja solo pone mi nombre.»

Skylar: «¿No estabas cuando lo enviaron?»

Danni: «Sí, y firmé. Ay, espera, que había dos papeles.»

Skylar: «¿Qué dos papeles?»

Danni envió una foto, con dos recibos. Uno, su nombre y su firma. Otro, el nombre de Skylar y un sello en mayúsculas que ponía «ausente».

Skylar: «Joder, ¿por qué no te lo dieron?»

Danni: «No sé, preguntaron por ti y dije que no estabas.»

Skylar: «Bueno, ya voy a ver en la tienda. Tú ven para el hotel con las demás.»

—¡No pueden haberlo perdido! —exclamó Romy.

—Relájate, que solo falta que nos pongamos nerviosas. Tú al hotel, yo a la tienda.

—Si es domingo…

—Estará abierta.

Aunque lo dijo convencida, la verdad era que no tenía ni idea de si lo estaría, solo que no tenía muchas más opciones.

El taxista llegó al hotel y Romy se bajó, mientras Skylar le daba la dirección de la tienda. Por el camino llamó un par de veces, sin éxito.

Joder, ya se veía yendo a su casa a buscar algo que pudiera servirle… No era que no tuviera vestidos de fiesta, de esos había de sobra en su armario, pero ninguno que se pareciera a los de las damas de honor y no quería desentonar.

Romy: «Estoy en la habitación. El vestido está aquí.»

Emoticonos de aplausos por parte de todas.

Romy: «Luego lo pruebo, cuando estéis todas. Me voy a la ducha.»

Skylar: «No tardamos.»

O eso esperaba. El taxi se detuvo y ella le entregó unos billetes.

—Espere aquí, vuelvo enseguida —pidió.

—El taxímetro corre.

—Sí, sí, no lo pare.

Salió corriendo del vehículo y se abalanzó sobre la puerta como la gente que hacía cola en rebajas, con la diferencia de que no se abrió y casi acabó estampada contra el cristal. Frotándose la frente, dolorida, miró el cartel que había allí pegado con el horario y donde ponía bien claro que estaba cerrado los domingos.

Apoyó las manos en el cristal, haciendo un marco para los ojos, y miró hacia el interior. Había luz al fondo, en lo que suponía que era el almacén, y pulsó el timbre… que no emitió ningún sonido. Dio un par de golpes al cristal y nada, no se la debía oír, porque nadie se acercaba ni veía movimiento alguno.

Joder, joder...

Resoplando, retrocedió unos pasos para examinar el edificio y vio un callejón estrecho a un lado. No se le ocurría nada más, así que, cruzando los dedos para que llevara a una puerta trasera, se metió por él y tropezó al momento con unas maderas que había tiradas, cayendo cual larga era sobre un charco de barro.

—Estupendo, mascarilla facial gratis —gruñó, pasándose las manos por las mejillas al notar una sustancia viscosa en ellas.

Se miró las manos, llenas de barro, y no quiso ni pensar cómo estaría su cara y su pelo. Ya se preocuparía después, lo importante era el vestido del demonio.

Esquivó más maderas, cajas de cartón vacías y algo peludo e inmóvil que no supo ni quiso identificar hasta llegar al final y sí, efectivamente, encontrar una puerta de cristal con barrotes de hierro con un cartel encima que ponía «Almacén». A través de ellos, pudo ver que había una chica revisando cajas en el interior, y golpeó repetidamente el cristal. La chica levantó la vista y, al verla, puso cara de susto.

—¡Voy a llamar a la policía! —gritó, sacando su móvil.

—¡No! ¡Quieta!

—¡Esto es una propiedad privada!

—¡Vengo a por un vestido!

La chica, que ya estaba marcando, dejó de hacerlo y la miró como si estuviera loca. Lo cual debía parecer, imaginaba Skylar.

—¡Tengo una boda! —añadió. La chica se acercó al cristal mirándola de arriba abajo—. Necesito mi vestido de dama de honor.

Sacó su móvil, buscó la foto que había enviado Danni y se la enseñó a través del cristal, apoyando el teléfono entre dos barrotes.

—Mira, esto es el recibo. No estaba en casa cuando lo entregaron.

—¿Tienes alguna identificación?

Skylar se frotó las manos en el pantalón, dejando buena parte del barro ahí, y sacó su pasaporte para enseñárselo. La chica lo miró, aún con gesto de desconfianza, y tras unos interminables segundos, acabó afirmando.

—Vale —le dijo—, pero vete a la entrada principal. Esta no se usa.

—Esto no es aceptable... —murmuró.

Guardó el móvil y el pasaporte y deshizo el camino, casi andando de puntillas para no pisar más barro o lo que hubiera por allí.

Cuando llegó a la puerta principal, se encontró con la caja en la acera y la chica observándola desde dentro. Joder, sí que debía dar miedo.

—Gracias —refunfuñó.

La chica seguía con el móvil en la mano y gesto de desconfianza, incluso estaba a un metro de la puerta, así que, para no alarmarla más, Skylar cogió la caja y regresó al taxi. Al momento, el conductor se volvió hacia ella, frunciendo el ceño al mirarla de arriba abajo.

—¿Está bien, señorita? —preguntó.

—Sí, una caída, nada más.

—Me va a manchar la tapicería.

—Le dejaré propina, gracias por preocuparse.

El hombre seguía mirándola nada convencido, así que Skylar miró el contenido de su cartera y acabó sacando la tarjeta de crédito para entregársela y que le cobrara lo que fuera. Con tal de que la llevara al hotel, le daba igual.

El taxista pasó la tarjeta por el lector y, dándose por satisfecho al ver que no se la rechazaban, se la devolvió y emprendió el camino de nuevo.

Por el camino, Skylar revisó el móvil para ver los mensajes.

Kat: «He tenido que usar mi llave, pero ya llevo a Sun Hee medio dormida conmigo.»

Sun Hee: «Sueño. Domingo.»

Danni: «Yo subiendo el ascensor.»

River: «¡En la entrada!

Skylar: «Llego enseguida, tengo el vestido.»

Romy: «La peluquera y la maquilladora han llegado hace cinco minutos, están colocando las cosas, todo en orden por el momento.»

Aquel «por el momento» mosqueó a Skylar, seguro que su amiga estaba venga a dar vueltas al vestido y ni siquiera lo habría mirado. En fin, ya no había solución tanto si le valía como si no, tendrían que apañarse.

Por fin, llegó al hotel. La ceremonia se celebraba en un jardín que tenían para tal efecto, lleno de sillas y cubierto con carpas floreadas por si llovía, así que solo tenían que bajar a la hora una vez estuvieran listas.

Utilizando la caja para taparse un poco la cara, se metió en el ascensor y llegó a la habitación.

Kat fue quien le abrió la puerta. La chica abrió los brazos como si fuera a abrazarla, pero al momento los bajó y retrocedió un paso.

—¿Te ha atropellado un camión? —le preguntó.

—Casi. —Entró y cerró la puerta con el pie—. La tienda estaba cerrada, he tenido que ir por un callejón asqueroso.

—Será mejor que te metas en la ducha.

Le cogió la caja, con cuidado de no mancharse con el barro que se había transferido a esta, y la acompañó hasta el interior. Las chicas sujetaban una copa de champán cada una alrededor de Romy, que estaba sentada en una silla mirando el vestido, colgado de un perchero y aún dentro de su funda.

—Seguro que te valdrá —decía River.

—Está arreglado, no te preocupes —añadió Danni.

—Hola, chicas —saludó Skylar.

Todas la miraron y abrieron los ojos entre exclamaciones de sorpresa y preocupación, que ella intentó aplacar con un gesto.

—No es nada, tranquilas —dijo—, un tropiezo en el camino. Voy a ducharme y lavarme el pelo y salgo enseguida.

—Podemos empezar cuando queráis —dijo la maquilladora—. He traído dos cajas enteras de ampollas *flash*.

Y por la cara que tenía al mirarlas a ella y Romy, bien podía haber dicho «y vais a necesitarlas todas».

—No tardo —dijo Skylar.

Se metió en el baño y dio un respingo al verse en el espejo. Normal que la chica se hubiera asustado, parecía que había pasado por un huracán, como mínimo. Tenía la coleta medio deshecha, rastros de barro reseco por el rostro y el pelo, y la ropa para tirar a la basura.

Se desnudó e hizo una bola con ella con un suspiro, tirándola después a la papelera del baño. Ya miraría al día siguiente qué ponerse, por el momento ese día tenía ya el vestido de dama de honor y era suficiente.

Media hora después, con el pelo limpio y el cuerpo libre de barro, salió del baño envuelta en uno de los albornoces de cortesía.

Las chicas estaban sentadas en fila en unas sillas. La peluquera les había recogido el pelo a todas para facilitar el trabajo de la maquilladora y estaba trabajando en el peinado de Romy, que tenía los ojos cerrados y, por el brillo de la piel, Skylar supuso que ya había recibido al menos una de aquellas ampollas milagrosas.

—Siéntate ahí —le dijo la maquilladora, señalando una silla vacía—. Ahora mismo te pongo una a ti.

Mientras Skylar se sentaba, cogió una ampolla de su maletín y rompió la capucha con cuidado para poder acceder al contenido. Miró a Skylar, ladeó la cabeza con gesto crítico, y cogió otra antes de acercarse.

—Dos deberían valer —comentó, comenzando a aplicarle el producto—. Tienes la piel parecida a Romy, ¿habéis estado en algún solárium? Estáis más morenas que las demás y faltas de hidratación.

Ellas se miraron de reojo.

—Algo así —contestó Skylar.

—No pasa nada, ahora os pondré un poco de hidratante a todas para poder maquillaros sin problema. —Terminó la primera ampolla y siguió con la segunda—. Bueno, quizá algo más de un poco...

Y eso que se habían estado dando crema del sol con protección alta a menudo para no quemarse, pensó Skylar. Aunque, por otro lado, se había saltado su ritual diario de productos antes de irse a la cama, ni siquiera los había cogido con las prisas, así que no le extrañaba en absoluto necesitar un extra como ayuda. O dos.

—Estas cosas son una maravilla —dijo Kat, mirándose en el móvil—. ¡Han desaparecido mis patas de gallo!

—Venga ya, si tú no tienes —replicó River.

—Ninguna, exageradas —sonrió Sun Hee, que había cambiado el champán por el café.

—Deberías ponerte el vestido antes de que te maquille —le dijo la chica a Romy—. Si no, se puede manchar o estropear el maquillaje al hacerlo.

Ella se mordió un labio, mirando el vestido otra vez como si le diera miedo.

Skylar, sin mover un músculo facial para que terminara de absorberse todo bien, se levantó y bajó la cremallera de la funda.

—Vamos a ponértelo —dijo, con resolución.

Romy suspiró y se puso de pie. Se acercó arrastrando los pies, sin escuchar las palabras de ánimo de sus amigas.

Kat se levantó para ayudar a Skylar a sacar el vestido de la funda y desabrocharon todos los botones para abrirlo. La chica se quitó la bata que llevaba y se quedó con la ropa interior que también había enviado la tienda, a juego con el vestido. Algo que no entendía muy bien para qué servía, si al final no se veía.

Metió un pie en el vestido, el otro, y Kat y Skylar lo subieron... hasta las caderas, donde se quedó atascado.

—¡Lo sabía! —sollozó ella—. ¡Es que ni sube!

—Tranquila, probaremos por arriba —dijo Skylar.

Ella y Kat volvieron a bajarlo y lo recogieron para poder metérselo a Romy por la cabeza, que elevó los brazos entre hipos.

—Me voy a casar en chándal —murmuró.

—No tienes chándal aquí —dijo Sun Hee, a lo que todas la miraron—. Jolín, solo pretendía ayudar...

—¡Pues en albornoz! Total, es blanco, ¿qué más da?

—Cállate y coopera.

Skylar sonó más borde lo que había pretendido, pero le daba igual. Aquel vestido pesaba como un muerto y ya no sentía ni los brazos de sujetarlo por encima de la cabeza. Surtió efecto, puesto que Romy movió los brazos para meterlos por el corsé. Un par de giros aquí, un tirón allá, y entre Skylar y Kat consiguieron que bajara y quedara encajado en las caderas.

—Bien, conseguido —suspiró Kat, aliviada.

—Menos mal —hipó Romy.

Sin embargo, Skylar no dijo nada, y todas la miraron. Ella estaba sujetando los bordes del corsé y calculando la distancia entre un extremo y otro.

—¿A qué esperas? —preguntó Romy—. ¡Átame!

—Cariño… Va a ser que no.

—¿Qué?

Giró, arrastrando a Skylar, que seguía sujetando el vestido y casi cayó en el proceso. Las exclamaciones ahogadas de sus amigas no ayudaron a consolarla, y cuando por fin se vio en un espejo, sintió que sus ojos se humedecían.

—Lo sabía, es imposible —sollozó—. Sun Hee, pásame los bombones.

La susodicha, que estaba al lado de una caja sin tocar, la cogió y la escondió tras la espalda.

—Que no, que has dicho que no debías.

—¡De perdidos al río!

—¡Calma todo el mundo! —pidió Skylar, recuperando el equilibrio con la vista fija en la separación entre los dos lados del corsé—. Dejadme pensar.

—Qué pena que no sea un corsé de cuerdas —comentó la maquilladora.

Skylar la miró y después al vestido.

—¿Alguien tiene imperdibles? —preguntó.

—Yo tengo —dijo la peluquera, cogiendo una caja—. Los uso para sujetar las toallas, como las pinzas.

—Necesito unos cuantos.

—¿Qué vas a hacer? —preguntó Romy, dando pasitos hacia Sun Hee con disimulo.

Skylar no contestó, sino que fue a la caja de su vestido y lo sacó. Tal y como recordaba, tenía un lazo azul sujeto por unas trabillas y lo sacó con facilidad.

—Esto —contestó.

—Anda, qué buena idea —dijo Sun Hee.

Romy aprovechó la distracción para coger la caja de bombones y retrocedió con rapidez para que no se la quitara.

—De verdad, Romy… —protestó Skylar.

—¿Qué? A estas alturas, unos bombones no van a marcar la diferencia.

Moviendo la cabeza, Skylar se puso a su espalda y colocó unos cuantos imperdibles por dentro de un lado del corsé, a modo de ojal, a la altura de los botones que desgraciadamente no iban a poder utilizar. Pasó el lazo por uno, lo enganchó al ojal del otro lado, y así fue trenzando la espalda del vestido.

—¿Queda bien? —preguntó Romy—. ¿Pega que sea azul?

—Mira, queda perfecto. Así tienes algo azul y prestado a la vez —contestó Skylar, girándola de nuevo hacia el espejo.

—Está genial —corroboró Kat.

Todas afirmaron, mientras Romy se miraba en el espejo y comprobaba que, efectivamente, el lazo había conseguido unir el corsé y encima quedaba como si fuera parte del diseño original del vestido.

—Ay, qué bonito —suspiró—. Así encima voy a juego con vosotras. —Abrazó a Skylar—. Muchas gracias, ¿qué haría yo sin ti?

—Iba a decir que tonterías, pero las haces conmigo igual, así que…

Romy volvió a abrazarla y las demás no tardaron en unirse, entre exclamaciones de alegría y ánimo. Para no bajar el ambiente, Kat procedió a rellenar las copas de champán y, de paso, quitar a Romy la caja de bombones y repartir el contenido entre todas.

—¿Todo lo demás estará listo? —preguntó Romy, tras brindar con sus amigas—. Las flores, el ramo… ¡el ramo!

—¿No iba Corey a cogerlo?

—¿Se lo recuerdas? Con todo este lío se le puede haber olvidado…

—Vale, voy.

Tenía que desbloquearle y todo, lo que le recordó la conversación que seguía en el aire. A ver si en la fiesta podían hablar, porque no quería dejar pasar más tiempo con aquella incertidumbre. Si algo había sacado en claro de aquella locura de viaje, era que no podían estar el uno sin el otro.

O al menos así lo veía ella, solo esperaba que Corey pensara igual.

—Primero ponte el vestido, si no te importa —le dijo la maquilladora—. Así podemos ya ir trabajando con todas.

—Claro.

Todas se pusieron los vestidos azules, ante exclamaciones por parte de Romy, y regresaron a sus sillas asignadas para esperar su turno de peinado y maquillaje.

Skylar desbloqueó a Corey y le envió un mensaje para recordarle que tenía que recoger el ramo de novia.

En el piso de Randy, con el susodicho ya prácticamente preparado para la boda, Corey sacó su móvil al notarlo vibrar y sonrió al ver que había recibido un mensaje de Skylar.

—¡Me ha desbloqueado! —exclamó.

—¿Skylar?

—Sí, acaba de enviarme un mensaje, eso tiene que significar algo. —Lo abrió y frunció el ceño, desilusionado—. La madre que…

—¿Qué pasa?

—Nada, yo aquí pensando gilipolleces y ella recordándome que tengo que recoger el ramo de Romy.

—Ah, es verdad, me dijo que te encargabas tú… —Carraspeó—. Pero entiendo tu mosqueo, claro, debería escribirte para algo más personal, sí.

Corey le envió solo un emoticono con el pulgar hacia arriba. Si ella no quería conversaciones personales, mal iban. Porque si quisiera hablar con él, o si la noche en la playa habría significado algo, le habría puesto algún emoticono agradable, o le habría saludado antes, o… lo que fuera. Aquel recordatorio era lo más impersonal que se podía hacer, vamos.

Skylar miró la respuesta de Corey y elevó una ceja, haciendo que la maquilladora se desviara en su línea del ojo.

—¡Cuidado! —exclamó la chica.

—Huy, perdón.

La maquilladora suspiró y cogió una toallita para eliminar el desastre y volver a aplicar la base también.

—¿Ocurre algo? —preguntó Romy, que entre el champán y los bombones, ya se encontraba más relajada.

—Tu hermano.

—¿No puede ir a por el ramo? —exclamó, de nuevo presa de los nervios.

Al decirlo, se echó hacia delante y casi se quedó sin un mechón de pelo, que justo estaba alisando la peluquera y tenía aún pillado con las pinzas calientes.

—¡Mi pelo! —exclamó.

—Quieta, no ha pasado nada —aseguró la chica, recolocando las pinzas—. Pero intenta no moverte, no quiero quemarte.

Lo dijo con tono de broma, pero, por cómo la miraban todas, se dio cuenta de que no se lo habían tomado así y se aclaró la garganta.

—Que no, que está protegido —aseguró—. Es imposible que te queme la piel y en el pelo se apaga si alcanza demasiada temperatura.

—Gracias a Dios —suspiró Kat—. No es por ti, es que llevamos unos días que vamos, si algo puede salir mal, lo hace.

Romy se colocó bien en la silla, aunque seguía mirando a Skylar con angustia.

—No pasa nada —dijo esta—. Me ha enviado un pulgar arriba, así que tranquila que lo recoge él.

—Vale, qué susto, por tu cara pensaba que no.

—¿Ha pasado algo en la isla? —preguntó Kat, suspicaz.

—¿A qué te refieres? —replicó Skylar, guardando el móvil.

—A que tienes cara rara, a eso me refiero.

—Nada interesante. —Se cruzó de brazos—. Si te refieres a si hemos hablado, pues no, no lo hemos hecho. Sigue pendiente.

—¿Ni en el avión?

—Esa es otra historia.

—Joder, pues contadnos —replicó Sun Hee—. Que mucho mensaje y mucha prisa, pero hay muchos detalles que no sabemos.

—Eso, eso, contad —insistió River—. ¿Qué ha pasado con Marco y Greg?

—¿Y Rodrigo? —preguntó Danni.

—Eso, tú piensa en tipos conduciendo —dijo River.

Danni le sacó la lengua, molesta. Ni que les hubiera dado mucho el coñazo con el tema de Jamie, vamos. El problema era que seguía pensando en el chico, y como no tenía su teléfono y él tampoco, no veía cómo salir de aquel callejón sin salida. Quizá lo mejor sería olvidarse y a otra cosa, mariposa, solo que no podía. Le parecía increíble estar dando tantas vueltas a un tío que había conocido nada más que por unos días, y, sin embargo, ahí estaba. Y que Kat estuviera estupendamente con Lawson no ayudaba. Estaba contenta y feliz por ella, eso por descontado, pero también tenía una punzada de celos porque lo suyo no hubiera llegado a ningún lado ni tuviera visos de hacerlo.

—Perdón —se disculpó River, lanzándole un beso—. Era una broma.

—Tranquila —contestó ella.

Skylar aprovechó el cambio de tema para contarles sus experiencias en el viaje con ayuda de Romy, que iba haciendo comentarios de vez en cuando de las cosas que se acordaba… Porque de Pachá y la fiesta en el barco, poco pudo aportar.

—Qué envidia —comentó River, cuando acabaron—. La próxima escapada, todas juntas, que llevo siglos sin pisar una playa.

—No pienso salir huyendo más —aseguró Romy.

—Eso espero, que encima todo para nada —murmuró Skylar, cogiendo otra copa de champán.

—Pobre, era una confusión comprensible —apoyó Sun Hee.

—Aunque ahora hemos aprendido que hay que escuchar todas las partes de una historia —comentó Kat, levantando una ceja hacia Skylar.

Ella no hizo ningún comentario, aunque le quedaba claro que su amiga del pelo rosa seguía pensando en Corey. Como para olvidarlo, solo tenía que recordar que ella siempre lo defendía, y que si Corey y Randy habían conseguido encontrarlas era gracias a las chicas, al fin y al cabo.

—Ramo recogido —informó Romy, mirando su móvil.

Skylar comprobó el suyo, donde no tenía ningún mensaje nuevo. Vaya, así que esas tenían… ¿Corey ni le contestaba? ¿Y ahora por qué se habría mosqueado? Ni desbloqueándole acertaba, vaya plan.

—Pues ya estáis listas —dijo la maquilladora, con una sonrisa.

Skylar miró a su alrededor y vio que, efectivamente, todas estaban ya peinadas y maquilladas. Solo les faltaba calzarse y podrían marcharse, y encima a tiempo, que aún les quedaban quince minutos. Se observó en el espejo, sin poder creer la magia que había hecho la maquilladora.

Despidieron a las dos chicas y, una vez solas, el grupo de amigas volvió a abrazarse, aunque esta vez con cuidado para no despeinarse ni estropear sus maquillajes.

—No puedo creerlo… —suspiró Romy, al separarse.

—Pues ya es la hora, así que… Sonríe y a ser feliz, cariño —le dijo Skylar, con una sonrisa.

Al menos una de ellas tendría final bonito en su historia, ya que la suya estaba aún por ver y no las tenía todas consigo.

La madre de Romy les envió un mensaje avisando que ya estaba todo el mundo, incluido el novio, y que podían bajar ya, así que terminaron de prepararse y se dirigieron a la puerta, listas para la tan esperada y ansiada boda.

CAPÍTULO 15
DOMINGO, TARDE

—Pam pam pam paaaan pampampampamaa…

Desde la sala donde esperaban su turno para salir, todas las chicas miraron a Danni, que tarareaba para sí. Acababa de recordarle al encargado de la música que podía empezar: todos los invitados estaban allí y la organizadora del hotel también había confirmado que Randy se encontraba en su lugar.

—¿Qué cantas? —preguntó Romy, mirándose por millonésima vez en el espejo.

—Tu canción. —Danni cogió otra copa de champán—. Qué original eres, la verdad.

—¿Original?

Y entonces, a todo volumen, comenzó a sonar *La cabalgata de las valquirias*, de Wagner. Romy abrió mucho los ojos, atónita.

—¡¿Qué es eso?! —gritó.

—Las valquirias.

—¡Te dije el vals de Mendelssohn!

—Ah, oí «val» algo y ahí me quedé…

Puso cara compungida mientras se tragaba el champán.

—Joder, Danni, que solo tenías que pedirle la puta marcha nupcial de toda la vida —dijo Sun Hee.

—¿Salgo a pararlo? —preguntó River.

Skylar se acercó a Romy, le arregló el velo y sacudió la cabeza.

—No, salimos ya y punto —decidió.

—Pero…

—Mira, lo importante es que te cases, la música da igual.

—Animada es… —aportó Kat.

Aunque parecía que estaban en medio de una guerra y no en una boda, pero bueno, eso era un detalle insignificante comparado con lo que habían pasado para estar allí en este momento.

—Ya me pareció que el DJ ponía cara rara —comentó Danni, cogiendo otra copa.

Se la tomó de un trago y Skylar se la arrebató antes de que pudiera rellenarla de nuevo.

—No más alcohol para ti. Venga, chicas, id saliendo, que el ritmo de esta música es diferente. Kat y River, las primeras. Después, Danni y Sun Hee. Yo saldré detrás de Romy para ir sujetando la cola.

—Falta Corey, me tiene que acompañar por el pasillo —dijo Romy.

—¿No te acompaña tu padre? —preguntó Kat.

—No, anda con la cadera chunga y le daba apuro tropezarse o algo, así que lo hará Corey.

—Pues ya llegará. —Skylar dio una palmada—. Venga, movimiento.

La propia música daba más fuerza a sus órdenes, que parecía un sargento cuando se ponía así. Las chicas se apresuraron a recoger sus ramos y comenzar a salir en el orden indicado, a buen paso.

—Ay, Skylar, a ver si va a ser otra señal… —murmuró Romy, nerviosa.

—Déjate de señales y gilipolleces, mira el viajecito que nos hemos pegado para nada. En todo caso, sería una señal buena: las valquirias eran guerreras, ¿no? —Romy afirmó—. Pues piensa que eran valientes y tú también lo eres.

—Vale.

Llamaron a la puerta y Skylar se giró hacia ella.

—Adelante.

Corey se asomó y las dos lo miraron, Romy visiblemente aliviada al verlo aparecer y Skylar estupefacta, porque no estaba en vaqueros, como había supuesto, sino con un traje. Antes de que su amiga corriera a abrazarlo, pudo echarle un buen vistazo y comprobar que no llevaba corbata, aunque eso era lo de menos.

¿En qué momento había cambiado de idea? ¿Sería por ella o por Romy? ¿Significaría algo?

—Estás guapísima, hermana —dijo Corey.

—Y muy nerviosa —rio ella.

—No deberías. Mira, ya sé que Randy no era santo de mi devoción, la verdad, pero me alegro de que te cases con él.

—¿En serio?

—Sí, no es tan bobo. Quiero decir… creo que es perfecto para ti. —Al ver su expresión se apresuró a levantar el brazo, ofreciéndoselo—. ¿Vamos?

—Sí, estoy lista. ¿Skylar?

—Sigo aquí detrás.

—Por cierto, me tienes que contar por qué has escogido esta música para entrar, ¿es para empezar el matrimonio pisando fuerte? —preguntó Corey.

—Pues es una explicación tan buena como cualquier otra, sí. —Carraspeó y cogió el ramo—. Vamos.

Corey abrió la puerta y salieron para dirigirse al pasillo. Todo el mundo estaba girado hacia allí, mirándolos, y Romy tragó saliva. No le gustaba nada ser el centro de atención, sus inseguridades resurgían y sus pies parecían no querer avanzar, hasta que levantó la vista y vio a Randy al fondo, sonriendo. Y entonces, hasta la música pareció desaparecer.

Su sueño se cumplía por fin, solo tenía que llegar hasta él, y avanzó sin apartar sus ojos de los suyos.

A un lado del pastor que oficiaba la boda estaban las chicas, todas mirándola menos Kat, que le estaba lanzando un beso a Lawson, sentado entre las primeras filas.

—Eso, tú pon cara boba —murmuró Danni.

—Ay, no seas seca.

—Y mira Romy, si parece que va a explotar de felicidad. Tiene que dolerle la cara de tanto sonreír.

—Está muy guapa. —River le dio un codazo—. No seas borde.

—No, si estoy feliz por ella, es la tontería general esa del enamoramiento.

—Danni… —chistó Sun Hee.

—¿Qué? Yo no tengo la culpa de tener a Kat babeando en mi hombro.

—Oye, exagerada —replicó esta.

Romy llegó junto a Randy y la música cesó, así que todas se callaron. Corey le dio un beso en la mejilla y se colocó junto a los demás padrinos, mientras Skylar arreglaba la cola hasta dejarla bien extendida y se situaba entre Kat y Danni.

—Corey lleva traje —susurró la primera.

—No me digas, no lo había visto.

—Anda, una más borde que yo —dijo Danni, con una risita.

Las demás sisearon para que se callara de una vez y ella apretó los labios, haciendo el gesto de cerrárselos con una cremallera. Igual se había pasado con el champán, por algún extraño motivo se sentía sarcástica y desengañada respecto al amor, y deseaba compartirlo.

—Estamos aquí reunidos para celebrar el amor —comenzó el pastor. Se escuchó un resoplido por parte de Danni, que recibió un codazo de Kat—. Y si hay dos personas que se aman con todo su corazón, esas son Romy y Randy.

—Amor, blablablá —murmuró Danni—. Si siempre dicen lo mismo.

—Danni…

—Que no me des codazos.

Se movió para evitar el codo de Kat y empujó a Skylar, que casi perdió el equilibrio, aunque se sujetó a tiempo al vestido de Danni, cuyo lazo desgarró.

—¿Te estarás quieta? —gruñó Skylar, intentando meter el lazo por dentro del vestido.

—Bah, eso es una metáfora del amor, ¿ves? Se cae y se rompe.

—Y ahora, los votos —siguió el pastor.

—Eso, los que luego nunca se cumplen —replicó Danni, en voz baja.

—De verdad, como no te calles te planto el lazo en la boca —amenazó Skylar.

—Romy —sonrió Randy, cogiéndole las manos—. Eres una entre un millón, me parece increíble haberte encontrado… —sonrió—, la primera vez y la segunda, al otro lado del mundo, pero lo cruzaría entero solo por estar contigo. Te quiero.

Todo el mundo aplaudió menos Danni, que puso los ojos en blanco.

—Randy, eres el amor de mi vida y solo espero poder demostrártelo tanto como tú a mí. Te quiero.

—De verdad, ¿alguien quiere más merengue? —susurró Danni.

El codazo lo recibió esa vez de Skylar, lo que la pilló desprevenida. Por suerte, su quejido quedó ahogado entre los aplausos de los asistentes, ya que Randy y Romy se estaban besando.

—¡Ni a la señal esperan! —comentó Danni, frotándose el costado.

—Los anillos, por favor —pidió el pastor.

Corey sacó la caja de su bolsillo y se los entregó a los novios, cruzando una mirada con Skylar, que cambió el peso de pie, intranquila. Estaba deseando que acabara aquello y la comida para que comenzara la fiesta, ahí seguro que conseguía hablar con él.

Un par de minutos después, la ceremonia concluyó, el DJ puso de nuevo a Wagner y los novios avanzaron sonriendo por el pasillo entre las felicitaciones de los invitados.

Danni estaba resoplando, aunque dejó de hacerlo al verse rodeada por todas sus amigas.

—Vas a estarte callada —advirtió Skylar.

—Tranquila, comiendo seguro que no habla —replicó Sun Hee.

—Que no tome más alcohol —dijo River.

—Todas las copas lejos de ella, solo agua —añadió Kat.

—¡Esto es una emboscada! —exclamó Danni—. ¡Socorro!

Lo mismo podían secuestrarla y hacerla desaparecer, puesto que nadie se giró para ver qué ocurría. Entre la música y que los novios eran el centro de atención, nadie las miraba siquiera. Y cuando te rodeaban cuatro amigas, la ausencia de una pasaba desapercibida.

—Sois unas malas amigas, que lo sepáis —refunfuñó ella.

Se cruzó de brazos y todas se fueron tras los novios, hacia la zona donde se iba a celebrar el cóctel previo a la comida mientras ellos se sacaban fotos. Los camareros ya estaban paseando con bandejas llenas de cócteles y canapés, y aunque intentó coger alguna copa, las chicas se ocuparon de que solo le llegara comida y bebidas sin alcohol. ¡Aquello iba camino de convertirse en lo más parecido a una fiesta de instituto! El tío guapo no la había invitado al baile, no había alcohol y sus amigas la vigilaban como los profesores…. ¡lo tenía todo!

—Os odio… —susurró.

—Sí, nosotras también a ti —le dijo Kat, con tono de cariño.

—No es un momento de exaltación de la amistad, os odio de verdad. He sufrido un desengaño, ¡dejadme que beba, como todas!

—Qué desengaño ni qué tonterías, si solo conociste a Jamie tres días —comentó Sun Hee, tan práctica como siempre.

—Pero fue profundo —se defendió Danni—. ¡Kat conoció el mismo tiempo a Lawson y nadie ningunea su enamoramiento!

Lawson abrió los ojos, sorprendido, y se giró hacia la joven.

—¿Enamoramiento? —preguntó.

Kat se sonrojó y le cogió del brazo.

—No hagas caso, está borracha. Vamos a ver qué se puede comer. —Y le lanzó una mirada incendiaria a su amiga antes de arrastrar a Lawson hacia las mesas de cóctel.

Danni farfulló una especie de disculpa sobre hablar demasiado, y River le metió dos canapés en la boca para que se callara al menos los dos minutos que le costaría tragarse aquello.

—No hay suficientes canapés en el mundo para mantenerla muda —comentó Skylar.

—Yo no estaría tan segura, el salmón tiene pinta de estar un poco gomoso —contestó la chica, y las dos soltaron una risita—. El mejor momento es cuando acabe con las fotos familiares y antes de que empiece la comida.

—¿De qué hablas?

—Para que hables con Corey, digo.

Skylar alzó la ceja. River, como siempre, parecía tener el radar puesto.

—O sea, que tengo que ir yo —murmuró.

—El chico se ha puesto el dichoso traje, ¿qué más quieres? —River resopló, exasperada.

—También puede haberlo hecho por Romy.

—Claro, porque era un tema que preocupaba mucho a Romy, cierto.

—¿Y por qué ese es el mejor momento?

—La gente no está ni muy borracha ni muy desfasada. Además, como esperes a que empiece la fiesta, seguro que tiene unas cuantas mosconas alrededor a las que les dará igual si va disfrazado de oso polar.

—Eres una pesada de cojones.

—Mi vida sentimental es una mierda, pero la tuya no tiene por qué serlo. —River le dio unas palmaditas de cariño.

Danni carraspeó y ambas la miraron, conscientes de que habían olvidado que estaba allí.

—No hables con él —gruñó la pelirroja— Si empieza mal, acabará mal.

River le metió otro canapé en la boca para que se callara. Danni empezó a toser y buscó algo que beber con la mirada, dado que sus dos amigas la ignoraban. Pues vaya, qué gracia, cuando las demás se deprimían todo eran mimos y amor, ¡y a ella la asfixiaban a base de canapés de salmón gomoso! Estaba claro que era de segunda para todo, para los tíos y para sus amigas.

—Ni caso, está resentida —dijo River—. Mira, ya han acabado las fotos familiares.

La miró para comprobar que llevaba el maquillaje bien y Skylar se dejó, asombrada porque River estuviera pendiente de algo así. Por lo visto, dejar a su amante cabrón y el trabajo había sido una completa epifanía.

—Estás perfecta, como siempre —dictaminó.

—Gracias. Tú también podrías, si te peinaras de vez en cuando.

—Me llevo a la borracha resentida —River obvió su último comentario—. Por favor, no seas desagradable.

Dicho aquello, que no era precisamente lo que Skylar deseaba oír, su amiga agarró a Danni del brazo como si fuera un maniquí y se la llevó a rastras cuando esta había conseguido alcanzar una copa de champán.

Skylar enderezó la copa antes de que se cayera y se giró, dispuesta a ir a hablar con Corey. No tuvo que hacerlo, ya que él mismo caminaba en su dirección. Llevaba una cazadora informal en las manos, así que fue consciente de que solo había claudicado respecto al traje a medias… y le daba igual. Aunque fuera por las malas, por fin tenía claro que sus sentimientos eran los mismos, llevara la ropa que llevara.

—Después de los novios vais vosotras —comentó el chico, una vez llegó a su altura—. ¿Podréis controlar a Danni? No ha callado durante la ceremonia.

—River ha encontrado una técnica a base de canapés de salmón, sí —replicó ella.

—¿No crees que es hora de que hablemos?

—Lo dices como si tuviera la culpa yo —se defendió Skylar—. Llevamos en pie no sé ni cuántas horas, no hemos tenido tiempo material.

—Claro que sí. Desde el día que rompiste conmigo has tenido tiempo, así que vamos a dejar de dar vueltas ya, Skylar.

Joder, pues sí que empezaba suave la cosa, se dijo la rubia. Por mucho que intentara ser agradable, si Corey iba con la escopeta cargada no era tan fácil.

—Vale, pues empezaré por decirte que rompimos de mutuo acuerdo, no fui yo.

—¿Como que no? Fue a cuenta del dichoso traje. Que, por cierto, ya me lo he puesto.

Skylar estaba bastante convencida de querer volver con él… pero veía a Corey un poco a la defensiva, como si quisiera sacudir antes que recibir. Más que conciliador y con ganas de arreglar lo suyo, era como si estuviera en un *ring* de boxeo, atento a ver si asestaba el mejor golpe. La música tan alta tampoco ayudaba, esa charla necesitaba un poco de relax y no más excitantes externos.

—Sí, lo veo, y… —empezó.

—Hola, chicos —saludó Sun Hee, interponiéndose entre los dos—. ¿Qué tal? ¿Está rica la comida?

Cogió un trozo de queso y se lo metió en la boca con una sonrisa. Masticando como un hámster y totalmente inconsciente de que su presencia no era bienvenida, se giró hacia Skylar.

—Oye, sobre el tema del concierto…

Corey miró al techo, ya convencido de que la charla estaba maldita. Nunca se arreglaría con Skylar porque jamás podrían llegar a un consenso mediante el habla… claro que tampoco habían empezado con buen pie. Estaba tan harto de la situación que, en lugar de decirle algo como lo guapa que estaba, había entrado como un elefante en una cacharrería. Y los desvaríos de Sun Hee no ayudaban, aquella chica tenía el don de la inoportunidad.

—¿El concierto? —repitió la rubia, sin saber a qué se refería.

—El de Strigoi. —Sun Hee sacó algo de su bolsito de fiesta y se lo enseñó—. ¿Ves? Las entradas para ver a Strigoi. Dentro de una semana, cae en sábado. ¿Vienes conmigo?

—¿Para qué llevas las entradas ahí? —preguntó Skylar confusa.

—Para no perderlas, por Dios.

Sun Hee se inclinó sobre la mesa para atrapar otro trozo de queso, momento que Corey aprovechó para hacerle un gesto a Skylar señalando el comedor.

Esta afirmó, y ambos se escabulleron, de modo que cuando Sun Hee volvió a ponerse derecha, se encontró sola. Miró a ambos lados, pensando en qué truco de magia era aquel que hacía desaparecer a la gente delante de su cara… pues nada, tendría que convencer a otra para que la acompañara a ver a Strigoi.

Resultó que el comedor estaba lleno de camareros ultimando detalles, con lo cual tampoco parecía que fueran a conseguir intimidad allí. Skylar se fijó en las escaleras.

—Vamos arriba —dijo—. La gente está en el cóctel, no habrá nadie en la primera planta.

No fue del todo cierto, pues en una boda la gente iba y venía, pero era más llevadero. Además, ese hotel tenía unos balcones preciosos donde no había gente, y aunque no hacía calor precisamente, a Skylar le daba lo mismo. Si aquello no se arreglaba ya, algo le decía que habría llegado al límite del chico.

Se asomó para cerciorarse de que los invitados no estaban debajo y asintió, satisfecha al comprobar que los balcones daban a la entrada del hotel y no a la zona del cóctel.

—Aquí no habrá interrupciones —comentó, girándose.

Casi se chocó con él, ya que el espacio allí fuera no era muy amplio, y retrocedió un milímetro, ¿desde cuándo les había ido bien hablar a tan corta distancia?

Joder, qué guapo era, le ponía el corazón a mil por hora, y lo que no era el corazón, ¿por qué no era capaz de decírselo tal cual y listo?

Abrió la boca sin saber qué demonios iba a salir de ella, pero en ese mismo momento algo le dio en la pierna. Soltó una exclamación y se frotó el muslo, convencida de que un mosquito había decidido que era un momento estupendo para regalarle una picadura.

—¿Estás bien?

—Sí, no sé, me ha picado algo.

—Si es una excusa para no hablar…

—No, no, de verdad que…

Entonces algo la golpeó en el brazo, y los dos vieron una piedra rebotar en el suelo. Skylar se frotó el brazo, aturdida, y se asomó por el balcón al mismo tiempo que Corey: un piso más abajo, Jamie les hacía gestos con los brazos.

—Esto es una broma —murmuró Corey y se apoyó en el balcón—. ¿Qué haces tú aquí?

—¿No podéis colarme? —pidió él.

Jamie no quería gritar para no llamar la atención del vigilante del hotel, que no se encontraba demasiado lejos, así que lo que les llegaba arriba era una especie de susurro ronco que ninguno comprendía demasiado bien.

—¿Quieres entrar en la boda? —preguntó Skylar—. ¿Para qué?

—Bueno, es que… quiero hablar con Danni.

—No está muy contenta contigo precisamente —replicó la rubia, irritada.

Jamie dejó de gesticular y la miró, estupefacto.

—¿Por qué?

—¿Porque te besó y no le has escrito para nada? Si no te gustó, haber enviado un mensaje estándar y arreglado.

Corey paseaba su mirada entre uno y otro, sin saber cómo reaccionar. Por lo visto, cuando se trataba de los temas amorosos de las demás, Skylar no tenía problemas, pero era hablar de los suyos y se le comía la lengua el gato. ¡Por Dios, le daban ganas de llamar a Kee, a ver si se le ocurría alguna manera de solucionar su problema, aunque fuera con más metáforas sobre moluscos!

—Bien, si me ayudáis a entrar lo arreglaré —siguió Jamie, con tono suplicante—. No tenía su teléfono, ¿cómo iba a escribirle?

—¿Qué vas a arreglar exactamente? —Skylar puso su mejor tono de sargento.

—Afloja un poco, Skylar, lo que tenga que decirle que se lo diga a ella —intervino Corey.

—No, si va a entrar para decirle que solo la ve como amiga, no —el tono de la rubia era inflexible, y volvió a mirar a Jamie—. Eso ya lo cree ahora y no le ha traído nada bueno.

—A ver, ¡necesitaba pensarlo! —protestó Jamie—. ¡Que ha sido hace una semana! Me quedé hecho un lío, sí, pero ella me gusta, y como no podía hablar con ella por teléfono, pues he venido.

Skylar entrecerró los ojos, como si valorara la veracidad de sus palabras.

—Venga, abridme, por favor.

—¿Con la ropa que llevas? —siguió Skylar—. No vas vestido como para estar en una boda.

—No me lo puedo creer —murmuró Corey.

Y dicho eso, el chico abandonó el balcón. Aquel balcón tan bonito que debería haber sido el sitio donde solucionaran sus problemas se había convertido en el lugar donde alguien le arrojaba piedras mientras chistaba frases sin sentido.

Skylar se asomó con el ceño fruncido.

—¡Muchas gracias por estropearme la conversación!

—¿Era «la» conversación?

—¡Sí!

—Pero si ha pasado una semana desde…

—¡Oye, tú no lo sabes todo! Romy tuvo un ataque de nervios por la supuesta infidelidad de Randy y tuvimos que salir pitando a Ibiza, ¡he tenido que dormir en una tienda de campaña de mierda y me ha atacado un gato en plena noche!

Jamie retrocedió, tragando saliva.

—He necesitado tres ampollas para tener este aspecto, ¡tres!, y todo porque los novios se reconciliaron a veinticuatro horas de su boda, tuvimos que engañar a un tío para que nos trajera y luego tuve que ir a todo correr a por mi vestido, ¡y el de Romy no cerraba!

—Vale, vale, veo que han sido unos días de mucho estrés. —Jamie alzó las manos con un gesto que trataba de ser pacífico.

—Intento hablar con él y se mete por el medio Sun, me vengo aquí donde no hay nadie, ¿y quién aparece? ¡El maldito Ted Bundy! ¡Y tirándome piedras!

—Tienes razón, lo siento. No era mi intención, es que no sabía de qué otro modo entrar.

—Vete a la porra.

Skylar abandonó el balcón, dejando a Jamie con los ojos como platos. Menos mal que no dependía de ella su entrada, porque fijo que se hubiera quedado allí tirado. Por suerte, un minuto después salió el propio Corey.

—Menos mal —suspiró—. ¡Gracias!

—Hay un tío en la entrada —avisó este—. Te dejo mi chaqueta, a ver si cuela.

Jamie se arregló el pelo como pudo, pese a que sabía que no iba vestido para la ocasión. No era algo planeado, no, simplemente… de pronto sintió la necesidad de ir a buscar a Danni para decirle que no había dejado de pensar en ella durante toda la semana. Fue un impulso y ahora se daba cuenta de que así vestido no lo iban a dejar entrar.

Corey le alargó la chaqueta, poniéndose su cazadora encima de la camisa. De ese modo, acabaron como una extraña pareja: Jamie en vaqueros con la chaqueta de un traje elegante, y Corey justo al revés. Jamie no las tenía todas consigo, pero el joven de la puerta tan solo le lanzó una mirada de reojo, y al ver el traje, volvió a lo suyo, que era jugar con el móvil.

Una vez dentro, Corey le dio una palmadita.

—¿Te devuelvo esto? —Jamie hizo ademán de quitarse la chaqueta.

—No, quédatela. A mí no me hace falta.

—¿Sabes dónde está Danni?

—Creo que las chicas la están escondiendo.

—¿Qué?

—Ha bajado a la ceremonia un poco borracha, así que han hecho equipo y la andan llevando de un lado a otro para que no moleste.

—Joder… vale. Voy a buscarla.

Se metió entre la gente, convencido de que encontraría pronto esa melena pelirroja en la que no había dejado de pensar ni un minuto. Al principio, Jamie se sorprendió de que lo besara y después saliera corriendo, e incluso una ameba emocional como él sabía que debía haber ido tras ella, sin embargo… regresó a su camión y se marchó.

¿Por qué? Necesitaba pensar. Aquellos tres días habían sido tan intensos que quería averiguar si ella le gustaba por la emoción del asunto, o de verdad.

Claro que, tras siete larguísimos días de pensar en esos ojos almendrados, su precioso pelo y el beso que le había pegado… tuvo una visión muy clara: Danni era una chica que merecía la pena. Por eso decidió a subirse al camión y presentarse en la boda, pese a no tener invitación. Y ahora solo le faltaba encontrarla.

Danni salió del baño, ligeramente mareada. Primero River la había arrastrado a ver la sesión de fotos de los novios, algo que por poco la hizo vomitar. Después, cuando pensaba acercarse a felicitarlos dentro de su embriaguez, fue Kat quien la agarró del brazo para llevársela al baño, donde se emperró en adecentarla.

—Estás hecha un asco —le dijo, como si nada.

—Cada vez te pareces más a Skylar —refunfuñó Danni.

Kat le arregló el pelo y el maquillaje, y la miró a los ojos.

—Por favor, Danni, comprendo que estés dolida, pero vas a estropear el día de Romy.

La pelirroja suspiró.

—Bien, bien, estaré tranquila. No beberé más hasta que sea de madrugada y quede poco para irnos, a esa hora nadie se enterará si digo barbaridades.

—Vale, me parece bien.

—Lawson está muy guapo. Tienes mucha suerte. —Danni frunció los labios y se dio la vuelta para mirarse al espejo—. Algún día me tocará a mí.

—Pues claro que sí. Jamie no era el adecuado, eso es todo.

Kat la abrazó por detrás y la pelirroja sonrió un poco. Su amiga estaba en lo cierto, no podía seguir machacándose por un chico que pasaba de ella: debía olvidarse y no continuar en plan gruñón, menos en la boda de Romy. Borrón y cuenta nueva.

Con esa idea salió del lavabo, solo para encontrar a Skylar fuera de brazos cruzados.

—¡Ah, estás aquí!

—¿Me buscabas?

—Ven conmigo. —La rubia la cogió del brazo.

—¿Pensáis dejar de zarandearme de un lado a otro? Ya me encuentro mejor, no voy a fastidiar la boda, prometido.

—¡Que no es eso! Tú ven y ya.

Sin entender nada, Danni dejó que Skylar la llevara al primer piso. No se le ocurría ningún motivo por el que subieran allí, y aún menos de que la llevara hacia el balcón; sin embargo, decirle que no a la rubia a algo era una de las pocas cosas que ninguna había conseguido durante sus años de amistad. Salió al balcón y la miró, dudosa.

—¿Qué hacemos aquí? Porque Jamie me gustaba, pero no tengo intención de tirarme.

—No, idiota, ¡mira abajo!

La pelirroja obedeció, inclinándose sin ver nada fuera de lo común, excepto la entrada del hotel y el aparcamiento a lo lejos. A ver si ella no era la única que le estaba dando al champán…

—Skylar, ¿te encuentras bien? Ahí abajo no hay nada.

—¿Qué? ¡Pero si estaba hace un momento! —Skylar se puso junto a ella para corroborar que, en efecto, abajo ya no había ni rastro de Jamie.

—¿Quién, cariño?

Justo cuando la rubia iba a replicar, los teléfonos de ambas vibraron a la vez. Skylar se apresuró a sacar el suyo para ver un mensaje en el grupo.

Kat: «No sé dónde estáis todas, pero sesión de fotos YA. ¡Moved el culo, chicas!»

Las dos se miraron un segundo. Desde luego, no era el mejor momento para que les hicieran las fotos, no, aunque tendrían que tragarse el malestar y sonreír por Romy.

Nada más salir del balcón, se encontraron con que Sun Hee las aguardaba fuera.

—¡Ah, estáis aquí! —dijo, con voz entusiasta—. Danni, contigo quería hablar. Seguro que te apetece venirte conmigo a ver a Strigoi, ¿a que sí?

Danni se mordió el labio, porque quería a Sun Hee, pero lo de meterse en el cuerpo horas de autobús para ir a un concierto metalero de esos que escuchaba ella… en fin, prefería escaquearse, la verdad. Se podían hacer sacrificios por las amigas, ¡pero con límites!

—Luego vemos, que nos esperan para las fotos —dijo, de forma esquiva.

Y se apresuró a adelantar a las dos chicas, deseando que tras la sesión Sun Hee hubiera olvidado el tema del concierto.

CAPÍTULO 16
DOMINGO, NOCHE

—Ya pensaba que no iba a acabar nunca, ¡me muero de hambre! —comentó Danni, tras la última foto de grupo—. ¿Qué miras?

Desde que la llevara al balcón por algún motivo misterioso, Danni se había fijado en que Skylar no hacía más que mirar a todas partes, como si buscara a alguien. Y Corey no era, puesto que andaba por allí hablando con los novios.

—Nada —contestó ella, con el ceño fruncido.

¿Dónde se habría metido el maldito Ted Bundy? Como se hubiera arrepentido y salido corriendo…

—Venga, todos al comedor —dijo Romy al pasar junto a ellas, todas sonrisas.

—Ya vamos.

Cruzó una mirada con Corey, pero antes de que pudiera acercarse, River la cogió del brazo y se vio arrastrada al comedor con el resto de la gente.

Danni se había quedado atrás y, justo cuando iba a entrar, escuchó un silbido.

—¡Danni!

Se quedó parada, atónita. ¿Cuánto había bebido, que escuchaba voces? Se dio una palmadita en la oreja, sacudió la cabeza y avanzó un par de pasos, deteniéndose al oír aquella voz de nuevo.

—¡Danni, estoy aquí!

Mosqueada, giró sobre sí misma, algo de lo que se arrepintió al notar un ligero mareo. Aunque había parado de beber, aún tenía bastante alcohol corriendo por sus venas y se tambaleó. Por suerte, alguien la sujetó del brazo a tiempo y no llegó a caer. Levantó la vista y a punto estuvo de frotarse los ojos, aunque en el último momento recordó el maquillaje y solo llegó a rozarse las pestañas.

—¿Saludo militar? —preguntó Jamie, con tono divertido.

—¿Qué haces aquí? —Se enderezó, entrecerrando los ojos—. O sea, estás aquí, ¿no?

—Sí, estoy aquí.

Ella recuperó la compostura y carraspeó, cruzándose de brazos. Aunque hubiera estado a punto de caerse, mejor mostrar algo de dignidad.

—¿Romy te ha invitado? —inquirió, extrañada.

—No, recordaba la fecha y el sitio de Niágara, y he venido para hablar contigo.

—Pues podías haberme llamado.

—No me diste tu número, ¿recuerdas?

Danni, no sabía si por el alcohol o por qué, ese día había llegado a la conclusión de que esa excusa tampoco le valía.

—Podías haberlo conseguido —replicó—, tan bien que te llevas con Corey, seguro que el suyo lo tienes.

Él se quedó callado, porque eso era verdad, solo que no se le había ocurrido.

—Vale… En eso tienes razón. Supongo que estaba tan obnubilado por el beso que me diste que no he pensado con coherencia estos días.

—Obnubilado —repitió ella.

¿Eso era bueno o malo? Estuvo tentada de echar mano del móvil para consultarlo con el grupo, eso y qué hacer, cosa absurda con él delante. No era como si pudiera darle al botón de pausa para continuar después.

—Sí. En fin, que menos mal que he visto a Skylar y a Corey en el balcón, y ellos han conseguido que entre.

Anda, entonces era eso lo que Skylar quería enseñarle, fijo. Ahora Danni entendía todo.

—Entonces, ¿qué te parece? —continuó él.

Ella lo miró, confusa. ¿Se había perdido algo? Porque no le había oído decir nada a lo que tuviera que responder.

—¿Qué me parece? —repitió, a ver si así se enteraba.

—Vale, sé que no me explico bien… —Cogió aire—. Mira, siento no haberte dicho nada en Niágara, ni haberte buscado antes, quería… necesitaba pensar, ya sabes lo que pienso de las relaciones por mi trabajo, es una de las cosas que hablamos. Por cierto, ¿el trabajo? ¿Lo conseguiste?

—Sí, pero eso da igual, sigue que lo que decías me interesaba más.

—Ah, vale. Bien, aunque con los viajes es complicado, querría intentarlo. —Ella levantó una ceja—. Salir contigo, ¿tengo que deletrearlo?

—No sé, con ser un poco claro basta, es que estás dando tantas vueltas que no entiendo…

Y entonces, siguiendo su ejemplo en Niágara, Jamie se acercó, le cogió la cara y la besó, interrumpiendo lo que iba a decir. Danni le rodeó el cuello con los brazos al momento, no fuera a alejarse de pronto y quedarse plantada allí sola, aunque esa no parecía ser la intención de Jamie, que siguió besándola hasta que escucharon unos aplausos.

—Randy debe haber hecho algún discurso —comentó ella, señalando al restaurante con la cabeza.

—Cierto, la comida. Te estarán esperando.

—No soy indispensable. —Sonrió, le dio un beso y cogió su mano—. ¿Quieres ser mi «más uno»?

—¿Tu qué?

—Como Lawson, es el «más uno» de Kat. Podríamos considerarlo… una primera cita original.

—¿No les importará a los novios?

—Bah, esos están a lo suyo.

Ya que había ido hasta allí, Jamie decidió que no era tan mala idea, menos cuando Danni lo miraba con aquellos ojazos que amenazaban con volverlo loco. Más de lo que ya estaba, porque solo de pensar en la escena lanzando piedras… En fin.

Danni ya tiraba de él hacia el restaurante, así que se dejó llevar hasta la mesa donde estaban el resto de las chicas, Corey y Lawson, que lo miró sorprendido.

—¿Y tú qué haces aquí? —preguntó.

Como respuesta, Jamie encogió de hombros y señaló su mano unida a la de Danni, algo en lo que todas las chicas se fijaron y celebraron hablando entre ellas a todo correr mientras la pelirroja cazaba a un camarero y le pedía que colocara otro cubierto en la mesa. El chico se resistió al principio, pero todas se pusieron a insistir a la vez y, considerando aquello un motín, al final se rindió y llevó todo lo necesario.

Sentados uno frente al otro, Corey y Skylar no hacían más que mirarse, aunque sin hacer ademán de levantarse. El trajín continuo de camareros llevando bebidas y comida no ayudaba tampoco, ya que distraían al personal continuamente ofreciendo champán, aperitivos o cualquier cosa que tuviera como fin molestar.

Por fin, llegó la hora de cortar la tarta y, cuando terminaron con ella, Randy se levantó y chocó su tenedor con la copa para llamar la atención de todos.

—Llega el momento del baile y barra libre, ¡pasadlo bien! —exclamó.

Cogió a Romy de la mano y salieron juntos del restaurante. Al pasar junto a la mesa de las chicas, se fijó en el desconocido y miró a su flamante esposa.

—¿Y ese quién es?

—Anda, ¡Ted Bundy!

—¿Perdona? ¿Hemos invitado a un tipo llamado Ted Bundy a nuestra boda?

—No, se llama Jamie, es el tío del camión de Danni... —Movió la cabeza—. Ya te contaré, que con todo esto no te he puesto bien al día de todo lo que pasó en el viaje a Niágara.

—No os aburristeis ninguna, por lo que veo.

Llegaron a la pista y la gente se fue colocando alrededor para dejarles espacio. Cuando ya estaba todo el mundo, el DJ ajustó las luces, felicitó a los novios a través de su micrófono y puso la música.

En el momento en que *2 hearts* comenzó a sonar, Randy adoptó una postura que pretendía ser sexy mientras daba palmas al ritmo y Skylar se llevó las manos a la cara, aunque dejando una minúscula separación entre los dedos para ver.

Madre mía, un baile-coreografía preparado... Cuando Romy le había contado la discusión sobre las canciones había omitido aquella parte, no sabía si sería peor esa canción o la de *Hungry eyes*, ahora que los estaba viendo.

Porque Randy no era el único haciendo posturitas, Romy no se quedaba atrás. Según la música se iba animando, Skylar iba abriendo más las manos y pronto las dejó caer, al notar un codazo de Kat.

—¿Tú sabías que bailaban tan bien? —le preguntó su amiga.

—Ni de coña.

O habían ensayado mucho, o se compenetraban muy bien... o una mezcla de las dos cosas. Se movían al compás, no dejaban de mirarse, no se pisaban... Vaya, quizá el amor obraba aquella clase de milagros, aunque daba igual: lo importante era que no estaban haciendo el ridículo sino todo lo contrario, y cuando terminaron con un profundo beso, todo el mundo se puso a aplaudir con fuerza.

—Vaya, les ha quedado genial —comentó Danni—. No sabía que a Romy le gustaba esa música.

—Hablando de música —intervino Sun Hee, arrimándose a ella con rapidez—. ¿Recuerdas que tengo dos entradas estupendas para Strigoi?

—Sí, claro, del concurso.

—¿A que te apetece venir? Antes has dicho que ya hablaríamos de ello.

La cara de horror de Danni reflejó a la perfección el horror que le parecía la sugerencia de su amiga. Por suerte, Jamie decidió salvarla y tiró de ella.

—¿Bailamos?

—¡Claro! —Miró a Sun Hee con pena—. Lo siento, tenemos una cita ese día.

—¡Si no sabes cuál es!

Pero Danni no la escuchaba, más interesada en acaramelarse con su nueva conquista. Sun Hee cruzó los brazos, fastidiada. Se giró hacia River… que había desaparecido de su lado, misteriosamente.

No, si al final se veía sola.

Sus esperanzas resurgieron al ver que Romy y Randy se acercaban sonrientes y saludaban a los invitados. Esperó hasta que llegaron a su altura para abrazar a su amiga con entusiasmo.

—¡Me ha encantado el baile! —exclamó.

—Gracias —contestó Randy, rodeando la cintura de Romy con el brazo.

—¿Te lo estás pasando bien? —le preguntó esta.

—Estupendamente. Y dentro de una semana más, fijo, que tengo el concierto de Strigoi.

—Ah, ¡es verdad! Qué suerte que te tocaran las entradas.

—Pues puedes compartir esa suerte y venir conmigo.

—Iría, pero no puedo —sonrió Romy, apoyando la cabeza en el hombro de Randy—. Estaremos de viaje de novios.

Porras, esa sí que era una excusa válida y contra la que no podía hacer nada. Solo le quedaba River… si es que la encontraba, que no la veía por ninguna parte.

Romy y Randy ya se alejaban, así que decidió ir a perseguir a la amiga desaparecida, por lo que la siguiente en encontrarse sola junto a la barra libre fue Skylar.

La rubia estaba pensando en buscar a Corey, cuando de pronto notó que alguien tiraba de su brazo y, al mirar, vio que era él. El chico se llevó un dedo a los labios y la metió por detrás de una gruesa cortina.

—¿Qué haces? —preguntó ella.

—No digas nada, que esta conversación está maldita.

—No, si ya…

—Así que vayamos al grano.

—Vale, pues estábamos hablando de que cuando rompimos, no fui yo, tú me dejaste porque…

—Porque me dejaste plantado, cosa que ahora ya sé por qué fue. Así que dejemos el tema de la ruptura, que es un callejón sin salida.

Skylar abrió la boca y la cerró. Vale, en eso tenía razón y no tenía sentido discutir al respecto.

—Aquí el tema es la laca —sentenció Corey—. Eso y los moluscos.

Ella lo miró, preguntándose si habría sido él quien arrasara con el champán y no Danni.

—¿Perdona?

—Yo no quiero ser el tío de la laca. Para mí, tú eres mi ostra, pero si yo solo soy una lapa porque no uso gomina, no tiene sentido intentarlo.

Skylar parpadeó. Se frotó la frente, confusa, y le dio vueltas a aquel galimatías sin encontrarle sentido.

—¿Es algún tipo de metáfora? —preguntó.

—Cuando Kee lo explicó sonaba más claro…

—Ah, vale, eso me lo aclara todo. Si esto viene de alguna de vuestras conversaciones metafísicas, normal que no me entere. Solo entiendo algo lo de la laca, que va por Greg.

—Ya que lo mencionas, algo tiene que ver, porque eso de irte a Ibiza con él… pues como que no.

—No me fui «con» él, Corey, me fui con Romy. Él y Marco, por mal que suene esto que voy a decir, solo eran un medio para un fin. Estaban ahí en el momento justo, nada más.

—Bien, pero la laca es mi línea roja.

—¡Si yo no quiero que uses laca!

—Pero traje sí.

—¡Era una boda! ¡ES una boda! —resopló—. No me refiero a diario, nunca dije eso, joder. Solo en ocasiones especiales… si hay algún evento, pues que me acompañes sin ponerme pegas por la ropa, por ejemplo.

Él elevó una ceja, sorprendido. Siempre que había eventos o fiestas en el hotel y ella podía llevar acompañante, nunca se lo había ofrecido, claro que Skylar quizá pensaba que se presentaría hecho unos zorros. Visto el drama del traje de la boda, tampoco le extrañaba. Sin embargo, que le dijera aquello significaba que no le ignoraba ni quería «ocultarle», por así decirlo, sino que deseaba hacerlo más serio.

—¿Y al revés? —preguntó, sin poder evitar utilizar un tono de ligera desconfianza.

—¿A qué te refieres?

—A si me acompañarías a algún concierto de los míos. O no sé, un evento de tatuadores.

—Pues claro, aunque obviamente no iría con tacones de aguja. ¡Tengo vaqueros y deportivas, Corey, lo sabes de sobra! Domino el *casual chic*.

No quería gritar, pero no podía evitarlo. ¡Qué absurdez! No se moriría por acompañarlo a nada de eso, ¿acaso lo dudaba? Vale que salir con sus amigos no era su pasatiempo favorito… pero podía hacerlo por él, si era necesario.

—Ahora, ¿qué es eso de las lapas y las ostras? —preguntó.

—La ostra serías tú, mi ostra. Porque eres el mejor pez del mar.

—A ver, que las ostras no son peces… —Carraspeó—. Espera, ¿soy el mejor pez? O sea, ¿qué?

—Pues eso, joder, Skylar, que al final parece que no me quieres entender. Si hay un millón de peces, tú eres la única para mí.

—Una entre un millón… —musitó ella, recordando los votos de Randy.

—Eso es. Las ostras son como lo más de lo más en el mar, ¿no? Y las lapas lo más cutre, así que… en este caso, tú eres mi ostra. ¿Soy yo tu ostra o soy una lapa?

Skylar sonrió, elevó los brazos y se agarró a su cuello. Si es que solo le faltaba babear, pensó, al notar las mariposas revolotear en su estómago.

—Las metáforas no son lo tuyo, ni tus amigos los mejores consejeros, pero sí, eres mi ostra.

—Entonces, ¿lo intentamos de nuevo?

—Claro que sí.

Ay, si es que se lo comía con aquella cara de pena que había puesto, como si ella fuera a decirle que no aun estando colgada de su cuello.

Lo besó, notando al momento el familiar chispazo que recorría su cuerpo cada vez que se tocaban. ¿Cómo había podido llegar a pensar alguna vez que podía dejarlo atrás como si nada? Lo que sentía con él no era fácil de encontrar, ¡si hasta le parecía vislumbrar luces de colores!

—Oh, ¡qué bonito!

Los dos se giraron hacia la voz. Alguien había descorrido la cortina y ya no estaban solos, sino al contrario: todos los invitados los miraban gracias a los focos, ¡normal que viera luces!

Romy, que era quien había hablado, fue a abrazarlos y hubo un aplauso generalizado.

—¿Qué hace todo el mundo mirando? —le susurró Skylar.

—Es que es la hora de lanzar el ramo. —Le guiñó un ojo—. Venga, ponte con las demás.

Skylar quiso negarse, aunque el empujón que le dio su amiga le dejó claro que tenía opción. Trastabilló hasta colocarse el lado de Kat, que sonrió.

—Vaya, ¿hay reconciliación? —preguntó.

—Sí, eso parece.

—Me alegro por vosotros.

Sun Hee se acercó con cara de pocos amigos, y se puso al otro lado cruzando los brazos.

—Traidoras —espetó.

Al ver llegar a River, cambió su expresión a la más esplendorosa de sus sonrisas.

—Hombre, mi mejor amiga —le dijo.

—No me hagas la pelota, que te conozco —contestó esta.

—Si solo quería ofrecerte acompañarme al concierto…

—Ya fui contigo a por las entradas, ¿no es suficiente?

—Por eso, así las disfrutas.

—Es que el trabajo…

—No tienes. Y novio tampoco, antes de que lo pongas como excusa. —Dio un golpe con el pie al suelo, fastidiada—. Anda, por favor, acompáñame. Te lo pasarás bien.

River suspiró. No le gustaba el grupo ni le apetecía lo más mínimo meterse en un autobús otra vez para ir a verlos, pero como Sun Hee decía, no tenía excusas para negarse. Por otro lado, le sabía mal dejar que su amiga fuera sola por egoísmo.

En fin, seguro que se aburriría mortalmente, porque, ¿qué emoción podía tener ver a Strigoi para ella? Ninguna.

—Bueno, vale —cedió.

Sun Hee se lanzó a sus brazos, sonriente.

—¡Genial! ¡Ya verás qué bien nos lo pasamos!

—Sí, seguro.

—¡El ramo, el ramo! —coreó la gente.

Aunque ninguna de las amigas se movió para colocarse, el resto de solteras las empujaron sin piedad y se vieron todas arrastradas a un lado y otro mientras Romy se ponía de espaldas y hacía una cuenta atrás.

—Anda, esto es como en un concierto —rio Sun Hee.

Estupendo, pensó River, ya arrepentida de haber aceptado. Aplastamiento general y encima, allí sería con música atronadora. ¿Podría ponerse tapones? ¿Se notaría mucho?

Romy miró por encima del hombro, sonrió, se giró de nuevo y lanzó el ramo. La avalancha femenina se convirtió en un montón de brazos en el aire intentando cogerlo y otros tantos protegiéndose de los manotazos, hasta que de pronto se escuchó un grito.

—¡Mi cabeza!

Todas se giraron hacia Sun Hee, que había caído al suelo tras recibir el golpe directo del ramo en toda la frente, y la miraron. Ella lo cogió para apartarlo, mientras escuchaba quejas y felicitaciones a partes iguales de las féminas presentes.

—¿Me ha tocado el ramo?—preguntó, cogiéndolo por los tallos con dos dedos.

—Pues como no te cases con tu fiebre del sábado noche… —rio Kat.

Ella se levantó y lo llevó hasta una mesa como si fuera un bicho que mordiera. Anda que… todas pegándose y le tocaba a ella, pues sí que iba errado el tema.

Al menos tenía con quién ir a ver a Strigoi, ya podía hacer planes para el viaje y prepararse para el fin de semana del siglo.

Llevaba años soñando con aquello, ¿qué podía salir mal?

Pacto de silencio: Pacto sagrado, irrompible y que todas las amigas del grupo cumplen pase lo que pase.

Emergencia emergenciosa: Una emergencia de las que no pueden esperar.

Polviviaje: Polvo antes, durante o después de un viaje.

Pijinovia: Skylar, para los amigos de Corey.

Glamping: Camping glamur, todo parecido con la realidad es pura coincidencia, ya que no es ni lo uno ni lo otro.

Rodri/Rodrigo: el chófer.

Ostras y lapas: moluscos, en general; metáfora de relaciones, según Kee.

Laca/gomina: sinónimos para Corey, ambos de uso inútil en su opinión y marca registrada de cualquier pijo que se precie.

Eva M. Soler, nacida en Cruces, Vizcaya, un 7 de junio de 1976, empezó a escribir desde muy pequeña, tras desarrollar un fuerte interés por la lectura alimentado por una extensa imaginación.

Idoia Amo, nacida en 1976 en Santurzi, durante toda su vida ha escrito relatos, pero siempre de forma personal y para su círculo más cercano.

Ambas autoras se conocieron a los catorce años, volviéndose amigas y lectoras de sus propios escritos, pero hace unos años decidieron que sus estilos podían complementarse bien, lo cual ha dado como resultado una veintena de libros publicados. Uno de ellos, "Maldita Sarah", consiguió el sello *Best Selling Books* de Amazon.

Han recibido el premio Hemendik que otorga el periódico Deia por su labor como difusión de la literatura romántica.

Para más información, www.idoiaevaautoras.com

Si fueras una de las nuestras, estarías de lo más emocionada ante la despedida de soltera que vamos a celebrar este fin de semana en Niágara. Unas vistas espectaculares en un precioso hotel de lujo: la suite, champán, globos, spa, fiesta y cosas de chicas.

Si fueras una de las nuestras, sabrías que viajar en autobús puede ser muy molón, aunque existen ciertos riesgos. No importa, una de las nuestras siempre tiene una solución en el bolsillo para salir del paso, sea cual sea el problema.

Si fueras una de las nuestras, sabrías que Danni es un desastre con patas, Kat una charlatana alocada, Skylar una pija de armas tomar, River una veterinaria de gustos peculiares, Sun Hee una soñadora ajena a la realidad y Romy, la novia, un montón de complejos andante. Aun así, nos apoyamos, somos una piña.

Y este viaje, con la ley de Murphy pegada a nosotras, va a ponernos a prueba en una alocada y divertida carrera contrarreloj para llegar a tiempo a esa despedida.

¿Eres una de las nuestras?

Cosas que haces cuando tu novia te deja:

1) Odiar a su nuevo novio, como corresponde.
2) Evitar coincidir con ella.
3) Refugiarte en tu familia y tus amigos.
4) Pensar que de buena te has librado.
5) Plantearte si quieres seguir trabajando para su padre.
6) Tragar bilis cuando se dedica a restregarte a ese puñetero musculitos.
7) Buscar a una chica que te deba un favor y hacerla pasar por tu pareja, aunque tengas que refinarla antes.
8) Espera… borra eso…

En los planes de Liam no entra que su novia actual, Sarah, le abandone tras enamorarse de otro durante sus vacaciones en Australia. Tampoco que peligre su posible ascenso en el bufete donde trabaja, que su hermana se ponga a salir con un guaperas que a todas luces le partirá el corazón, y mucho menos que su atractiva, aunque plebeya vecina, Summer, le destroce el coche durante un accidente en el aparcamiento.

Harto de que Sarah se dedique a amargarle la vida paseando a su nuevo ligue ante sus ojos, este abogado estirado decide seguir un consejo poco sensato: convencer a Summer de que se haga pasar por su novia ante ciertos eventos del bufete. Para que todo salga bien solo necesita refinarla un poco, pero lo que en principio parecía algo sencillo acaba derivando en un giro inesperado…

Alexandra es la oveja negra de la familia. Profesora de instituto, divorciada y de aspecto común, nunca ha conseguido estar a la altura de lo que su madre esperaba de ella. Y tampoco va a lograrlo en esta ocasión... ¡todo lo contrario!

En la boda de su ~~estúpida~~ perfecta hermana menor con el guapísimo senador Ethan Lewis, a quien Alex ama en secreto, se monta tal follón que el enlace acaba por no celebrarse. Y Alex decide que es un buen momento para aprovechar ese viaje de novios a la Riviera Maya que tiene pinta de quedar relegado al cajón de «cosas para devolver».

Ni corta ni perezosa, se embarca en un vuelo con su mejor amiga Skye, dispuesta a desconectar y divertirse durante cuatro maravillosas semanas. Quieren playa, sol, excursiones y margaritas, pero cuando llegan allí les espera una gran sorpresa: el senador, su jefe de campaña y una sola suite que compartir...

¡La esperada continuación de "Luna sin miel"!

Skye no está en el mejor momento de su vida. Un año después de las vacaciones en México con Alex, su carrera como fotógrafa se ha estancado, tiene ciertos problemas económicos y su vida sentimental es un desierto desde que abandonó a Owen sin darle ninguna explicación.

Alex le pone en bandeja de plata la oportunidad de dar una vuelta de tuerca a eso con una oferta muy tentadora: el puesto de fotógrafa oficial en la gira de campaña a la presidencia de Ethan, su ahora prometido. para Skye significa recuperar el amor por su trabajo y olvidarse del dinero durante un tiempo, pero también está la parte difícil: lidiar con Owen y los sentimientos que aún tiene por él.

Owen es un adicto al trabajo, Skye es un espíritu libre.

Entre kilómetros y gasolina, ciudades de Estados Unidos y discursos de campaña, equipos revoltosos y tabletas de chocolate, ¿podrán dos personas tan diferentes reencontrarse en el punto donde lo dejaron un año atrás?

En el departamento de bomberos de Pensacola (Florida) llevan dieciséis años sin que una sola mujer ingrese en el cuerpo. Un dato de lo más interesante para Abby, una periodista harta de malgastar su talento en una revista de cotilleos y que aspira a escribir artículos serios.

¿Por qué no presentarse a las pruebas y preparar un reportaje acerca de las trabas que encuentran las mujeres en ese campo? Como muestra, además de la propia experiencia, tendrá a sus dos únicas compañeras entre una treintena de aspirantes: Talisa, para quien ser bombero es un sueño desde niña y que está decidida a lograrlo a pesar de los obstáculos; y Camilla, una joven cansada de la monotonía que desea dar un punto de emoción a su vida. El día a día en la academia es duro e intenso, pero estos chicos son material inflamable y hasta encontrarán tiempo para el amor.

¿Cuántos conseguirán llegar hasta el final y quiénes se quedarán por el camino?

¿Qué futuro aguarda a nuestros aspirantes una vez han abandonado la academia?

Abby pretende continuar con su artículo secreto y en la estación a la que ha sido destinada tiene un montón de material con el que hacerse famosa, empezando por el irascible capitán Pearson, ¿podrá seguir adelante hasta el final?

A Talisa tampoco se le presentan bien las cosas, pues en su nuevo destino encuentra una sorpresa que, lejos de facilitarle la existencia, le impide disfrutar del trabajo de sus sueños.

Y Camilla quizá esté a punto de descubrir que la amistad no siempre es lo que parece.

La vida real es muy complicada, más allá de aulas y simulacros, como todos ellos están a punto de comprobar…

«Esta es la lección más importante y que parece que tanto os cuesta entender: los bomberos son una unidad.»

En todo grupo de amigas existe esa que se alegra de que las cosas te salgan mal. Esa incapaz de disimular su sonrisa cuando apareces con unos kilos de más. Esa que se regocija cuando te despiden de tu último trabajo. Esa que sonríe cuando tu corte de pelo se descontrola y acabas pareciendo un crestado chino. Esa cuyos piropos son, en realidad, insultos. «Me encanta tu maquillaje, disimula tu enorme nariz».

Una invitación de boda pone patas arriba el mundo de Audrey y Briana, dos chicas adineradas acostumbradas a tenerlo todo. Audrey tiene una cuenta pendiente con el novio y no dudará en planear la manera de estropear la celebración con la ayuda de Briana, aunque arrastren al resto de sus amigas durante el proceso.

Érase una vez un plan maquiavélico y una venganza salpicada de romance. Una historia donde, ni los buenos son tan buenos, ni las villanas tan villanas…

Alexander Green es un joven cirujano plástico que vive en Los Ángeles, entre fiestas y surf, hasta que es testigo de un crimen que lo obliga a entrar en protección de testigos. Para su asombro, es enviado a Sutton, un pequeño pueblo de Alaska, todo lo contrario a lo que está acostumbrado. Un lugar tan lejano como el corazón de la jefa de policía local, Rylee Scott, una treintañera que ha renunciado al amor, y que pronto despertará el interés de Alex.

Romance, comedia y nieve, juntos en una sola historia...

Bienvenidos a Kiltarlity. Un pequeño pueblo escocés donde no faltan los hombres rudos, los dialectos imposibles, la tradición de los clanes milenarios y, por supuesto, la persistente lluvia.

A sus treinta y dos años, Leslie Ferguson ha logrado alcanzar el éxito en el trabajo y posee un alto nivel económico, pese a que su carácter avinagrado no despierta demasiadas simpatías en sus relaciones sociales. Cuando es enviada a un pequeño pueblo de Escocia por motivos laborales, la estirada joven no tiene más remedio que viajar hasta allí acompañada por su ayudante personal, Shane. Pronto, Leslie descubrirá que su refinado estilo de vida no es compatible con este lugar: sus empleadas no la respetan, no tiene centros comerciales donde satisfacer su vena consumista, y el encargado de ayudarla en su proyecto es un atractivo *highlander* que no para de burlarse de ella.

Pero lo que parecía ser una pesadilla compuesta por niebla, humedad y gente tosca, no solo pondrá a prueba su paciencia durante un año, sino que cambiará su vida de forma radical…

Hay parejas que se casan porque la llama del amor es tan fuerte que solo quieren pasar el resto de su vida juntos. Otras, porque desean formar una familia llena de cariño y respeto.

Y luego están Callum y Alissa.

Callum y Alissa trabajan juntos, pero no se llevan bien.

Callum y Alissa no tienen nada en común, y nada es nada.

Callum pasa de Alissa porque es seria, controladora y mandona. Alissa desprecia a Callum porque es vago, mujeriego y cuentista.

Callum y Alissa cometen el error de beber más de la cuenta durante la fiesta de fin de año del trabajo. Lo que podía haber quedado como una terrorífica anécdota pronto se complica al darse cuenta de que durante la borrachera se han casado.

Sí, exacto, has leído bien: casado.

Por circunstancias que no vamos a revelar aquí, ambos van a tener que aprender a convivir el uno con el otro, una tarea ardua y difícil porque son polos opuestos. Y ya sabemos lo que sucede con los polos opuestos...

A veces, el destino se ríe de ti en tu propia cara.

Dominic, April y Wanda forman una familia casi perfecta: se conocen desde la universidad, llevan compartiendo piso ocho años y tienen una amistad a prueba de bombas.

Sin embargo, durante la fiesta de celebración de su treinta cumpleaños, Dominic sufre una especie de crisis y cree que su vida es un desastre: los ascensos son para otros más agraciados y las chicas no parecen percatarse de su existencia. Y aquí es cuando sus dos mejores amigas deciden tomar cartas en el asunto. ¿Qué tal un cambio de imagen radical y unas clasecitas sobre cómo ligar para no parecer tan aburrido?

Aunque no todo es tan sencillo como parece: Wanda no está en condiciones de ayudar mucho a nadie en temas amorosos porque su propio novio acaba de plantarla y no puede dejar de llorar, y April... April está a punto de descubrir que buscar novia a su mejor amigo quizá no le parezca tan divertido como ella esperaba.

Kayla Green no ve demasiado a su madre, Francine, desde que esta volvió a casarse para formar otra familia. Aun así, está deseando emanciparse emocionalmente de ella y, de paso, del negocio familiar de compraventa y restauración en el que aún participa. Quiere empezar por su cuenta, darle otro toque y, por qué no, desligarse del todo de su madre y su hermana postiza Winter.

Antes de que pueda hacer realidad sus planes, su progenitora la mete en un buen lío. Con unas copas de más encima, participa en una subasta y adquiere un lugar: Santa Claus, un pueblo fantasma de Arizona.

Y aunque Francine le ve potencial, no está dispuesta a ocuparse del tema ella misma, por lo que decide tomarse unas vacaciones mientras cede a sus hijas la responsabilidad de ponerlo a punto. Cuando ambas llegan allí, sienten que todo se desmorona a su alrededor. Es un lugar deshabitado, el rancho está en muy mal estado, hay animales salvajes sueltos y no saben cómo conseguir ayuda, además de que la relación entre ellas es un desastre.

Al menos hasta que encuentran a Logan, un vaquero reciclado en mecánico que está deseando volver a trabajar en lo que más ama.

Un sitio abandonado, calor, polvo, motos, cowboys… y besos.

«Era un viaje de... no sé, no me gusta decir eso de descubrimiento, me suena a cliché, aunque es lo más parecido. Yo sabía que me encontraría muchas dificultades en el camino y así fue: tuve que trabajar, estuve muy enferma, me robaron varias veces, destrocé un montón de botas, en ocasiones dormí en casas ajenas sin saber casi quiénes eran, en ciertos momentos tuve miedo, en otros me sentía muy feliz... es complicado de expresar.»

¿Y si un día decides romper con todo y cambiar de vida? ¿Quién no ha soñado alguna vez con coger un avión y viajar sin billete de vuelta?

Bezan es un alma libre que nunca ha seguido las reglas ni cumplido lo que se esperaba de ella.

Cuando abandonó Nashville en busca de una felicidad que su vida actual no podía darle, no imaginaba lo que le depararía su viaje. Dejó atrás una complicada relación con su madre, una rutina que empezaba a desgastarla... y también al amor de su vida.

Regresar al hogar después de tres años no es sencillo, pero Bezan está a punto de descubrir que nunca es tarde para cambiar las cosas.

Aisha, psicóloga del departamento de policía en Las Vegas, se dedica día tras día a unir los pedazos rotos de sus compañeros de profesión, además de asesorar a víctimas de todo tipo de violencia. En este entorno, se presenta ante ella un nuevo y difícil reto: tratar a Jackson, un sargento que ha sido degradado y trasladado tras ciertos comportamientos agresivos en el trabajo.

Pese a su carácter hosco, la doctora no puede evitar sentir una fuerte atracción por este hombre tan complicado, lo que la lleva a investigar su pasado. Convencida de que tiene que haber una experiencia traumática que le haga comportarse así, no duda en localizar a una persona que arroje cierta luz sobre él, algo que complicará todavía más las cosas.

¡Sumérgete en esta saga de novelas New adult que exploran la vida de un grupo de universitarios en un exclusivo internado de Montreal!

En lo alto de una montaña de Montreal se encuentra el lujoso internado Sharidan. Un lugar selecto y elitista donde las familias adineradas envían a sus hijos para que cursen sus carreras universitarias. No es solo el dinero lo que le da su buena reputación, sino el alto rendimiento de la universidad y la vigilancia a la que someten a los polluelos de los millonarios.

En ese marco nevado tenemos a nuestros protagonistas: JD, un americano de clase media que ha conseguido una beca para estudiar audiovisuales y Syd, una británica cuya posición social es tan alta como fría es su relación con su progenitor. Ambos simpatizarán desde el primer momento, desarrollando una amistad que poco a poco se irá transformando en algo más, mientras son secundados por otros personajes. Como Dennis, líder del grupo musical Black Legend, o los mellizos Gauthier, los chicos más populares de la universidad. Sin olvidar al equipo de profesores, cuya tarea va más allá de la simple enseñanza.

Todos ellos se darán cita en un ambiente diferente lleno de líos amorosos, mucha música, hockey sobre hielo, clases, profesores, carreras y las siempre difíciles relaciones entre padres e hijos.

Little Falls es un pequeño y tranquilo pueblo de Minnesota donde nunca sucede nada.

Los habitantes de este idílico lugar desconocen los turbios asuntos que se gestan en Camp Ripley, la base militar afincada a unos kilómetros, donde se están llevando a cabo una serie de peligrosas pruebas virales.

La desaparición de una joven del lugar pone sobre aviso a la jefa de policía Emma Jefferson, quien no tarda en descubrir que se ha propagado un virus, resultado de un proyecto llamado Anxious: un virus que produce infectados rabiosos y que pronto se convertirá en pandemia con consecuencias catastróficas.

Drama, supervivencia, miedo… ¿estás preparado para que tu mundo cambie por completo?

Me dirijo a todos los supervivientes del desastre que está asolando nuestra querida nación para darles un mensaje de esperanza. Me he visto obligado a declarar el estado de excepción, pero el ejército está ahí para ayudarles. Si se encuentran con algún soldado, no huyan: identifíquense y serán evacuados a un lugar seguro.

No todo está perdido.

Nuestro país se encuentra inmerso en una lucha por la supervivencia y pasarán años antes de que sea habitable de nuevo. Nuestro ejército y científicos se están encargando de ello. Hasta entonces, estamos organizando varios lugares donde poder reinstaurar nuestra sociedad y modo de vida americano.

Aquellos que se encuentren en la costa Oeste, diríjanse a los puertos de Seattle, San Francisco y San Diego.

En la Costa Este, a los puertos de Jacksonville, Nueva York, Boston y Portland.

La frontera con México se encuentra cerrada y Canadá está en la misma situación que nosotros, por lo que las únicas salidas son por mar.

Unidos, lo lograremos.

Buena suerte.

Imagina un concurso televisivo dispuesto a todo con tal de subir la audiencia.

Imagina que alguien desaparece sin dejar rastro en un área de servicio.

Imagina que tu deseo más preciado se cumple, y debes pagar el precio.

Imagina que un reflejo hace aflorar tu lado más perverso.

Imagina que el mundo llegara a su fin, y solo tuvieras un último día.

Imagina un túnel de terror en vivo, cuyo macabro recorrido se convertirá en una experiencia aterradora.

Imagina…

Adolescentes sin escrúpulos, lugares de pesadilla, desapariciones misteriosas, padres perversos, demonios internos, rituales de iniciación, una pizca de amor, y sangre… mucha sangre.

«He trazado un círculo, hecho con sangre. Un círculo que delimita Salvación de principio a fin. Nadie puede salir de aquí, y el que lo intente, morirá. Vais a pagar… un sacrificio cada doce meses. Uno por año, como ofrenda por mi sufrimiento.»

Si te gustan nuestros libros, te pedimos que apoyes nuestra carrera de forma legal y rechaces el pirateo. Es la forma de que podáis seguir disfrutando de cómo escribimos, ya que sin ventas es muy difícil seguir publicando, tanto en Amazon como en editorial.

Apoya a tus escritores de la manera correcta.
¡Gracias!

9 788840 924222 1